六十才給游百順

庚子歲未

[作者简介]

齐一民：笔名齐天大，1962年生于北京，对外经济贸易大学经济学士，加拿大卡尔顿大学公共管理硕士。2013年获得北京大学中文系比较文学博士学位。从事过多种职业，包括中国国家公司驻日本商务代表、北美跨国公司亚洲市场经理、外企首席代表、建材公司CEO等，现任北京语言大学客座讲师。系北京作家协会会员。已出版20余部作品，其中《总统牌马桶》等已被译成英文并在海外出版。

六十才终于耳顺

齐一民 著

云南出版集团
云南人民出版社

图书在版编目（CIP）数据

六十才终于耳顺 / 齐一民著. -- 昆明：云南人民出版社, 2022.1
ISBN 978-7-222-20484-3

Ⅰ.①六… Ⅱ.①齐… Ⅲ.①小说集—中国—当代②杂文集—中国—当代 Ⅳ.①I247②I267.1

中国版本图书馆CIP数据核字(2021)第208756号

责任编辑： 朱　颖
责任校对： 范晓芬
责任印制： 窦雪松

六十才终于耳顺
齐一民　著

出　　版	云南出版集团　云南人民出版社
发　　行	云南人民出版社
社　　址	昆明市环城西路 609 号
邮　　编	650034
网　　址	http://ynpress.yunshow.com
E-mail	ynrms@sina.com
开　　本	889mm×1194mm　1/32
印　　张	12.25
字　　数	230 千
版　　次	2022 年 1 月第 1 版
印　　次	2022 年 1 月第 1 次印刷
印　　刷	云南金伦云印实业股份有限公司
书　　号	ISBN 978-7-222-20484-3
定　　价	60.00 元

如需购买图书、反馈意见，请与我社联系
总编室：0871-64109126　发行部：0871-64108507
审校部：0871-64164626　印制部：0871-64191534

版权所有　侵权必究　印装差错　负责调换

云南人民出版社微信公众号

目　录

第一部分　老乔重新驾车记（小说） ... 001
壹　老乔重返马路记 ... 003
贰　老乔重回大奔记 ... 046
叁　轿跑奔驰记 ... 063

第二部分　深圳赋 ... 083
一、侥幸之旅 ... 085
二、深圳，二十年后再相会 ... 087
三、很难为情的"老深圳"王师傅 ... 089
四、追寻邓小平的足迹 ... 091
五、说说深圳的"撩" ... 093
六、迥异的象牙塔 ... 094
七、结语：深圳有文化吗？ ... 095

第三部分　书　话 099

第一本：《在我母亲家的三天》 101

第二本：《理想的读者》 104

第三本：《〈水浒传〉考证》 107

第四本：《活过、爱过、写过》 109

第五本：《岁月的泡沫》 112

第六本：《忧乐为天下——范仲淹与庆历新政》 116

第七本：《小说灯笼》 118

第八本：《垮掉的行路者——回忆杰克·克鲁亚克》 ... 121

第九本：《托尔金的袍子——大作家与珍本书的故事》 ... 125

第十本：《黑暗时代的爱》 129

第十一本：《你和我》 131

第十二本：《赖宝日记》 133

第十三本：《钟罩》 136

第十四本：《平安经》 139

第四部分　收　藏 141

疫情期间的收藏 143

第五部分　剧　评 147

"粉墨人生" 149

话剧《阳光下的葡萄干》..152

话剧《家》...154

话剧《十字街头》..157

合唱音乐会"华彩秋韵"随想..160

话剧《基度山伯爵》...162

芭蕾舞《珠宝》...164

话剧《四世同堂》...166

歌剧《冰山上的来客》..168

第六部分　创作谈 171

关于《雕刻不朽时光》..173

关于《我的名字不叫"等"》...184

第七部分　教　学 207

自编教材《2020：我们的伊甸园》后记.............................209

我们的"钉钉"课堂...212

　第一周："钉钉"上开课了！......................................212

　第二周：请不要轻易"脱钩"！（国际热点话题）..............214

　第三周：十一、中秋双节黄金周中间授课感想..................220

　第四周："诺奖"（非文学类）语汇的年度挑战................221

　第五周：今年的诺贝尔文学奖....................................224

第六周：中国经济话题 227

第七周："十四五"规划观察 229

第八周：2020年美国总统竞选 231

第九周：进博会、"双十一"、RCEP 233

第十周：中外作家、翻译、语言研究之一 235

第十一周：中外作家、翻译、语言研究之二 239

第十二周：中外作家、翻译、语言研究之三 243

第十三周：本学期总结课，有喜悦和慰藉 247

第八部分　六十才终于耳顺（小说）............................251
引子："六十而耳顺"定义 252

一、必须记录点什么，免得七十岁的时候把六十岁的事都忘光了........253

二、元旦这一天，有耳顺的，也有耳不顺的 255

三、俺是"虚大爷"，或者是"大爷候选人" 257

四、我发现五十大寿的崔旅长岁数其实不大 259

五、本人才是那个每隔十年就要感慨一番的人 263

六、老伴抱怨："你怕把她冻着，就不怕把我冻坏了吗？"................266

七、人命只在呼吸间 268

八、莫非是老父显灵？..269

九、真想立马和这些冰场的"花大爷们"分道扬镳！........................271

十、第二次看田汉的《名优之死》..273

十一、邻桌那位大爷，你咋就那么猥琐？..................275

十二、必须重新评估一切..................278

十三、从耳顺年的创新说到文章的抄袭..................280

十四、从赵忠祥的驴画一落千丈论人生评估..................284

十五、写这部书的复杂心情..................286

十六、我画一张"也应歇歇"为特朗普大爷送行..................288

十七、昨日湖畔烟云：我学雷锋搞"熊抱"..................291

十八、从河南济源"打人书记"下台联想到

　　　我也曾被女领导暴打过一拳..................294

十九、我们战"新冠"..................298

二十、从《读书》沈公仙逝到《新京报·书评周刊》寿终没能正寝..................301

二十一、原来花滑也能滑出雄风..................303

二十二、2月8日中小学生作文课教案..................306

二十三、复兴商业城停车场那三个湖北同龄老弟..................310

二十四、方梦颖的白天鹅已经达到了化境..................313

二十五、我看贾平凹父女的"文二代门"..................315

二十六、国贸冰场又来了个1962年生的老头儿..................319

二十七、属虎之人梦虎..................321

二十八、听中芭交响乐团演奏《红色娘子军》..................324

二十九、六十岁老师给十岁小学生们上课..................327

三十、纪念"女苏东坡"韩良露..................330

三十一、深切悼念老同学祖起顺 ... 332

三十二、写在牛年来临前 ... 334

三十三、沿着陈乐民《哲学絮语》的道路前行 ... 337

三十四、"唯心论、唯物论"的译法 ... 341

三十五、再批"唯"字头 ... 344

三十六、《林少华看村上——从〈挪威的森林〉到〈刺杀骑士团长〉》
　　　　读后感 ... 346

三十七、看电影《你好，李焕英》，回忆我家第一台电视机 ... 349

三十八、民主政治原则之一："要有幽默感" ... 352

三十九、用哲学写艺伎 ... 354

四十、刘绪源著《今文渊源》和中国幽默冠军幽默 ... 356

四十一、齐爷爷寒假"新思维作文课"：点评 ... 360

四十二、昨天我被卖水果的女店员着实幽默了一把 ... 364

四十三、接着点评小学生作文 ... 365

四十四、终于凑齐了陈乐民、资中筠夫妻的签名书 ... 372

四十五、元宵节之夜，我拒绝了别人的让座 ... 375

四十六、尾声：关于生命的分段，我将孔子和叔本华的说法对照着看 ... 377

第一部分

老乔重新驾车记（小说）

壹　老乔重返马路记

一、老乔重返马路之梦

2020年6月3日，星期三

二十多年没开过车的老乔拨通了"西方时尚"驾校的报名咨询电话。好消息是，接电话的女士说，他的"色盲"不碍事，因为只要能分清红灯和绿灯，他就不是真色盲，就能报名。

这使老乔悬了二十多年的心一下子掉到已经六月初的温热地板上。

老乔不久前才得知市政府在这次"两会"上被建议：让没车的市民家庭优先摇号。这使得他早已发锈的"上路之心"被擦亮了。又因他去郊外游玩时坐了比他大八岁的大姐开的沃尔沃——极其智能的那款，他的心就更加活动起来，想在政府新政策鼓励下重回二十多年没回的柏油路面，由自己亲自操"盘"，然而他的最大担心是怕通不过那些花花绿绿的颜色测试：他有色盲症的嫌疑。就比如说疫情期间每次进出各种大门要出示的"北京市民天坛健康宝"，他就始终看不太清那究竟是红是绿。是因老眼昏花？

也未必。

老伴当然不反对老乔重返康庄大道，在加拿大蒙特

利尔她坐过8年老乔的"老牛破车":那是20世纪90年代,当时只要是谁家拥有四个轮子的车,哪怕是漏油没闸底盘拖地——老乔第一辆山鹰牌美国车就是那样,谁家就是时代时尚楷模,而那时的乔夫人俨然就是一个贵妇级别的"坐轿子太太"。

然而回国后的这二十余年,老乔那台座驾就不存在了,他在本市没驾照、没车。一句话,他太没面子!

抱怨了十年之后乔夫人早已习惯坐地铁公交通勤,老乔呢,他迈开腿,多喝水。有糖尿病嫌疑的他,甭管咋自我安慰,二十余年的"没车族"身份早已坐实,也早就习惯啦!

就在老乔还有两年就要"耳顺",就要退出职场舞台之时,天上掉下个好政策,一条令夫妻二人都"耳顺"的"惊雷"就在这庚子年5月末礼炮般炸响:

"你俩马上就能摇到车号啦!快买车吧!"

说时迟那时快,老乔第二天就打通了"西方时尚"驾校客服电话,他听到"你的色盲不算事儿"的意外喜讯后,对老伴拍胸脯说:"我保你六十岁前坐上沃尔沃,咱俩重返大马路!"

二、"你是马路杀手!"——狼狈的交通法规考试

2020年8月5日,星期三

连续几个星期的"法规一"考试准备可把老乔搞

惨了。

老乔输不起，他是博士，已经经历过人生数千场考试，这种交规考试他三十年前在北美是一次通过。这次是在北京，用的还是中文。

万一通不过，对他，将是一个心理打击。

然而，五十八岁的老乔已经记忆力下降。他的远期记忆力极，强到能记得住小时候在"五七干校"吃的那种白薯面馒头的恶心口感，但是，对昨天楼下碰到的那个坏蛋，他一转眼就记不清那厮究竟是怎么讨人厌了。

警察真会用那些怎么都记不住，似乎没多大区别的手势指挥道路吗？好久都没见过那种场景了，咋还偏要考呢？

无人驾驶车马上就要在路上跑了，死记硬背这些交规题目，还有意思么？

还有，北京的交规肯定比蒙特利尔的复杂——国际超大型都市嘛，要不老乔也不会每次在手机APP"模拟真题"上做答案都通不过——90分算是合格。老乔从"76分"的"你是马路杀手"起步，一直努力到了"89分"，得的还是"马路杀手"的判词。

我开过8年车，我杀过谁呀？

明明我是"马路天使"嘛！

老乔曾经为考博连续考了四年，当然乔博士最后还是考上了。乔博士原以为他人生最后一次不得不考的试是北大读博第二年的那门日本语期末测验——那年他四十八

岁，那天晚上他第一个交了卷子。整个阶梯教室就他岁数最大，比监考老师年龄都大，但他还是大义凛然、视死如归地参与了那次必须的考试，否则他无法毕业啊。

他得了88分。

他本科是日语专业的。

那次，是他时隔近30年参加的一次日语考试。

那么，这次的交规考试也会顺利通过吗？

每次模拟考试后都蹦出来的"你是马路杀手！"的警示，大大打击了老乔的自尊心。

莫非，我提前痴呆了？

话剧演员于是之先生好像就是在我这个年龄发病的——有一天他突然发现自己记不住台词了。

而老乔我明明做错题后屡次纠正，但第二、第三次还是错。

我……

在同龄人中可能是参加考试次数最多的老乔，即使明明知道后天就要去参加的那个时隔三十年的"二进宫"交规考试是他人生中最没悬念的一次"压轴考"——之后就不会再有什么正规的考试了，而且这种考试他必胜无疑——一次通不过、一百次还通不过吗？但是，他有一种"只能一次成功"的精神压力，因为考完的两三天后他将会见几个非常关注他这次考场的大学同事，万一没过他咋对那些热心同事们说呢？

说我没及格么？

三、勉强通过，老乔心有余悸

2020年8月14日，星期五

老乔的交规考试在极度提心吊胆中胜利结束。

直到老乔坐上"西方时尚"那辆除了他和一个教练之外都是十几岁二十几岁"孩儿们学员"的返城专车，老乔还不相信他竟然真的通过了下午的电脑测试。他得了91分，90分才能通过。

这天，总共有两次考试机会。

老乔第一次答题时刚答到50几分，电脑就说："您已经失败了！"

老乔只好抱着眩晕的头再次尾随排队，再进考场，再次对着他认定肯定不中用（是自己，而不是电脑）的题目——焦虑。不，你不能只是焦虑，不能总是把"年龄太大"放在心上，你必须和它作战。老乔心说。老乔于是就想到不单要靠记住多少，必须用战略战术赢它。老乔你不能傻乎乎地一道题一道题按顺序答呀，那样只要前几道题出状况了——只准错10道题，那么你就会心慌，你心越慌乱后面就越容易错，假如你再次在50道题前后被宣判"死刑"，那么今天的两次机会就全错过了，那么，一考试就神经衰弱的你就离重返马路越来越远。

老乔的"新战略"是先把有自信的题目全做出来，就像填空那样，先填能填的。果然这招儿挺灵，他一路走了下去,径直走到第100题,然后呢,他再回头吃那些"夹生饭",那些似是而非(不是题目答案似是而非,而是他自己似懂非懂)的问题。比如:喝醉后驾车要这么罚呢还是那么罚,是要拘禁呢还是要罚款,还是连罚款带拘禁甚至判刑,是判7年以内呢还是大于7年……

在45分钟考试马上就要截止的时候老乔交了卷子,电脑兴奋显示:"您通过啦!"

当老乔终于清醒意识到自己真的通过了交规考试,他真有些忘乎所以。须知道,整个一下午他戴着口罩,混杂在几百个暑期扎堆来学车的比自己闺女还小得多的"西方时尚"学友们之中,参加这个让他始终感到极端不好意思的人生最后一场答题考试,他很不容易。

老乔刚把"大石头"从胸口挪开,就抢在第一时间给夫人报喜。他没直接大声宣布自己考试胜利,只是用微信告诉老伴:"你,已经可以选择车型了。"

据说第一次考试的成功率是80%—90%,顶着胜利者的光环,老乔到驾校服务台约第一次车,他即将上路了。

服务台的女孩儿(在老乔眼中,在这里出没的人都是孩儿们),一查他的手机号立马肃然起敬,立马原地立正,立马含笑着问:"您是贵宾吧?"老乔缴的学费的确是VIP金额。

老乔从不是VIP的那个服务区朝自己专属的贵宾服务区一路小跑而去。他目不暇接,欣赏着这个坐落于京郊的超大型驾校的摩登时尚景色,真有报名点女孩儿说的羊驼和孔雀，还有一辆辆潮水般汹涌过来又汹涌过去的驾校练习车辆……

在校中心区的贵宾接待室，老乔被一个礼仪小姐热情地引领着参观专为贵宾学员预备的各种设施，包括可以随便享用的西式咖啡厅——只有贵宾才知道门锁的密码。

第一次练车的时间，老乔在两个接待员的协助下选定。

第一次练车的时间都确定了，老乔竟然还明知故问地问那二位："你们百分之百肯定，我的交规考试通过了么？"

回家后，老夫妻俩去餐馆用晚餐庆祝，不在话下。

第二天一早老乔的手机上来了一条让老乔怎么看怎么觉得大难不死后福自来的短信，那是"北京交警"给他发的，告诉他你已经通过了科目一考试，并提醒他务必三年内再接再厉，通过科目二、三的考试。

这条短信令老乔既想笑又想哭，想笑是好歹他通过了，不用再次去孩儿们的人群中当爷爷考友；想哭的是发现一不小心，自己主动去警察那里挂了个号——交警，不也是警察吗？

四、时隔二十二年，老乔终于再次上路
2020年8月18日，星期二

已经没有人类发明的词语可用来形容老乔时隔二十二

年重摸汽车方向盘时的感觉。

是手潮、手热？还是手发抖？

还是因手抖而引发了房颤？

心房的房。

第一次驾驶训练课。

教练是马老师。

马老师很和蔼，完全没有传说中的驾校教练那么凶神恶煞，说话也是"您"长"您"短的，比如头一句话马老师就问："您拿瓶水了吗？"

马教练是2009年学车的，即便已经开了十年，他和老乔1991年就会开车还有些距离，但当他第一眼看见贵宾乔学员时，似乎心中犯着嘀咕：这位大叔咋这大年纪还不会开车哩？

老乔见面就告诉马老师他以前曾开过车，是个老司机。不过开始的时候，这位老司机在马教练眼里肯定只是"他将就着开过车"。直到第一天训练马上就要结束，在老乔问他"这下，您知道我真的开过车了吧？"时，马教练才心悦诚服地说："是呀，是呀，您不愧是个老司机！"

起初，当马教练在老乔自诩为"老司机"时，还用"老司机"三个字眼反将了老乔一军，他说："那您就更应该把以前那些不好的习惯（由于老乔是贵宾，他不能说"你那些臭毛病"）克服掉，否则万一考试通不过，多不给老司机挣面子呀！"

老乔一听乐了，说："我才不怕考试通不过呢，那我就接着再考呗！我都这把岁数了，已经不在乎啥面子不面子啦。"

马教练听了没话可答。

老乔已经打听明白，科目二他总共能考十次。

第一天本来就只有两个学习科目——直角转弯和走S线路。老乔很快就会了，于是马老师就多加了一个科目，好像叫作"侧方停车"，就是把车倒进路边的一个车位里面。

老乔发现倒车的所有动作都是为通过考试而设计的，似乎和实际倒车关系不大。这一点新手不懂，但老乔明白，他是老司机嘛。

老司机除了指老乔这种"滚刀肉"的人，听说还有不太好的意思，比如最近一个带"融"字国家级金融机构的"老大"就是个"老司机"——他竟然有一百个情妇，还贪污了十几个亿。

老乔在马教练几乎都不再留意他怎么一次次按照非规范步骤把车熟练地倒进车位中的时候，他自己的思想也开起小差来，回忆起1991年蒙特利尔那个第一次带他上路的伊朗人，那个英语说得不流利的他的第一位汽车教练。

蒙市那家驾校哪有"西方时尚驾校"这么大的专用训练场，头一次上路就在人少的居民区中练习。由于真格是个新手，"新乔"（那时候老乔还不老）一边手忙脚乱地开车，那个伊朗人同时也一边频繁踩他那边的刹车，因此那辆车始终在新乔和伊朗教练的"双重领导"下行驶，而且头一天上路，老师居然就叫新乔把车开进了蒙市最繁华大街——圣·凯瑟琳大街！

只见凯瑟琳大街上人流滚滚，人们在那辆两个刹车轮流被踩的醉鬼般跌跌撞撞的教练车的两侧分流而去……

"您知道刚才您为什么犯错误吗？"

马老师的话点醒了老乔，而且马老师也一下踩了刹车——这是他头一次踩。

"我知道，是不太专注。"老乔领首答道。

五、最后一次摸方向盘时的追忆、第二个"小三儿"

福特Taurus脱手的故事

2020年8月19日，星期三

当老乔的手在"西方驾校"第一次驾驶学习课上再一次摸到方向盘的时候，老司机的思绪不由自主地返回到22年前，他的双手离开方向盘的那个瞬间。

那是在"新乔"第二辆坐骑福特金牛座（Taurus）在他临回国前被卖出的时候。它被卖给了一个刘老弟。当新乔得到卖车款之后，新乔驾驶过七八年车的那一双老手，就只能松开了。

新乔在离开蒙市T国际马桶公司总部回北京上任前，"Jimmy（新乔）的Taurus要卖啦！"的消息就在全公司传来了。有个同事把那辆车拍了照片，并把它要被卖掉的

"重大新闻"贴到公司最显眼的布告栏里面,几百号人只要从那里路过一次,全公司就都迅速知道了。

新乔的经理——T集团国际马桶部市场经理亚当起初想帮新乔把"金牛"用集装箱运回北京,说要把车连同新乔家里的家当以及公司的马桶样品一同海运回来。亚当的建议被新乔婉言回绝了,因为新乔的家当,那些重要的家具都是二手货或者是从街上捡回家的,这是20世纪90年代中国留学生的习俗。假如再把它们连同公司的各种马桶样品都运回北京,他这个"北京土著"面子就不太好看,就没有去国十年、衣锦还乡的感觉了。

至于"金牛座",它是两年前新乔从一个拍卖会上用8500加元买的,尽管也挺喜欢,但那并不是他的"处女座驾",没夺过他的处女驾驶员情怀。哦,似乎这地方应变成"处男"……总之,你懂的,第一次当司机开的第一辆车,就好比是新车手的"结发夫妻",虽然它不能和你白头偕老,但初恋的感觉——手感,是不会被轻易忘却的。

基于这些原因,新乔就没让亚当把他的车运回北京,而是选择在报纸上登广告、在朋友圈中散布消息的法子卖车。

广告的效果是有的,几个人在新乔陪伴下在高速公路上溜了一下新乔的车,但没成交;朋友圈里大部分都是新乔的同伙——中国留学生们,他们大部分都不富裕,因此,几经周折,新乔才把6个缸、3.0排气量、开起来游艇般舒适的"大金牛"转给了刘博士和他的四川"辣子妻"

小燕子。

小燕子可真够辣的,她让新乔头一次领略了"凤丫头"的域外风姿。她和闷葫芦刘博士一武一文,先到处说新乔的车有这个那个毛病,逼得新乔"出血"把前保险杠原有的一个缺口花钱修好。接着又连说"太贵太贵太贵啦",说新乔即将回国当地区市场总管,要挣比亚洲地区马桶销售经理多得多得多的钱,他咋还好意思那么小气,管咱们穷学生要那么离谱的车钱哩(四川口音)。这话,新乔在隔壁楼里都能凭敏感的耳朵听到。同时,他似乎看到川妹子正面对一大群理工博士太太们进行着神态泼辣的演讲——小刘太太微胖,平时讲话都带"火苗"。

新乔当然非常气恼,因为几轮"三岔口"武斗式的价格谈判之后,新乔的车价已经一降再降,已经突破了他感情上能承受的底线。他连车都修了,那个前保险杠缺口就像是人脸被破相,但他一直不舍得修,现在终于修好,"金牛座"完美无缺威风凛凛,但爱车却要被贬值"转嫁"给别人。车子于男人就是"小三儿",不会破坏家庭的那种,一个没有也不行,但多了也难伺候。

再有,新乔回京赴任的日子一天天逼近,他已经到了不得不把"小三儿"托付给别人的关口,而小燕子、刘博士组合的战略战术就是用时间作为压价的极端手段!

就这么,双方熬着、等待着。

当然,新乔那些天也没干等,他不时让过路的风儿把"车子已经有新买主啦!立马就要成交啦!"的口信,给刘家顺带吹去。

……

就在新乔离开蒙市的三天前，新乔终于和小刘夫妻档停止了第八轮的买卖"金牛"明暗谈判，以不可告人的价格成交。自然，成交时双方"相拥而泣"，新乔说你们可一定要善待我心爱的"大金牛"呀，刘博士、小燕子用灿烂无比的欢喜说："新乔，那一定的，一定的！"

也就从交接Taurus的那一瞬间开始，老乔这双手就再没接触过"小三儿"，再没触摸过方向盘了。

那是1998年的夏天。

2000年的一天，老乔到蒙市出差时又故居重游，只身回到他们一家人居住过五六年的那幢蒙市郊外一条大河边的老楼。

远远地，老乔看见刘博士夫妇从那辆"Taurus"上下来，他们像是刚买菜回家，他看见小刘从后备厢把物品拎出来后，"砰"的一下狠狠地把"金牛座"后盖子扣上，那动作显得十分粗野，因此，他原想上去招呼一下老邻居的冲动也荡然无存。

等小刘夫妇背影离开之后，老乔近前仔细打量了一下自己的"二手小三儿"——那曾经的爱车，不由感觉有些木然。

哦，一晃，那已是二十二年之前。

六、你究竟为什么二十二年没开车？

2020年8月20日，星期四

"你究竟为什么二十二年没开车？！"

生活中有些事情是必须想清楚的，为自己，同时也是为别人。

当然，首先是老乔自己问自己这个问题。他发誓一定要在第二次上路练车之前把这个问题的答案找到。

二十二年太久，你咋不争朝夕呢？

二十二年没开车的后果是极其严重的，因为这"西方时尚驾校"里乌泱乌泱往来的"后浪学员"——和他抢"车库"练车的后生们，绝大多数都是这二十二年里来到这个世界上的。

一个京城男子，二十二年既没有车也没开车，难道不是一种罪过吗？

就好比别人都在吞云吐雾，而你却没有烟枪。

是的，汽车的尾气，仿佛就是烟枪。

哦，对了，我是想环保——老乔轻松找到了第一个答案。

勉强说得过去。

还有，我曾是老司机，我不馋车。"馋车"这个概念是老乔发明的，也是他对付马师傅友善质询使用的盾牌。

老乔告诉马师傅，开车开到十万公里的时候，"驾驶兴奋期"就早已过去，就不会再念叨开车，就比如开出租的吧，他们最大的乐子就在不开车的那会儿。

"哦，可能吧！"马教练应答说。

老乔为啥二十二年没开车？诸多缘由中有一个是一定要说的，就是老乔起初真不敢在国内上路，这在从北美归来司机们的普遍惧怕。

老乔怕撞人。

老乔自己就被撞过。

有这么一件事：老乔一个半哥们半不哥们的朋友——裘八，在20世纪90年代初就撞死过一个六十来岁的老头儿，也就老乔现在这个年纪上下。

裘八是老乔为销售T集团马桶在京城找到的一个代理商，他原先是骑破自行车的，因为被新乔拉入贩卖北美超级豪华马桶（没错，就是那名气如雷贯耳的"总统牌马桶"）的行列，裘八迅速脱贫，并斥资购买了一辆20世纪90年代刚出产的美国切诺基吉普车，成为京城头一拨儿有车族，但是也就在裘八开着大吉普得意扬扬踌躇满志地在京城道路上一路顺风行驶的那个冬天，在京城雪花柳絮般飘着的一个麻黑的傍晚，大切诺基一个打滑，就把那个刚六十出头的老头儿给撞死了。

裘八那个着急，但没用，人没了。

老头儿有几个身材魁梧膀大腰圆的孝顺儿子，爹死后他们四处搜寻裘八，要群殴他。裘八先是四处藏躲，最后他"急中生智"（他本人叙述），在八宝山火葬场老头

儿遗体被推进火化炉之前那一时刻，他扑通一下跪地，大喊："爸爸呀！"接着就号啕大哭……

"就用这一招儿，我躲过了一顿暴打，不过还他妈赔了十三万块！哈，老头儿的儿子们可赚大了！"一天晚上，在上海一家星级酒店里，裘八对北美T公司亚洲市场经理新乔表情丰富地叙述着："嗨，以前没告诉您，我最近碰上事儿了……"详细叙述了他轧人的细节和善后过程。

那件事发生在20世纪90年代初，当时中国刚小碎步迈进汽车时代。再梳理一下：新乔成功扶植了一个下线——裘八，裘八才发家就买了辆吉普，买吉普没过一年，那老头儿就被打滑的车轮碾轧而死。于是，按照裘八的叙述：老头儿悲愤威猛的儿子们就因获得一笔巨额赔偿款而发了笔横财。这套逻辑一步步推理下来，让新乔不知怎的，一直感到有些内心不安，因为他怕一环环反推回去。

要是那样的话……

世界上一切都可用"因果关系"解释，这是佛教的理论，新（老）乔均不笃信佛教，但那法子也偶尔用用。

除了裘八在北京开车出事给老乔心中留下阴影，十多年前他听说一个人在倒车时因看不见车尾把一个婴儿轧死，那件事对老乔也有不良影响。

是的，老乔以前开车的北美除了车就是车，而在这个几乎相当于加拿大全国人口的北京城，除了车就是人。

老乔自己也出过几次车祸，也差点被撞残，直到今天他腿部稍微用劲还会引起车祸旧伤复发，而且新、老乔都有那么个坚定信念：宁可被人撞，也不能撞人。

是六月初那位大姐的"高智商"沃尔沃打消了老乔的顾虑。那种智能车在后车轮就要撞人时，竟然能自动停顿！

这对老乔无疑是个令人释怀的福音。

七、坡起——第二次练车

2020年8月24日，星期一

"坡起"这个科目应该是专为手动车设计的，只有手动车才会在驾驶员（据说都是女士）手忙脚乱时，从坡上倒着滑溜下来。说女性驾驶员的坏话，是老乔和马老师、张老师没啥话题时候的首选。

三个小时练车过程中，老乔必须找一些和教练共同感兴趣的话题，一是避免老师总那么一脸的"师道尊严"，二是能"谋杀时间"。

今天的老师姓"张"，57岁，是个比老乔小一岁的"兔子"。

兔子指挥老虎。

张教练照样和蔼可亲，由于是第二位教练，就把老乔原来对"北京教练"那形成很多年的不良成见（都是别人说的，比如你必须上烟上酒呀，动不动就"训诫"你一通呀）给去除了。

以前有一次，老乔的一个同事实在忍受不住教练的粗鲁，就狠命一脚刹车把车停到一边，然后对野蛮教练严肃地说："你知道咱俩是什么关系吗？我是消费者，而你是为我提供服务的！"

就那样，她用她们的方式给教练们的态度纠偏。

教练的态度就好比练车需要练习的大S线，您再咋粗暴，也不能出线。

不过，由于老乔这次是贵宾，买的是专为老年人设计的套餐——老乔那么理解的。教练对VIP尊敬有加，和以前学车那些人的师徒关系，似乎正好颠覆过来。

"坡起"显然对老乔太简单了，而第二次练习，也就这点内容。

老乔在枯燥的反复停车和重新启动过程中恍惚意识到，他58岁高龄"二进宫"当老年VIP驾校学员，其实就是一种坡起——爬到人生的半山腰后，你先停顿一下，再伺机启动，开始生命后半段的行进。

然后，无声冲过终点。

人一辈子难免要爬一些坡，有的人多些；有的人少点；有人能遇到坡上起步，比如老乔这样的草民；有人爬上最后一个坡就再走不下去了，比如那个"赖小民"（金融巨贪）吧，而且，还可能像不熟练女性车手那样从坡上失控倒着冲下来，用车屁股"追尾"后面一大片无辜的车子。

那个"赖小民"也是"老虎",1962年出生的,不过,人家是"大老虎"。

说起来,还是"小老虎"(老乔)、"小兔子"(张教练)活得踏实。

接着,老乔还抽空回想了一下年轻时候的自己——"新乔"三十年前在蒙市第二次上路时学习的内容。

前面说过:"蒙市驾校"没有"西方时尚"如此"霸道"的专用练习场,第一次练车是在居民区,而第二次新乔就在那位伊朗教练的指挥下,把连S线都笔直走的"醉车"开到了一条高速公路的入口——蒙市在一个岛上,那是连接市区和岛外的一条主干线。

新乔问教练:"你想让我干嘛?"

教练说:"在高速上练车呀!慢,慢,先等那辆车过去……"只见一辆车"唰"地从眼前晃过,之后,出现了一个小的空档,教练说,"快给油门!冲!小心,千万甭把油门和刹车弄错!"

在伊朗教练的"胁迫"下,才第二次上路、驾龄才三个多小时的新乔驾驶的教练车跃上高速,在风驰电掣众车的夹缝中蛤蟆跳行进,而高速铁桥下面就是波涛汹涌的圣劳伦斯河……

八、开车已经不再是时尚，而是开飞机！

2020年8月25日，星期二

当老乔还在为能否通过都说是最难过关的科目二考试极端焦虑的时候，他突然知道开汽车已经不再是时尚——那都是"小后浪"们玩的把戏，开飞机才是时尚！

"西方时尚驾校"空场上放着几架小飞机，远看去挺拉风的，老乔原以为它们和孔雀、羊驼一样是用来点缀和象征时尚的，有个师妹看到老乔发到朋友圈中的飞机照片后，让老乔探听学校是否也培养飞机驾驶员，老乔答应帮她问问，但他没太认真，直到那天，他见几个穿飞行员制服的人在小飞机前面摆摊发放广告招募学员，老乔方知道这学校真的也培养飞行员。

只见一个经理模样的人塞给老乔一份详细资料，诱惑老乔报名参加飞行员培训。

老乔说："不行不行，我太老了。"经理说："哪里哪里，只要不到65岁都没问题。"哦，这比开汽车的年龄限制才少5岁。

老乔又问学开飞机是不是特别难，他说："哪里哪里呀，您那观念早过时了，开飞机和开汽车一样容易。"

老乔心想，也是，天上既没有双黄线又没有红绿灯，自己红绿容易混淆的老毛病只要一上天就能克服……

经理还说，只要有汽车驾驶证，学开飞机连体检都免了，而且上去就开，开了就直奔蓝天。

"只需一两个月，我保证您会！"

老乔忙问："那你自己会开飞机吗？"

"我还不会。"经理淡定答道。

老乔把"一生中的最后母校"也教人开飞机的好消息广而告之后，一个中学老同学留言："是吗？学费多少钱？"这个同学是个工厂老板，工厂在大连，专门替人定制日本妇女用品。老乔就连忙去问那位招募飞行员的经理，经理说不贵不贵，他告诉老乔一个数额，老乔转手把那个数额转发给了老板同学，老同学知道那个金额之后估摸着会马上拿起计算器，计算需要生产多少只乳罩（他公司的主打产品）才能凑齐能把他送到距离天堂更进一步的蓝色天空。

老乔也在计算，计算以后需少花钱出版多少本自己写的书籍才能凑够那笔"上天"经费。

其实，"上天"对老乔不是陌生的事，前年夏天在土耳其死海旁边的费特希耶，老乔就从海拔2000米的山顶跳过滑翔伞。

当他和他的土耳其教练一起降落在死海的沙滩上时，他发觉原来自己并没有"死"。

想必开飞机也是那样：飞机的降落比起飞还关键，要用两个飞机腿着陆，那岂不和滑翔伞落地瞬间人用腿一路小跑着陆一样吗？

危险在于：飞机着陆时踩踏上去的不是"死海"，而

是有可能致死的地皮，而且飞机不能像人类那样小跑着软着陆。

在19、20世纪人类的发明中，让老乔不可思议的有那么几种，其中最重要的一种就是飞行器。人啊，你咋那么轻易地就学会并掌握在天上像蜻蜓、苍蝇那样飞翔，然后又像蚊子、飞蛾一样翅膀趔趄着回到陆地的"奇术"了呢？

我们最该痛恨自己的应该是完全失去好奇心，把原本完全不可能出现的奇迹看作理所应当——飞行就是其中之一。

你试着体会一下三百年前正在战马上互撕着的一群人，忽然看见天上飞来了一只奇形怪状的金属大鸟，并玩命朝其中一拨人开枪射击，那会是一种怎样的惊奇！

正如以上所述，"上天"对跳过伞的老乔来说不是头一遭了，他只是有时分辨不清红绿路灯却不恐高。另外，只要不再花钱出书的话飞行培训费也勉强掏得起。"那么，干脆你连同飞机驾照也一起拿下吧。"另一个中学发小用短信鼓励刺激老乔。

让老乔不怵飞行的另外一个理由是一般人没有开飞机的朋友，但老乔有，20世纪90年代初在蒙市的马桶国际T集团公司里，新乔的挚友Rual（拉渥）就曾是开飞机的Pilot（飞行员）。

"I am a pilot!"来自委内瑞拉的拉渥与任何人初次见面都那么坚毅地说，和公司董事长Fish先生初次见面的时候也这样说。

一个飞行员和一条鱼。

新乔和拉渥分别在T集团国际部负责亚洲和拉美市场销售业务，他们一起共事，同以Fish先生为代表的上司们"肉搏"了四年。那四年中他们同进同退、互相照应、生死与共，就好像是战斗机上的驾驶员和导航员。

共事四年后二人分开了，一个飞回亚洲，另一个在欧美上空飞呀飞呀一直没法软着陆。Raul最后一次和老乔联系是在二十年前，那时他失了业，在马德里一个咖啡馆里呼叫"老战友"。

Pilot，MBA，是拉渥的两个"素质标签"，但前一个更加干脆，他介绍自己的时候，给新乔留下的记忆是永久的，因为那说明当飞行员在天空上飞行并不是遥不可及的事情。拉渥三十岁左右就会开飞机，老乔都快六十了，不就更该会了吗？

"拉渥，你能教我开飞机吗？"

老乔抬头向着湛蓝的天空，问老友。

九、"倒车入库"与"瓜王闫师傅"

2020年8月30日，星期日

其实，那是个虚拟的"库"，画在地上的，因此，当闫师父对老乔说担心车太多没"库"练习的时候，老乔还挺纳闷。

第三位师父姓"闫"。老乔在听他说姓"Yán"时特想询问到底是哪个"Yán",万一是"阎王"的"阎",自己就必须小心。

这位闫老师起初一句话不说,一脸师父的严肃。尽管他头发也白了,但他对老乔说的第一句话竟是:"有人看不起老年学员,但我并不歧视他们。"

那个"他们"里分明包含着老乔。

老乔这才知道,一个不会开车的老年男人(比如自己),就好像是年近六旬还没娶媳妇的光棍儿,容易被人用"你咋啦?"的奇怪眼神打量。

老乔于是就迫不及待地告诉他:"我是老司机。"

三次来上驾驶课时,老乔都考量过究竟该在哪个适当的时候告诉师傅们"我是老司机"。

太早了显然不行。

假如你见面第一句话就说:"我是老司机。"那么,如果师父很年轻(大多情形下是这样),他们该往啥地方放置自己?

要替对方着想。

太晚了也不行,因为老司机的素质是融入骨头里的——手指上那几根骨头。只要你用一双老手揉搓那黑盘子,明眼人一瞅就知道你不是外行,就好比麻将桌上的老手压根不用看牌一摸就知道抓了哪张。

老司机手上残留的,是经验残存的风度。

闫师傅是大兴人氏。大兴盛产西瓜,因此他的性格也

"产地化了",颇有点大兴西瓜王的劲头。

开始时闫师傅不太搭理老年学员老乔,脸色沉重得像老西瓜皮,可能他想给老乔个下马威吧,但一听老乔说出自己二十二年前就是司机,而且开过十几万公里的"身世"之后,闫师傅的圆脸猛一下就像瓜王熟透后再也绷不住,"啪"地炸裂开了,他顿时笑成了一朵红灿灿的"西瓜霜花"——看上去真像是个脆沙瓤的好瓜,打开后满溢出一大汪甜水,只听他用响雷似的大嗓门说:

"老哥,你咋不早说呀?我说嘛,哪有快六十了还不会开车的老爷们儿。这就太好办了!走,咱哥俩快到练习场去吧,哈哈哈哈!"比老乔小两岁、属龙的闫师父那么地兴高采烈。

到后来,老乔充分体会到闫老弟的"大兴瓜王性情"。他相貌不显眼,但内心甜蜜,肚皮里美,嘎嘣脆,心直口快有啥说啥,而且一张口就停不住,简直就是个大话痨!

整整三个小时,老乔的耳朵里都充斥着闫师傅滔滔不绝充满激情高分贝高气流高能量的谆谆教导,外加一肚子心窝子话,老乔又不好意思把闫老弟的口若悬河打断,因此,脑子里一直乱哄哄的,感到头皮就要炸裂,最后迫不得已,老乔在练习倒车入库反复出错时给了老闫几个断然的手势,命令他"保持静默"……

闫师傅热情训导的高音终于停了,老乔利用脑子能够清楚思维的短暂空挡,把倒车要领和师父传授的口诀在脑

海里默念三五遍，然后他用老油条的手法和绝不会将油门车闸颠倒的自觉性极高的腿脚，简单几个回合，就将教练车熟练地倒进那用线条画的虚拟车库里了。

这时只听闫师傅大笑说好，用憋了半天马上就快要忍不住播放的亮嗓说："我说的没错吧？老乔，你一个老司机，最多用半个小时肯定就能学会这个项目！哈哈哈哈！"

十、"你不应该呀！"——老乔最不爱听的批评

2020年9月1日，星期二

暑期结束，北京各大学都开学了，心情激荡的乔老师必须抓紧时间，在学生上课之前把"西方时尚"的这点事儿做好。

最起码要把科目二搞定。

但他越和闫师傅练车危机感越强，他已经开始担忧自己能否通过"规定动作"科目二的考核。

老乔的缺点，就是曾经开过汽车。

就好比老乔已经走了58年的路，忽然有一天，出于某种缘由，老乔必须通过"走路技能测试"。测试的内容并不难，就是让他的左腿先抬起来，然后换右腿，但是，左腿和右腿之间交换迈步的间隙不能小于0,5秒，脚落地时踏到的尘土也不能让空气中的PM10增加5个单位；你不仅要能走直道，而且要走弯道，走大S而不是小S线，同

时,也绝不能先抬右腿或者沾上S的边,只要抬错腿或沾了S边,你就被判出局,就说你根本不会走路,你要再交几百元钱的课时费,再回到出娘胎的那时刻,重新学怎么走路。

大致就是这个意思。

而且考试时的裁判不是人,是不通一丁点人情的电脑嘛,有点……

老乔不太怕人类,他的智力对付人脑还行,对付电脑。

三十年前在蒙市考试时裁判是活人,他不怵,但电脑是啥?是冷冰冰的家伙!老乔现在正好处于会显示"健康宝"和不会显示"健康宝"的年龄段之间,再朝前几年的人就不太会用智能手机,就进不了商场、上不去公交车……

"老司机不应该呀!""你太不应该呀!"同样也差不多六旬的闫老弟在老乔车轱辘一而再、再而三地沾上S的边,或者把大S走成小S时,总爱用这种挤兑老司机的叹息来批评比他大两岁的乔老师。

"龙"数叨"虎"。

阅路无数的老乔早年啥S路没经历过呀,但他从没留意,也从没想到会栽在婀娜的大小S曲线上面。考试偏有那么道题,有那么一段用闫师傅的话说是"设计时就故意让你折,让无数人一不留神就出局"的S路线。

"轻敌,俺为啥老是轻敌!"老乔叹息着,对着闫师

傅懊悔不已。

让老乔精神崩溃的还有那个难度最大的"倒车入库"项目。想想：老乔在闫老师的高音频指导下本来就不容易集中注意力，要用频繁接师父话茬时脑壳里仅剩下的小于5%的空隙理解背熟师父的那些乱七八糟的"这里留一掌距离""那里留两指距离"的操作秘诀，同时，他还要用已经没有大脑指挥的手脚做那些规定的机械动作，于是，只要一不留神，老乔的车屁股就进不了几条线画的虚拟车库，哪怕进去了也是屁股位置横竖不端正，于是：

"老司机不应该呀！"

闫师傅恨铁不成钢的抱怨声，就又来了！

老乔那时候真后悔，不该那么早告诉师父他开过车。

"老司机"最大的短处就是面子太重，好比越是历史悠久辉煌的国家遇事就越容易焦虑，就越输不起。

老乔逐渐体悟到主考部门给科目二留下十次考试机会是多么善良和体贴，而且好像是特意为他这种"二进宫"的"万里司机们"准备的考试大餐，它一共有十道菜，要一道接着一道地品尝。

老乔回家后又仔细观察楼下那些排列整齐得像德国U-boat（U型潜艇）的邻里们的车，只见它们挺胸抬头蓄势待发，都是清一色的车头冲外面，而且停得都那么地道，于是，他回想到30年前在蒙市郊外他家楼下的那个也排列着若干轿车的空场，二者的区别是那么明显。

蒙市那个大，无边无际，你可以任意停车，头冲哪里都行，而这个显然要小，你必须将车停得中规中矩；

蒙市邻居们的车都是二手的，而这边不仅是一手，而且大都是超豪华名车，且排气量超大，可用"豪横"二字形容。

因此老乔清醒认识到：他这个老司机在"侧方停车"和"倒库停车"两个项目上其实并不是熟练不熟练的问题，而是他压根儿就不会，因为以前并不需要。用更直白点的说法，你早先太穷，你根本就没有过私家车库。一个没库的司机，你死乞白赖练习啥入库呀？

北美的车就像是新疆和田的羊群，是广阔天地下散养的，而京城的车都是寸土寸金狭窄车场中的"天之骄子"，是娇气华贵的。

十一、老乔的真正弱项——开倒车！

2020年9月3日，星期四

世上有两类人：

会开和喜欢开倒车的；

会开但不喜欢开倒车的。

老乔就是第二种人。开倒车是老乔的最弱项，不仅老乔自己那么想，就连陪练了两天的闫师傅也那么想："你一个号称开过十几万公里车的人，怎么就不会倒车入库呢？"

老乔总是在这个项目上出错，不是撞上了虚拟的墙，

就是把意念中旁边停着的法拉利车门给蹭了,再有,就是把自己的后屁股——自然是车的,给怼到了车库的后墙上,将那堵后墙怼了个大窟窿……当然,这都是老乔和闫师傅凭老乔蹩脚的倒车技术推想的。

老乔越按照师父们的找点的方法,比如车侧镜中显示出墙角(想象中的)之后你要打方向盘时那个两根手指头粗细的"点",越仔细地按照那些个点的依据转方向盘,就越容易把车误开到和法拉利亲密接触的程度。于是,师父说:"你甭只按点的要求开呀!点当然要找对,但同时,你还要凭老司机的经验灵活开呀!……"

但事实是,老乔接受驾校培训的小时数越长,就越觉得自己逐渐已经不会开车了。随着按部就班的严格训练,他渐渐丢失了十几万公里老司机的手感和悟性,就如同走了二十多年路的一个人参军后练习的第一个项目就是"按规定方法走路",但只要一接受严格规范训练,仅需一个星期,他就把曾经会走路的经历,变成几乎不存在过的幻觉。

学走路只要学朝前走就够了,没听说军训还练习逆行的,可学驾驶就偏要强调和测试逆行技巧。

"倒车难,难于上青天!"李白都说他不会开倒车,何况是曾在北美开车的老乔我呢?

当老乔还是新乔的时候,他七八年间驱车十几万公里,有过不少惊险的不良驾驶体验:有因过冻了冰的铁桥撞车却没撞人的;有在结冰路面上开车原地360度转圈的；有开着后屁股浓烟滚滚，脚下制动完全失效，在高速路上狂奔停不下来的……但他唯一没有体验过，也压根儿就不擅长，更不想做得多么合格的，就是——

开、倒、车！

楼下篮球场那么大的空地，那时回家后任他随意停。

北美的千里荒原，他只需闷头向前行驶。

十二、与邻座女学员的恳谈

2020年9月3日，星期四

当"西方时尚"的回城班车上，邻座的、已经七十岁的、整整比老乔大一轮的女学员对老乔说："咱们这个年龄的人学车呀……"的时候，老乔感到浑身不适。

人总是喜欢往年轻人这边靠，说对方是自己的同类，但即便如此，差一轮套磁还是多少有些越界，就跟这两天中印边境又在吃紧，印度军人总是跨越到咱们这边来似的。

被老太太校友套瓷的不愉快的老乔为了和她拉开距离，迅速用两个断然的句子回复她：第一，在咱们学校，您肯定年龄排名第一，没人能和您争；第二，我以前可是会开车的。

老太太为了考科目一竟然把1600道题全都做了一遍，还积极去参加辅导课和考前的模拟测验，而且，她居然得了96分！她说她下周一就要正式走进考场——那是个让老

乔回想起来都心有余悸的地方。他，一个北京大爷，被混编在数百个春笋般的00后之中一起和冷漠的电脑博弈，而且第一次还没考过……

老乔接着设想下周一那个考场中即将出现的另外一幅画面——一个七旬老太，带着满脑子一边记住一边漏掉的习题答案，和比她小半世纪的孙儿们皱眉做着电脑习题。

她说在这之前她甚至都不懂什么叫作"制动"，但昨天她终于从一个一起听辅导课的同学处打听到了。

乔大爷鼓励她说："您下周一科目一考试绝对没问题，您模拟分数比我的最终成绩还高。另外，您更不用担心路面考的其他科目过不了关，您不像我，您没开过车呀，那样状态最好，最容易通过。"

是的，开过车是个大麻烦，就连闫师傅也说过佐证这一点的故事。在昨天的训练结束之前他几次想要告诉老乔一个笑话，但见老乔正和那辆教练车死活较着劲，就一直憋着没说，直到老乔再也征服不了那匹由闫师傅亲自调教有个性的"野马"，课时也快到了的时候，闫师傅才在最后一两分钟时间里把他的笑话喷吐了出来。他说，早先驾校有一种保过班（老乔也听说过，收费贵，易过关），咋"保过"呢？就是在考试的时候那些贵宾学员们不用自己动脑子，有人像速滑比赛教练那样在场外呼喊指令，比如"停，给油门，拉手闸！倒，倒，倒呀！"之类的，你只要按照那些指令一个个做动作，就保证能够通过。

"但是，"闫师傅诡异一笑，"通常是那些没脑子的肯定能过，而那些有脑子的，有自己想法和主意的，多半都挂了。"

老乔听完后琢磨：显然自己是第二种学员，而从没碰过方向盘，拿年龄和自己套近乎的那位年龄比他大一整轮的七旬大姐，她绝对是第一种人。

十三、其实，开倒车并没那么难！
2020年9月6日，星期日

如前所述，曾经开了十几万公里车的老乔并不会开倒车，或者说并不擅长开倒车，因此，第一二次练习倒车入库时他吃了不少苦头。热心肠的闫师傅好激动的性格给了老乔不小的精神压力，老乔总觉得自己要是通不过科目二考试，就非常对不起一直看好他的师傅，但越那么想他倒车时就越走不正，蹭了法拉利、兰博基尼天价的车门，一次从左侧、一次从右侧。当然，这些都是意念中的，老乔只是倾轧了画线车库的边角！

老乔越不适应开倒车，就越觉得来"西方时尚"驾校回炉学车是无比正确的选择——哪怕现实是他不回炉一次是不可能开上车的。经过几次课的记忆修复，他已经逐渐的重新带上了一副"驾驶员眼镜"——你不开车时，你不会在乎你家楼下停的和马路上跑着的都是哪些个车，但一旦你在意了，它们的品牌和档次，就在你的视线里变得清晰起来。

老乔发现可不得了了，首都的路面上跑的都是些蹭不起的车呀！奔驰不说，兰博基尼和劳斯莱斯也不罕见。它们那娇贵的身子，都会时不时在你家未来座驾（倘若老乔能从驾校毕业，能获得开车资质的话）两边晃悠，这可多危险呀，万一你倒车入库时，把屁股捅在兰博基尼、保时捷的细腰眼上，那可就糟喽！

因此，老齐尤其感激闫师傅的情绪化指导、苦口婆心教诲和恨铁不成钢的焦虑。

这次的教练员又回到了第二次教他的那个性格平和、属兔的张老师。

属兔的张老师和属龙的闫老师比较，一个是水，一个是火；一个是空气，一个是岩石；一个好心肠，一个热心肠；一个是平谷大桃——特甜，一个是大兴西瓜——特脆。老乔属虎，张老师属兔，闫老师属龙，他们三人是隔着不到一岁的同龄人，是"三兄弟组合"，这个临时组合的目的只有一个，就是打发老乔尽快离开驾驶学校。

在张老师和颜悦色的指挥下，今天老乔非常顺利地完成了考试前最后一次彩排训练，做了几十次倒车入库，95%以上都合格了，因此，老乔忽然情绪逆转，对开倒车信心满满起来。他发现那并不难，你一次开不好倒车，或者不敢开，你两次还不敢开吗？你一开始对开倒车有抵触，但开惯了，就不讨厌开倒车，就完全适应了，而且，你会染上不开倒车就难受的瘾，老乔就是这样。这天训练结束，张师傅让他单独开一两公里的"长途车"——老乔可是许久（二十二年）没这么痛快开一把了呀！老乔看见路边有一个空挡，那是临时停车用的，有两个车位那么大，原本只要顺着开进去就行，可老乔不那么想，他已经习惯用屁股倒着捅进车位了，于是，老乔就不由自主地先把车开过那个空挡，然后把车停住，他想练一把侧方停车，就在这时，车猛地一下急刹了，是张老师踩的教练闸。

"你不要命了，在公里上不能随意倒车，这是十分危险的举动！"兔子性格的教练对老虎学员头一次红脸说。

"哦，我是倒车倒上瘾了。"老乔这才意识到自己的重大失误。

"即便喜欢开倒车，也要悠着点才是。"老乔告诫自己。

十四、一定要"爬过"那条S线路！

科目二考试包括五个项目：侧方停车、坡起、直角、走S曲线，倒车入库。

老乔将老师们传授的每一个环节和步骤像小学生记口诀那样一一记录下来，他问张老师考试时能否带着这张"四十大盗口诀——芝麻呀，你咋不开门！"口诀表上车，张老师说不行，说那容易被电脑怀疑作弊。

于是，老乔只能依赖他逐渐不灵的记性。

其他两个难搞项目都已经练习得非常圆满了，但老乔

却在走S曲线上屡次失误，时常猛地后轱辘被顶了一下似的，原来车上马路沿了，那可就是"你死啦！"的判决。

老乔纳闷：这原本不难呀？头几天走S线从没在意，怎么走怎么顺利——哦，原来那时你没想考试那么回事。一旦你进入考试状态，那条本来可以不介意就过去的线条，竟然像一条盘在乔老师面前的彩色花纹巨蟒，陡地瘆人起来！

S线是那么的婀娜诱人，却又那么诡异。你看不清它后面的隐约真容呀，还那么的机关算尽。闫师傅说不知有多少老乔这样的老司机一不小心、一不当回事、一魔鬼附体，就折在这条看似极其容易通过却是故意刁难设计的魔力曲线上了！

老乔今天就折过不止两回！

老乔在第二次S路上遭遇毁灭性灾难后顿时满头大汗，他问张师傅咋办，并听张师傅讲了几次注意事项，但都不太灵光，老乔的车头不是轧了S的尾巴，就是从S的边角擦边惊险而过。总之，他不自信，不从容，不淡定，不……

最后一次练习过S陷阱区域时，老乔终于摸到了一个能确保他不瘫倒在S线条上的万全之策——你只要像鬼子进村时那样悄悄地、小碎步地、一步一低头地"爬"着开过它，就行，就不会踩上黄线，就能万无一失。具体操作方法，就是你不要像师傅们指导的那样这么一下、那么一下地大幅度开，你开慢点，再慢点，你一定往前看，千万甬和S线条眉来眼去，你要手随着眼睛一点点微调那方向盘，要蜗牛似的匍匐着"爬"过敏感区域，只要你做到以上，就极有可能成功！

当然，这只是老乔在最后一次模拟考试时摸索出的一种只适合老司机的昏招儿。老司机随机应变操纵方向盘的经验足呀，但究竟灵不灵光，还要看测试那天老乔的发挥了。

十五、科目二测试前到国贸冰场找感觉
2020年9月8日，星期二

眼看对老年学员老乔来说挑战性最大的科目二测试就要拉开大幕了，为了继续寻找走S线路的灵感，老乔到国贸冰场寻找感觉。

疫情过后的国贸冰场禁止老乔滑了二十多年的冰球跑刀上冰，于是从上次起他只好穿冰场的花样冰鞋滑，你懂滑冰的话就不用细告诉你，跑刀和花样原本不是一种功夫，弄不好是会出事的，因此上次借冰鞋时那个服务生死活不借给老乔，说："大爷，这可不是闹着玩的啊！"

但老乔"冰瘾"一犯就和不让抽鸦片那样难忍，他艰难地穿上从前认为只有女孩儿才会穿的、走起来如小脚老太太那样别别扭扭的"花鞋"。第一次他还真摔了个大马趴，因为花样鞋前面有个钩子，那钩子就像"西方时尚"训练车的手闸，你不留心的时候它似乎不存在，但它发威

给你使绊，一绊，就是一个屁股坐地。

第二次穿新鞋上冰的老乔很快就熟悉了"花样"——用英文，那是figure skating。

Figure有许多意思，和Skating（滑冰）搭配产生的意义是：身材；体形；（尤指）身段。

The shape of the human body, especially a woman's body that is attractive，

例句：She's always had a good figure，

她一向体态秀美。

I'm watching my figure (= trying not to get fat)，

我一直注意保持身材。

老乔脚上穿着极不和谐的花样冰鞋，能在第二次上冰时就健步如飞，就已经超出了自己的预估，那是他几十年来养成的"冰性"在起作用，就和水性似的。哦，想起来了，当属龙的闫教练听到老乔说他开过车后先是大喜，然后，闫老弟和老乔探讨哪些东西一旦会了就再也忘不了，老乔起初脱口想说"开车"，但又有点犹豫，就说有骑自行车和游泳等，但他忘了还有滑冰。想当冰油子你必须多滑，滑到在冰上不感觉是在冰上。

那天闫老师还说了一句老乔听了很受用的话，他说："动过车和开过车完全是两码事。"这是对的，你只要上过驾校就算是动过车了，但你只有像老乔那样开过十几万公里，把车当每天的交通工具使用（老乔早年每天往返家

和公司最少五十公里），那才叫开过车，才是老司机。用属兔的张师傅的话说，那叫作人车一体的境界。

老乔头一两次在驾校开训练车，其实还挺人车一体来着。

老乔的思绪又滑回到冰场。

老乔发现花样刀除了像手刹的刀尖是个安全隐患外，比球刀更大的优势是在舞蹈方面，因为它刀宽，和冰接触面更大，走起来更稳，更适合变成"figure"。肚皮已大（fat）的老乔显然不再有那种潜能了，但他已经学会欣赏。

穿上花样鞋变相给了老乔一个前所未有的花样视角，他用身体力行的方式重新打量周边那些做着各种高难动作的花样滑冰学员。他们每个动作都那么严谨、规范，他们反复地不厌其烦地练习，仔细一遍遍地体会，这和科目二那五个规定的考核简直异曲同工，都是先记住要领，一遍遍练习，测试时给每个动作打分，扣二十分就不及格……哦，难怪花样滑冰比赛打分时，先打一组技术分，然后才是表现分，基本技术达不到，你怎么表现也不行，人家抠的也是细节！

年近六旬的老乔开始能读懂和欣赏周边练习花样动作的那些有的年幼有的中年的冰上公主、王子们究竟在干啥。他也特想像那个最近刚火起来的75岁、在国贸滑冰21年的姬大爷那样，来几个姬大爷最擅长的"天女散花"动作，但他练了两下就知道老胳膊老腿的不中用了，哪怕身

子能跳到半空，之后怎么下来，就是个必须认真考虑的问题。当然，很可能还没来得及考虑，屁股就先着地了，就像上次那样。

"冰上劳伦斯"是姬大爷的最新雅号，今天他没来冰场，很有可能是名气大了之后就忽然有了隐私和肖像权的意识，于是老乔后悔上次和他见面时只顾聊天，只顾把他在冰上的美姿偷录下来发到朋友圈，竟忘了和他单独来张合影。

十六、科目二竟然考了100分！
2020年9月9日，星期三

自从小学毕业之后，老乔就再也没见到100分的成绩了，没想到，他在年近六旬的时候他又得了一次满分，圆满完成了应该是他人生最后一次重要艰难的考试。当然，之后还有路上实际驾驶的科目三，但对于老司机来说，那个科目再出问题，就不是老乔的问题了。

老乔考试前在贵宾休息厅等候教练的时候，冷不丁听闫师傅正在和一个管理人员气鼓鼓地说："那姑娘昨天考砸了，给我气的！"

老乔心里一咯噔，他知道这是教练们在背后议论着学生，那么，自己今天一旦……于是，在和闫师傅走进练习场时老乔试探着问闫老师，假如他今天也考砸了的话，是不是也会非常生气，闫老师马上和颜悦色，像当时湛蓝天空中漂游着的奇美大朵白云,说:"哪里哪里呀,您哪怕10次考不过,我也没啥烦恼⋯⋯"

闫老师带领老乔进行上考场前的最后几圈实战训练,老乔技术还算可以,所有步骤都完美完成了,但还是有些不断出现的他不曾留意的细致处,使他几乎完美的操作以"大黑天鹅事件"的出现而功亏一篑。比如,把车开出考场时车屁股触犯到别人的车库之类的。那些车库原本都是虚拟的、若隐若现的,你一不留神,一不按规矩操作,轧上它你就失败出局。老乔越练自信心就越下降,他不清楚究竟还有多少他以前没碰到过、没被暴露出来的规则、红线会冷不丁浮现出来,成为让他挂了的手刹,他也不知道哪个科目会像S弯道哪样越走就越走样:你第一次迈过S时还雄赳赳气昂昂的,你第二次过它时就变成雪山草地中的艰难跋涉,但当你第八次、第十次涉足大S和小S弯时,就如同寻找新冠肺炎疫苗那样要有百折不挠之精神,并要具备俯首帖耳、跪舔、匍匐之卑微心态了。

闫师傅把老乔送到考场门口就不能再进去了,他和老乔分别的时刻颇像是家长送子女进高考的考场。

贵宾考生老乔被安排到第二测试道。

里面一辆考试车都没有,这是小灶,是吃独食。

抬头一眼的空旷,更像是飞机起飞的跑道。

老乔不由得想起了挚友Pilot拉渥。

想起了二十二年前在T公司他们的组合飞行。

但是,今天老乔要起舞弄清影,他必须单飞。

其实和科目一考试一样，最后老乔也是第二把才得100分的。第一把他没过，在直角转弯的时候，他以为会像其他科目那样由电脑宣布直角转弯后考试开始，然后在你该把左转向灯熄灭的时候它再说一遍"直角转弯"——老师们教的。但直到老乔的车轱辘已经上了马路沿、车尾巴高高撅起来，新乔一直等待的第二次"直角转弯"口令也没响起，原来在实际测试中"进入科目"和"灭灯指令"是合二为一的……

第一把意外失误的老乔并没有像闫师傅嘱咐的那样失败后出去和他切磋，他明白问题不是出在操作失误，而是出在对考场步骤的误解上，于是老乔毫不犹豫，毅然选择第二次刷身份证，第二次冲锋，学生在考场老师的话可以不听，这次果然成功，他以0失误结束战斗！

老乔的"吃相"很不值得提倡，他真的是"爬"着小心翼翼地通过那条让无数英雄都折了腰的S线路的。只见他让车小碎步地"走"，他眼睛贼溜溜地打量前方，他手抱着方向盘像维吾尔族同胞做馕那样仔细地转呀转。幸亏贵宾考场中就他一辆由VIP学员驾驶的考试车在那条曲线中进行着"蜗牛爬"，否则如果像普通学员考场那样后面尾随着一长串考车，后面考车里的人看见前面一辆老人开的"毛毛虫车"在婀娜的弯曲线条道路上像小脚老太太一样一步步挪，还不笑得背过气去。老司机呀老司机，你丢人不？

俺这才叫作活到老学到老，爷也复习到老！

当老乔在电子成绩单上签完字，向工作人员再次核实自己的完美成绩后，他走出"人烟稀少"、考试时需克服起舞弄清影的孤独寂寞的贵宾考场，迎面闫师傅出现了，老乔故意苦着脸，对一脸疑惑的闫老师抖了个包袱："第二把，才得了100分！"

"嗨！哈哈哈……"闫师傅顿时乐开了花，他说："我说咋你一给油门，又重复考了一次呢！"

师徒二人一"龙"一"虎"，对着北京秋天白云朵朵的蓝天和明亮耀眼的太阳，共享着成功的欢悦。

十七、结尾

2020年9月9日，星期三，于科目二考试次日

当老乔非常娴熟地做完最后一个倒车入库动作时，从后视镜中打量着车尾，他清楚地意识到：

你考试合格了。

从这一刻起，你个人的新时代毫无悬念地即将开始，你将终结二十二年漫长的驾车空档期，重新回到高速的人生道路上面。

在那条路上，你不仅能疾速前行，同时，你还会准确无误地择机倒退，甚至卑微匍匐爬行。

（全文完）

贰　老乔重回大奔记

一、重拿驾照

2020年10月10日，星期六

在庚子年金秋还没真到来的十月"双节"假期结束后的第一天，老乔终于艰苦卓绝地通过了"西方时尚驾校"最后一科考试。这次他全答对了，还没等把题目做完冲刺100分，监考员就告诉他不用再答了。"老爷子，您已经得了92分，您可以去领驾照了。"

老乔是时隔二十二年（他第一次在加国那个用法语写驾照的省份获得驾照是1991年）之后，第二次得到驾照，这次是在他的故乡城市。

三十年河东，三十年河西。

老乔二十二年前在太平洋的西边、大西洋的东边拿到了驾照，这次，他回到了太平洋的东边。

灵魂环球之旅。

自从20世纪末老乔回到老家后，自从他早年的驾照失效之后，老乔是个"无照之人"。

干啥都需要个"照"，比如结婚，比如提干，何况是开车呢。

结婚、提干、开激动（机动）车都是危险活计。

一不小心，老乔把"机动"写成了"激动"。没错，汽车是个好激动的家伙，你听它呼哧带喘（气缸），你摸它心灵（引擎）抖动，你驾驭它时，它玩命地亢奋着，它想发泄，想死命撞上个啥，它也"早泄"——漏机油，它也勃起——长了个"鼓包"的破轮胎。

由于老乔在北美蒙市的两辆座驾都是烂车破车，老乔对车子有一种对野马野驴一样的畏惧，当然，也领略过调教好了的"马"的温顺和懂事。

在贵宾学员休息室和驾校空场等了不到一个小时的老乔，被"您是乔学员吗？您的驾照做好了。"的礼貌电话叫回到站在那里等他来到的VIP接待员的身边，他们恭敬地把那个小黑本子，那阔别了近二十二年的"激动车"驾驶证交到老乔手上。

那一瞬间，说老乔不激动，"机动车"就不是"好激动的车"了。

在恋恋不舍告别人生最后一所"母校"之后，在回京班车上，老乔在手机的备忘录上写了这样一首用于备忘这个历史时刻的小诗：

时隔二十二载，再次拿到驾照
人生是一部车，有自动、手动，
当然，还有汽油和电动，
而本人，一部时隔二十二年再上路的老车，算是什么呢？
人生是一部车，有先下、后下，
后下的送别先下的，

但真理是,你早晚都得下。
司机,有男司机女司机嫩司机老司机,
而我却是一个跨代穿越的怪司机。
别人拿本子时,才刚刚上路,
而我再拿本子的这一刻,
瞬间时跳过二十二年光阴,
与前十几万公里开过的"青春老道路"
缝合、对接。

二、头一次体验"自驾车轮上的故乡"

2020年10月19日,星期一

"双节"(国庆加中秋)黄金周的北京车展上,老乔和老伴一眼就看中了奔驰的车,于是,他们就放弃了沃尔沃和宝马。

又过了一周,他们在西三环的那家奔驰4S店里订了一辆德国产的轿跑,那辆车从德国到北京估计要坐船乘风破浪数日,因此,又过了两周,再也按捺不住想在故乡的马路上实现"首驾"的他们,就从神州租车租了一辆大沃宝,三下五除二地把车开上了西长安街,然后,二人一路向西奔驰,过了石景山,再过门头沟的一个桥,他们直奔北京西山而去。

他们的以上行为,实现了以下几项人生突破:

时隔近二十二年,又驾车一起出行;

老乔在京城这块土地上生活了接近六十载的一个轮

回，头一遭亲自开着四个轮子的机动车，用车轮碾轧故乡的道路。

以上两点，足以使老乔亢奋起来。

故乡的马路，始于你足下。当你出生之后，故乡的马路，你用腿、用自行车轧，然后，你用车轮子碾。

二十二年前，"新乔"在地球背面的那个北美蒙市第一次用汽车轮压马路时，他基本无动于衷，但现在不同了，当同一条路、同一个地名、同一个景物……他生来就熟悉的所有，随着脚下油门一个个、一幅幅往身后退去时，老乔既有些紧张又心潮起伏，就好比同一幅画忽然用全新的眼神打量，用迥异的感知器官抚摸。

门头沟的山、石景山的炼钢高炉、钓鱼台、玉渊潭、金融街……西四环、西二……一个个景点，一条条道路……

他清楚记得五十多年间自己是怎样用双足、用自行车的两轮，从这些地点经过，以及经过时候的体感。而眼下，那些路标们又稀里哗啦恍恍惚惚从眼皮下流窜而过，他自己呢，则不是用两足着地，或是用自行车骑行，也不是站或坐在公交车上，而是在一辆自己随心所欲驱动的高大威猛的自驾车上面……

北京人开车在老乔这个年纪的男子中，就如同谁都曾经会吸烟，也类似谁都能甩开裤裆走路，而只有老乔是个唯一另类：他开过不少年车，却不是在故乡的马路上开，而且时隔二十二年他才又重新开车，才头一次在熟悉得如

同自己身体的故乡道路上疾驰,难道这经历体验不奇特吗?奇特是肯定的,因此,哪怕再木讷的人,在老乔手把已经有些荒疏的方向盘,用稍稍超了点限速的速度通过门头沟的那个大桥时,也难以抑制内心的巨大波澜。

三、首次上路竟然是一次壮举

2020年10月21日,星期三

直到几天以后和学校的同事聊天,老乔才知道那天他携老伴开车去门头沟和石景山竟然是一个壮举,因为他没有陪驾,其实应该是陪练,只是老乔总是说成陪驾。

老乔的陪驾就是老伴。

起初,住同楼的朋友们也说了很多次,建议老乔请个陪练,但老乔说:"哪用哪用,我是老司机,我开过八年车。"邻居们就说那就别勉强了。

直到在和同事用餐的餐桌上,老乔才终于听明白了,这种陪驾的需要与否和你会不会开车并没太大关系,是带着你在复杂的京城路上"扫马路",熟悉京城变化多端路况的意思,否则……

"否则"后面的话,可有如下不同的答案:

第一种,是楼里楼长、楼政委(他们是本楼最积极维权维稳志愿者)透露给老乔的,就是老乔的12分(驾驶证上面的)很快就会被扣光,呵呵……

第二种,老乔即便出人意料地携老妻无知无畏地第一次上京城马路就直奔门头沟，但那是城西，是没啥车的地方，你敢去平安大街、二环、三环、王府井吗？如果去了的话，呵呵……

老乔终于明白了京城还有这么一种他在早先的北美完全没听说过的特殊服务——陪新（老）司机熟悉京城路面的陪驾。一般新司机都需要被"服务一下"才能成为一名真正的司机。

这真是"国内汽车文化课"的一个重要内容，是个新发现。

从"国外汽车文化"到"国内汽车文化"，老乔的初体验既新奇又刺激和惶恐，这一点，从老乔在朋友圈发他第一次驾车手把方向盘的照片之后，还身居海外的老同学老朋友们的反馈就能知道。

有的说："你真胆儿，我压根儿就不敢在国内开车！"

有的说："倒车我终于会了，但是还不会侧方停车！"（说这话的那位，是在加拿大开过几十年车的）。

穿越了二十二年，老乔首次体验故乡京城的车文化。除了和北美普遍意义上不同的路况——车多、杂人多、杂车多（电动的、摩的）、信号多、马路上符号多……在等等"多"之外，老乔还有一个"少"的发现，就是车位少，停车极其不易。

从满目是人到满目是车只需要一个契机，就是你买辆车。

从前的二十多年老乔没车，也就没在意，现在马上就要有车了，奔驰店的小龙（销售员）通知老乔，在店长亲自过问下，老乔的轿跑已经被紧急调拨，从香港转口天津港，一周左右就要到货了，老乔的眼神一下从人头转移到地面，他开始琢磨轿跑停在哪里的问题了，一留神不要紧，他发现压根儿就没地方停！

眼下的京城啊，早已是一个坑（车位）里数十个萝卜（车），新萝卜要想占坑，就要和老萝卜们死命地挤。

看来老乔以后要玩命地挤了，但他可能挤不过，他停车的技术还是不行，那天在门头沟有一个空他死活不敢停，犹豫时还差点和前面往后倒的车相撞，最后从门头沟开到金源Mall的停车场，两个空位还停歪了，一个后生见状主动上前说："要不我帮您停吧……"

有点难为情。

停车难，倒车、停车技术不过关，路不熟，眼睛花，轿跑不远万里从德意志而来，总不能头一次开就挂花。以上种种，都是老乔在和同事们吃完饭，知道"请陪驾不丢人"之后，就毫不犹豫拨通了"母校""西方时尚"的电话，一揽子定了四次陪练课程的缘由。

四、为迎娶奔驰所作的准备

2020年10月30日，星期五

其实，在两个星期前，老乔未来的"二房"就由销售员小龙开着出来叫他过了目了。

宝石蓝的轿跑姗姗从4S店的后库里向他走来，呼哧带喘的，显得挺脏，带着灰尘，披着一层白色的保护膜，那样子，有些扭扭捏捏以及勉勉强强。

老乔凭三十年前和两辆旧车耳鬓厮磨的体会，知道从这一时刻开始，至少是五年之内，他们的命运就和这个"宝石蓝妹子"纠缠在一起了，一直要纠缠到他六旬中期。

当然，那是指顺利的。咋还有不顺利的？

可能有，开车有危险嘛。

人和车的关系，是生死之交。

"蓝（靓）妹子"由于还没办理清关手续，老乔只是看了一眼，她就又回到库里面去了，等待老乔过些日子来提车。

多像盖头还没掀开，新娘子又坐轿子回了娘家。

由于老乔回看头次见"蓝妹子"时拍摄的短视频发现它喘气声音颇大，就让懂行的朋友帮助分析，朋友请教了更权威的，说是有点大，可能是因为哪个部件没有磨合好吧。老乔心里有点嘀咕，毕竟这是他们这辈子开的头一辆新车，而且是德国原产的，老乔必须保证它是个"处女车"。于是，再见到小龙的时候他就问小龙马达的声音问题，小龙说："您老放心，那是因为车刚刚起动，况且，人家在海上漂流了那么许久，又先到了香港，是从香港特意调拨过来的……"

老乔眼前浮现起它在海上的露天甲板上那么寂寞地等待到达彼岸的冷清时日，当时疫情已经暴发，谁知那辆车

上有菌还是没菌。不容易呀！不远万里来到你的身边。

如前所说，老乔在和朋友们聊天时确凿地知道有那么一种陪练（他起初老是说成"陪驾"）的服务，也从"母校"预订了四次陪驾，于是，两天后"西方时尚"的贺老师就把带有母校标记的一辆现代中型车开到了老乔家楼下。

"现代"和"奔驰"比，显然是紫鹃比林黛玉。

当老乔和脚下也有一个刹车的贺老师把现代陪驾车开到老乔家附近的交叉路口时是早晨8点，老乔顿时惊愕了，他从不这么早出门（乔老师的课大都是10点过后），而且，这是他一生中首次坐在驾驶员位置上钻进如此滚滚的人流车流，那现代车就像掉进了一个万条鲤鱼跳龙门的闸口，被从四面八方汇集而来的各种亡命之徒（有步行的、有骑电动车的、有坐在驾驶室中的）团团围堵，在一个戴墨镜警察的统一指挥下旋涡状滚着、爬着、跟跄着、小碎步着经过那个他平日再熟悉不过的交叉路口。

于是，老乔初次品尝了啥叫"北京开车难"，在人心火急火燎的早高峰时段。

进入主车道之后，老乔就从容了些，他一路前行，竟然把车开到了两个多星期没来的远在大兴的"西方时尚驾校"，当他的车再次从那些还在练习科目三的新学员们的车前通过的时候，老乔不由得洋洋得意起来。

即便是老司机，老乔在京城的四五环上飞车前行时，还是被身旁嗖嗖而过的亢奋的车们给着实吓唬了一番，尤其在并线的时候。在北美开车时，他记得没有在如此小的缝隙和如此快的车速下插队的经验，一个个猴急猴急的，反应稍慢，似乎就并不过去，或是被顶了屁股。

难道是自己反应慢了？

难道是眼神不如从前了？

他刚刚配了副开车专用眼镜，把视力提高到了1.0，而且那些什么散光啊之类的毛病也帮着克服了。

但即便如此，即使身旁有个贺老师陪驾，老乔还是感觉开车是个惊险的活计。

一次并线到快速路出口，眼瞅后面一辆车要咬"现代"的屁股，老乔脚下一使劲，车猛地上蹿了一下，贺老师一惊，说：

"这样可不好！"

幸亏只是车子上蹿，好在人还没下跳。

贺老师陪着老乔在老乔家楼下三层车库刚租下的车位练习倒车。

老乔在老师传授的要领引导下，简单地就学会了。

因此，老乔明白了一个道理——啥事都不要蛮干，会借鉴别人的经验，就能够事半功倍，因为老师知道的那些诀窍，想必也是一次次剐蹭后总结出来的。

停车之类的秘诀，你不要自己去摸索，这和跳水踢球射门不是一码子事情。跳水一次不成，大不了把你肚皮拍红；踢球一次不进门，你再踢就是了；车子不同，你没有试验的机会，只要一次失误，一丁点差错，不是把你"现

代中型小姐"的左膀擦伤,就是让你"奔驰宝石蓝妹子"的右臂挂彩。

因此,玩车凭的绝不是勇气和撞大运,而是小心和万无一失。

当老乔买新车的消息作为一个公共话题,在他家老楼的几位熟悉朋友中渐渐热炒起来。他们大多数人不看好"行车路上再回炉"的老乔,认为老乔在开新车后不久就会陷入车囧。大家都暗中等待着,想看看老乔的"新媳妇",有一种要一起掀起盖头的意思。

那天大家一起乘坐电梯,众人问老乔究竟买了辆啥车,老乔随口告诉他们车的代号是GLC,还没等老乔说出车的品牌,W楼长和T楼政委就异口同声地惊呼:"是奔驰啊!"

五、从蚂蚁到大象

2020年10月31日,星期六

当老乔头一次在汽车的座位上手把方向,被黑洞似的人流和车流裹挟着在京城的岔路口上小碎步前移的时候,那时刻,他是"高大上"的,他比周边的"群"一样的众人都高,他在车上,离地面最少半米。

他仿佛是大象,那些人都像是蚂蚁。

快60岁了,第一次有这种感觉。

于是那天的下午,老乔反思到:自己其实在前60年一直属于这个城市的"蚂族",一直用"鼠窜"的方式在有车人的眼中,盲流于大街小巷。

尽管他在北美也开车,也横穿竖穿人流,但那边的人没这么多,形成不了"云团状",开车的人,也没有居高临下的优越感。

不过,上午试驾现代车的几个小时一过,当老乔又重回地面,又开始步行,尤其是下午骑着他那辆特别像哈雷,几乎是京城独一辆,也是宝石蓝色的自行车在老宣武区的河边、小道上亡命飞奔的时候,他又重回人状"云"中,成为"蚂蚁"中的一个,他没规矩,他同汽车抢道,在汽车前后左出右没,用自行车前轮别小轿车的后轮,总之,他又成了无规则的群众和芸芸众生中的一员。这在那些坐在驾驶室"高大上"司机的眼里,不也是头疼的根源、烦恼的理由、鄙视的候选、不齿的种子么?

上下午角色迅速互换,只需一个中午作为界限。

这,又有些像人生的舞台:在舞台上是角儿,下台后是观众;坐车上是"核心",下车后是"零碎";开车时你是驾驭一个中型机械设备,步行、骑行时你是靠两腿自力更生,前者是燃烧能源,后者燃烧的是自己的脂肪。

两套系统,两种操作方法;两种类型,两个观察视角。

行走时,视线是平的;驾驶时,视线是向下的,车再高点呢,就是俯瞰了。

驾驭的人是有Power的,这个Power,可以是动力,也可以是权力意识,你用那么一点小小的手劲儿,就能驱动

几乎两吨重的"大老虎"。走路呢,你驱动的,是自己的腿,你会感觉到累;蹬自行车时,你也会发觉腰部的疲乏,那都是自己身上的部件。但是开车呢?无论你咋瞎开,会感觉那台车的辛苦么?

六、买奔驰是否有点高调?

那天在电梯,在从1到8楼的不到一分钟时间里,W楼长和T楼政委发出"奔驰啊?!"的遮掩不住的一声叹息之后,老乔和乔婶意识到可能买一辆宝石蓝的轿跑奔驰,犯了"高调"的禁忌。

全楼可能就这么一辆,而且是坐落在京城核心地带的长安街上。

拿W楼长来说,他那辆只有军事博物馆才能见到的老式北京吉普都不知咋通过的安检;T政委呢,他的车老乔压根儿就没见他开过,不知道是不好意思开,还是咋的。

多年来,老乔夫妻一直十分低调和土了吧唧。那种低调不是故意装出来的,楼长就来老乔家里巡视过,只见家徒四壁,除了书还是书。十几年前一个大学女同学来家视察时,看老乔家里啥亮点也没有,就用没嫁给老乔是十分正确的选择的语气说:"你一定要把家整好!"

老乔在楼领导和楼群众的殷切关心下地重考驾驶本,大家左叮咛右嘱咐,外加恨铁不成钢,担心他年岁大了禁不住车轮的转速,担心……谁知老乔若无其事,用压根儿没走心的口吻告诉大家，他家那辆没咋用心挑选的车子的品牌，是梅赛德斯奔驰，而且是轿跑，是酷毙的宝石蓝，是原装德国制造。

关于低调和高调，老乔不是没有用心思量。

老乔认定，他这个年岁，再不高调点，可就再没机会了呀。

有人生下来调子就高高的，比如特朗普，他习惯高调，而且调门越唱还真越高（脱口秀），干完一届总统后还正为干下届四处游走（11月3日投票）。

有人先高调后低调（迫不得已），然后再高调，比如钱锺书夫妇。钱锺书写《围城》后出了大名，贼傲气；之后他们去打扫厕所，到"五七干校"；晚年，二人再重回调门的顶尖。

有人其实一辈子也没高调过，比如4号楼门洞卖汽水的老牛夫妻，他们住地下室，打黑暗工，而且还时刻担心8号楼的居民嫌他们有碍观瞻被轰走。

隔着一个楼，也碍眼呐。

那么老乔夫妻呢？

老乔的"出行履历"早都被他写进《我爱北京公交车》里了，读了就知道，其实老乔开奔驰并不是标新立异，而是"重返"，英文是"Pivot"。

老乔22—25岁在日本东京工作的时候就是每天坐大奔上班的，那时候他就职于中国最牛外贸公司驻日代表处，进出都坐奔驰，420超豪华型，而且是专职司机开的。

因此，老乔是二十二年后重回奔驰（Pivot to Mercedes-Benz），是复习，是回归"轴心"，是重返青春，是还乡团，是对岁月的"复仇"！

换一种说法，大多数人的"交通工具履历"是先步行、骑自行车，然后开普通轿车，最后开奔驰（成功的话）老乔的呢，他步行骑自行车后马上梅赛德斯（22—25岁）；之后再骑破自行车、步行（北美留学）；然后开破车（29—36岁，在加国工作）；再然后，重返步行、骑自行车（36—57岁，回国后经商、教书），最高级时达到"哈雷自行车"（58岁）；再再然后，才一下子"报复性"地重返大奔驰的。

真不知，这全过程算是高调还是低调。

再换一种表述，楼长和楼政委以及8号楼的广大邻居从二十多年前就是"大象"，就不用摇号每家买一两台车，就驾着吉普耀武扬威横冲直撞的时候，老乔夫妻还都是路口蠢蠢而动的低头蚂蚁，他们任人讨厌、任人厌烦、任人用意念碾轧。现如今，老乔年事已高，年龄高，是个可以开始高调的不二理由。年龄高、高调、高大上、高级轿车都有个"高"字，高龄是高调的铁定理由，奔驰车，不就是给这些和"高"有缘分的人专门设计制造的吗？

北美老人开肥大的"老人车"Oldsmobile（奥斯莫比尔）。

BMW，是青春车，有朋友推荐。

Volvo，他们原来想买的，是给安全需求的人制造的，而Benz，早先发音是"奔死"，就该让符合"奔死"字义的老人们开！

更何况，老乔是重返大奔，而不是奔驰的新人。

七、提车日

2020年11月2日，星期一

庚子年的11月1日是个星期日，老乔夫妻从4S店将奔驰轿跑提了出来，然后，他们乘兴直奔颐和园，在秋叶的金黄色迷彩中。

颐和园阳光灿烂，昆明湖碧波荡漾。

和1沾边的日子，对老乔来说一般都比较蹊跷。

2003年的11月11日，那时候还没有什么"光棍节"呢，老乔手提上衣，从蒙市那家监狱般的公司愤怒出走，他的黎巴嫩籍上司当他面甩刀子，于是，新乔就义无反顾地辞掉了一份"很珍贵"的工作。

2007年的11月11日，老乔写了一篇文章纪念那个日子，被收进《灵与肉的厮杀和缠绵》。那几年老乔的确在灵与肉的厮杀中纠结地活着：当老板的日子结束了，过上了普通人之下的生活，尽管每日，他在坐一元钱不带空调的公交车还是坐两元钱带空调的公交车的选择中思忖，但他时不时还在公交车座椅上的微睡里做着遥想奔驰、脚踏宝马、手攥Benz，回到俺20年前的那个风光时候的几乎不可能再实现的美梦（《我爱北京公交车》）。

都什么乱七八糟的!

读者肯定这么想。

是啊,20岁坐大奔,30岁开旧车,40岁坐公交,50岁骑"哈雷自行车",近60岁才终于重回奔驰轿跑(这次不是乘客,是驾驶员)的人,难道,不是乱七八糟的吗?

老乔开着轻骑般灵巧的宝石蓝色奔驰轿跑体轻如燕地在京西的快速路上携老妻跑着,他不由得心里荡漾,正如那昆明湖的水,在六七级风的撩拨下,在秋天眼看快要被封冻时候还春心荡漾哩。

老乔可能自己都没真正意识到2020年11月1日对他的意义有多么的不凡。其一,他第一次开上了一辆全新的车;其二,他第一次开上了一辆用奔驰客服的话说,是汽车中的"三好学生"的奔驰;其三,这辆奔驰made in Germany,出自全世界最仔细工匠之手。

哦,差点忘了,去年,2019年的11月1日,《北京晚报》上有一篇3000多字的介绍作家老乔的文章——因他出版140万字的《雕刻不朽时光》。

那是老乔当了一辈子这个城市的公民,头一次被本市报纸介绍,即便于大多数人来说,那只是用斜视的眼睛余光轻扫的一个文字的雾团。

2021年的11月1日,还会发生什么事件吗?

于己、于城、于国、于世界。

(全文完)

叁 轿跑奔驰记

引 子

快到耳顺之年的老乔夫妇，隔了二十二年又一次买车，而且和以前买旧车不同，他们一下子就买了一辆德国原产的奔驰牌轿跑——抬着轿子瞎跑的意思。

有老来得子一说，那么，老了得一辆爱车也是喜庆的事。一般人生了孩子，就喜欢晒娃，喜欢把娃的成长事迹记下来告诉大家，因此，老乔也不闲着，他也有一搭无一搭地记录下了他们家轿跑奔驰的痕迹。

一、赳赳气昂昂开过天安门

2020年11月9日，星期一

昨天是个比较特殊的日子——拜登终于战胜特朗普，得了超过270张选票，因此，让全球看热闹的人呼哧带喘了一个多星期的美国大选差不多尘埃落定。

老乔夫妇也是破天荒地第一次开车路过天安门，这是老乔从小做梦都没想到的，而且是开着奔驰，因此，老乔让老伴给他照了一张手把方向盘、眼睛上架着一副只有开车时才会戴的眼镜、车的左前方是红彤彤的天安门城楼的相。等车停稳后，他就上传到了朋友圈，朋友们当然点赞,但其实,他们绝大多数人并没看清老乔手中方向盘正中的那个中间有一个"人"字的奔驰标志。

那个标志也有点像中文的"囚",不过是一圆和一方。

其实,眼下奔驰早已满大街跑——国人开车档次就是高、就是豪华。而且,奔驰早已和北汽合资生产,因此,已经泛滥到眼不见心都烦的程度。

老乔其实前些天有几次机会开车从西长安街向东,一直开到全中国的"C位"——天安门地带的,但他想来想去还是没敢,不是不敢开车,而是怕开过那条最最让人情绪激荡的路段时,自己的心跳过速。

老乔一个发小,前两天就心跳紊乱来着。

昨天,老乔也不知道是看了拜登、哈里斯在CGTN上直播的"当总统感言",被"后特朗普拨乱反正时代来临"给打了气,还是怎的,总之,他毫不迟疑地对老伴说:"咱今天从天安门前开过去。"

在老伴的手机对准自己侧影按"拍"的按键的那个时刻,老乔知道对自己这个从这条路上走过(用腿、用自行车轱辘、用公交车轱辘)千万次甚至更多次的"北京土著"来说,绝对是等同于七十一年前伟大领袖说"中国人民站起来!"那样具有超凡意义,但老乔的手还是那么地稳重,他的心仍是那般镇静,对此,老乔过后给出的解释是——你已经老了。

老了,就麻木不仁,就没知觉了。

二、两个首开纪录、轿跑头一次挂彩

2020年11月11日，星期三

对于老乔来说，昨日首开了两个记录，第一是他在"寓言大学"兼职了16年，头一次开车上班，而且开的是大奔。

老乔采用过许多种通勤方式去学校，开始是挤车，挤普通公交车和带空调的公交车，后一种对他来说是个小奢侈，那样的经历大约有五年；后来他财务宽裕了，就打车去学校，来回的打车费用是他两节课时费的一半；终于，在庚子年这个全世界都谈虎色变的年份，他开车进校园了。

起初，老乔犹豫着开还是不开，因为那毕竟是高等学府，后来在别人的劝说下老乔决定开奔驰了，原因有二：第一，校园里有一辆和他的轿跑款式颜色几乎一模一样的"囚车"——Benz，那就不能说他太高调了。第二，2020年的校园空空如也，没有了往日花花绿绿的学生。"寓言大学"一半是全球来的各国学生，老乔即便开着"囚车"出没校园，也不至于面对迎面而来的大群管他叫"老师"的肤色不同的各国弟子们；老乔现在的学生也来自世界各地，但都在网上听课。

当老乔的轿跑在学校米黄色主楼的映衬下熠熠闪光的时候，老乔自拍了一张戴着口罩的"乔老师和爱车"的相片,那架势,颇有点"我胡汉三又回来了"(电影《闪闪的红星》)的味道。其实,老乔驾车回的并不是这个他就职了16年之久的学术殿堂,而是职场。他上一次开车进出加拿大蒙市那家上市的T公司(他在那个总部大楼服役了整五年),已是公元1998年的遥远往事。

也就是说,时隔二十二年,老乔首次开车上班。

只见乔老师载着三个女教师在校园的空场上"飞奔"着,车中欢声笑语,就数老乔的调门高,他喊着:"都快六十了,咱就不低调了,要不就没机会啦!"

"哈哈哈哈……"笑声在空旷的校园广场回响。

老乔昨日的第二个首开纪录是首次"夜航"。

晚上,立冬后的夜色大幕提早拉开,老乔做了一个坚毅的决定——他要开夜车,在夜色中把车开回家。

前些天他还不敢,想在第三次陪练时请老师带着试开一次夜车。二十几年过后,他对自己天黑后的眼神拿捏不准,双目还能像"天猫"(今儿是双十一节)那样随光线开阖吗?万一晚上路灯识别不清,可咋办?

使老乔不再犹豫,坚决夜练的诱因,或许是白天的那次挂彩——他一不留神,把车子右边的镜子背面给剐蹭了。老乔一定要试验一下,那个被不知哪来的一巴掌扇歪了的镜子还好不好使,尤其是在晚上。

车出发了,融入夜幕,周边光怪陆离,驾车人感慨万千。

老乔有些心律不齐,他恍惚中仍然记得,自己上次是哪年哪月在地球的另外一面开的夜车，那时的记忆，随着二十余载时空变换的大网，从夜空中下落，扣到了手把方向盘的老乔头上。

眼神，还够用；脚下油门和闸，还都好使。晚间开车像享受一场五彩斑斓的灯光浴，从头到尾淋浴般舒坦。

老乔很受用，也挺自信，他夜驾也合格了。

即使老乔心疼右边镜子背面被剐蹭了，但他在沮丧昏睡了一小觉后，就硬挺过来了。说他不心疼，那是虚伪，"蓝妹子"还没验车正式上牌，就挂彩出血，就不再是"处女车"了，这谁都会恨的，但老乔用老同学朋友们刚开车也每年七八次剐蹭的"英雄事迹"鼓励自己。同时，老乔给自己做心理按摩："蓝妹子"只是个交通工具，何况，她浑身上下那么多部件，核心都在车头里面、底盘下面，而小小一个右车镜，只相当她的右眼皮，眼皮上有块小小的疤，还不至于毁容，即便是毁了容，只要身体内的部件不破损，就不会影响大奔的本质。奔驰的本质是什么？是机械部件的质量和打造的精度！

老乔还想：新车、豪车就是事多，当年他在北美开遍体鳞伤的二三手旧车的时候，能开着走就合格，哪还在乎什么眼皮上的刮伤？

老乔仍然心里不快，就给4S店的销售员小龙打电话，问他能不能补一下，小龙的回答颇有趣，他说："您最好攒齐了伤疤之后再一起重新刷漆。"

老乔留了个心眼，他并没有把刚开了不到两周的轿跑

就已经"挂彩"的丧消息告诉老伴。

三、可别是"凡尔赛文学"！

2020年11月14日，星期六

再过二三十年后，当人们已经忘记"凡尔赛文学"一说，老乔的这些文字还能提醒一下。

老乔写了几十年书，就是为了把那一时期、那一年的时令词语和概念给收入书中，以供世人温习。

正写"奔驰轿跑小说"的老乔被网上忽然出现的"凡尔赛文学"一说给惊吓了，因为他正在写作的梅赛德斯奔驰即便已经满大街走了，好歹也还算是一种奢侈品，而炫耀奢侈品，用"凡尔赛文学"的技巧，正是时下人们热议的话题。

"凡尔赛文学"的三要素：第一，先抑后扬，明贬暗褒；第二，自问自答；第三，灵活运用第三人称。

那么，老乔写的这几则以"返回马路、返回奔驰"为主线的小说，究竟是不是"凡尔赛文学"呢？

首先是第三点，"灵活利用第三人称"，这个老乔不打自招，他喜欢这样写小说。

自问自答，也时不时有。

至于第一条呢，老乔吃不准。因为老乔的先抑后扬并不是故意的，也不算做作，老乔写的是他真实的人生轨迹，而那个轨迹既然已经走出来了，就仿佛路上的车辙，你想擦洗，都很难。就比如他22岁在东京坐奔驰吧，这算是"扬"吧，但没过几年，他就到北美骑破旧的自行车了，这里应该是"抑"，他是先扬后抑最后再扬，这前后两个"扬"中间隔了三十多年的"抑"。当满大街德系车、日系车泛滥的时代到来之后，老乔才又重新驾驶奔驰，现在，那个"囚"字标已经不是高高立在车头而是嵌到车前了，那个标尽管有点"凡尔赛"的气味（老乔年轻时是去过两次巴黎的凡尔赛宫的——瞧，一不小心，又"凡尔赛"了起来），却早已是"凡尔赛群众"中的一分子，早就不是让人瞧一眼就肃然起敬的那种奢华了。

早年，20世纪80年代中期的东京街头，当新乔从司机小张开着的420豪华型大头奔中迈腿缓缓下车的时候，他西装笔挺，那派头，的确是很酷和"凡尔赛"的。记得有一次新乔去一个计算机公司办一件小事，随着他手关车门，那一声豪华奔驰关门时特有的闷响"砰"，把前来和新乔洽谈业务的日本小伙子震慑住了，只见他迟疑了一下，彬彬有礼地问："您是坐Benz来的呀？！"

新乔用满脸的"那必须的"回答了他。

新乔乘坐的那辆大奔在东京街头是很牛的，牛到啥程度？日本当年有个规矩，就是好人不敢开奔驰，只要你见了开奔驰的，只要车窗贴了黑膜看不见车内的人的，就注定是黑社会成员的车，换句话说，新乔乘坐的奔驰和黑社会的什么"组"（比如"熊谷组"）就差那么一层黑膜，只要贴上了，在东京就可以像螃蟹那样横行霸道。

两三周前,当老乔携老妻在花园桥的奔驰4S店选择奔驰车型的时候,老乔还特意轻关了几下那些北汽产的奔驰车的门,听听还有没有30年前关车门时那种非常"凡尔赛"的高大上的"砰"的闷响。据说日本人在20世纪末着手制造豪华车的时候,派人到欧洲研习了很久,专门学习怎么关车门,那种"凡尔赛砰"才地道、才雅致。也是,好好的车,如果关门时稀里哗啦地,让有钱的车主多闹心呐!

但老乔在国产奔驰车关门时的声音中,找不到年少时的那种响动,他自己订的德国原产轿跑,也将将及格。

这么写小说,莫非也是"凡尔赛写法"?

嗨,是就是吧。听喇喇蛄叫,还不种庄稼了?

时隔二十多年,当老乔还纠结于"新乔时代",还以"先贫穷,然后艰苦奋斗,之后再过小康生活"的路数为习惯性人生路径,用"先苦后甜"的次序衡量生活得是否顺利的时候,年轻人早已经不那么玩了。你没看到,车辆检测场里各种豪车的车主都是老乔的子孙辈人,那些车嗖嗖地肆无忌惮地跑着,从车中走下来的年轻男女打扮都那么地随意,压根不像新乔早年那样西装裤线笔直——裤线笔直的都是卖奔驰的,而不是开奔驰的!

当老乔尾随着众位年轻的选购了同品牌的车主们等待选择新车号时,一个其貌不扬的小姑娘主动搭讪老乔:"大叔,您那辆车自己开呀?那颜色可真年轻!"

四、又有两个突破！

2020年11月16日，星期一

那天，老乔和轿跑又有了两个新的突破，一个是老乔第一次在北京开车送已经是"名医、教授"的妻子出席学术会议，另一个是老乔头一次晚上开车通过"中国第一街"。

早年在蒙市，新乔经常开车送妻子去单位，那时新乔的妻子正读生物学研究生，兼职在一家儿童医院培育老鼠，在把老鼠的事情安顿好后，新乔的妻子就走出儿童医院，坐进新乔开的那辆总价值一万人民币，在老迈年高后又继续为他们服役了五年的别克天鹰（Skyhawk）。

记得那一次，妻子马上就要生产了，在一个隧道里，新乔的车在一层薄薄的雪上打滑，那天鹰来了个原地180度转弯，冲向了对面的来车……

这段记忆很新鲜，也很古老：新鲜是谁原地180度掉头都会永世不忘，古老是那已经是四分之一世纪之前的往事。

四分之一世纪过后，当老乔再一次体验送妻子上班和当家庭司机的感觉，老乔和老妻的心潮都挺起伏荡漾的，而此时此刻，他们的女儿——那个当年在蒙市隧道中马上就要生出的"果实"，却在遥远的、疫情日益严重的纽约。

说老乔这些年对妻女不愧疚是不真实的，尤其是对女儿，别人的孩子上下学都有爸爸开车接送，女儿从初中一年级就"被独立"，"被逼迫"在京城的地铁网中从西城到东城一格格爬行，那种"不见天日"酿成的对老爸"无能开车"的鄙夷，老乔并不是没有知觉，对之，他总是用"老爸开车接送你到四岁"（指回国前那四年）给搪塞过去了。

老乔送妻子出行"首秀"的头天夜里，老乔睡得很不安稳，有一种要跨世纪的新鲜。是呀，毕竟已经四分之一世纪过去了，"家庭小康"和"国家小康"在公元2020年同年实现，真是一桩让人难以入睡的事情。

啥是"小康"？对小家庭来说，就是老年开奔驰轿跑吗？

这天早晨，老乔没用多久就把车开到了城北离他教书的学校不远的那家酒店，妻子满意地下车后老乔独自把车开回家，然而，他心中还是有些淤积的块垒，就是车上少了一个人，年龄已超越四分之一世纪的、远走天边的女儿。

夜间驾车通过中国第一街——长安街，也是一件破天荒的事，这是陪驾老师给老乔上的最后一次课。老乔之所以选择这条路线，一是因他酷爱长安街夜景，二是老乔担心哪段路的"规矩"他不知晓，而误入歧途。

长安街虽大气端庄，却绝不能走错路。

老乔和老师沿街一个路口一个路口"梳理"，比如哪条道能拐弯，哪条路不能开进去。他们从复兴门到天安门，再到前门转了一圈，然后直奔二环、三环、国贸桥，再"盘"两圈回来并开回复兴门。

经这么一溜达，老乔心中有数了，以后他自己也敢开了。

哦，必须说：夜晚灯火辉煌的长安街，以自驾车的视角看，愈加美丽迷人，无论在新乔还是老乔心中，它都是世界第一。

五、四分之一世纪前奔驰车的清晰记忆
2020年11月18日，星期三

要说，老乔和奔驰车还是挺有缘分的，除了他二十岁出头在东京乘坐小张开的420大头奔上班的三年之外，他三十岁出头的时候在加国蒙市工作过的两家犹太人公司的老板，也都开的是奔驰。

第一家公司叫"自由之家"，亿万富豪小老板双胞胎开的都是奔驰，一个开的是银灰色，看上去看着像跑车的奔驰560，车主是拉夫，和他年龄相仿；他的双胎妹妹开的是一辆蓝色的只有两个座位的奔驰跑车560。（参看小说《自由之家逸事》）

那家公司是家族拥有的，因此，老板们开车从不避讳，老爸妈开航母似的凯迪拉克，儿女们新潮，就开奔驰跑车。

那时候新乔开的就是那辆花两千加元（约合一万人民币）买的别克山鹰。

记得那家公司在郊外的停车场极其空旷，老板家的一辆凯迪拉克和两辆英姿飒爽的奔驰跑车占据了半个停车场，员工们的几十辆车躲它们远远的，在空场的另外一边，密密麻麻地拥在一起停放着，仿佛是躲着三匹狼抱团取暖的羊群。

第二家T公司的董事长"鱼先生"（Mr.Fish）开的是颇像二手旧车的奔驰，总是脏兮兮的，不大，也没什么型号。

T公司比"自由之家"大得多，曾是全球最大的五金公司，上市的，享誉蒙市的，但人家大老板"大鱼先生"的车，却永远是那么破、那么低调，而且永不置换，它唯一让人敬畏的，是它总是在公司总部大楼前特别开辟出来的不超过五个的VIP"Reserve"（预留）车位的头一个，紧靠左边，其他的几个预留车位，依次是公司总裁和三个副总裁的。还有一个趣点，就是只有犹太人董事长开的是奔驰车，尽管像是二手的，但除了他的车之外，其他车就绝对不会是奔驰了，五手的都没有。

例如新乔顶头上司，主管国际销售的副总裁斯坦开的是一辆沃尔沃，颜色和Fish的车一样也是灰不拉几的，也像二手甚至三手的，也长年不换，而大家分明知道，年薪几十万加元同时还持有公司股份的他，如果想要换一辆新车，就算是豪华的奔驰车也是易如反掌，然而他始终不换，或许是不敢换，不敢让自己的座驾压过董事长的风头。

当年的新乔早已是T公司亚洲地区的销售负责人，工资加佣金也已经达到了几乎可以买一辆奔驰、在几千人公司中也占据居高位的水平。新乔入公司不久那辆别克山鹰就已老迈年高，于是他从拍卖场上即兴拍回来了一辆二手八九成新的福特金牛座（Taurus），漆黑锃亮的颜色，3.0排气量，6个缸，开起来像驾驭大黄蜂战斗机或驾驶大型游艇（其实他都没开过），稳当，舒适，安全。

四五年中，新乔每天气定神闲地驾驭着"金牛座"，小心翼翼地绕过董事长"大鱼"和顶头上司斯坦（绰号"小鱼"）以及总裁布雷基停在预留车位上的"危险车辆"，他和广大员工一样，将车开过厂房，停到厂房后面公司群众专用的广阔停车场中。那时候，他的车还是很酷和很拉风的，即便前保险杠上有一个小口子——那是上一个车主留下的。换句话说，他的车基本符合他的身份。销售经理嘛，太寒酸了还行？搞销售的都凄惨，说明公司的产品卖不出去，那上千人的工厂工人靠啥吃饭？

在T公司，开什么车是有"政治是否正确"的考量的。

有趣的是后面的故事。T集团公司的总部在蒙市，但分公司却遍布全球，销售经理新乔走遍公司各地的分厂，得出的结论是：就总部的车最破。

比如，美国北卡州的那家分厂，厂长经理们开的都

是超大的美国车，台台都跟航空母舰似的；德国弗莱堡分公司有六七辆公司的宝马车，德国人开着在著名的黑森林山区兜风；意大利那个被"鱼先生"一口吞进口中的位于威尼斯的工厂的原小老板，后任T公司副董事长的意大利人马克西姆阁下更是出格，竟然个人拥有几十辆法拉利跑车！

难怪那些来总公司述职开会的各国分公司厂长经理们到了蒙市的总部，都不太瞧得起Reserve位置上那几辆以"Fish"的二手破奔驰打头的集团几个大Boss们的车呢！

不过，当新乔用"金牛座"拉着几个德国同事在蒙市逍遥游时，他们对大美国车却赞不绝口。

以上是老乔的回忆，回忆的是四分之一世纪之前在地球背面另外一个城市的青春。他眼下在自家楼房地下三层黢黑的地下车库，站在他的"蓝妹子"奔驰轿跑边上，焦急地等占用他花钱Reserve（预留）车位的上一个租车位的南方瘦小青年来挪车。

那人明知故犯，明明已经把下半年车位使用权出让给了老乔，还不要脸地趁"蓝妹子"外出（老乔夫妻开着奔驰轿跑出去玩）的当口，把那辆也是迷你的白色车停在专为乔教授预留的车位里了。

六、这一天,轿跑终于有了正式牌子!

2020年11月28日,星期六,复兴门

在挂了四周临时车牌之后,这一天,老乔的轿跑终于挂上了深蓝色的正式牌子,老乔夫妻在京城的三环路绕了四分之一圈,然后将车稳稳地停在了国贸的露天停车场。

有了正式身份的"蓝妹子"刚穿上了一件虽然薄却能"护身"的紧身车衣,也就不扭捏了,她大大方方、英姿飒爽,在初冬阳光滋润下显得靓靓的,宝石蓝发着钻石般高贵的光芒,而她的身后,就是举世闻名的京城地标——"大裤衩"!

"蓝妹子"在"大裤衩"的挑高背景下,大方地迎着老乔夫妻的手机,美滋滋被他们狂拍着。

老乔夫妻拍的既是爱车,也是他们自己。

老乔选择车牌的时候,选择了带13的数字,这是他的幸运数字:高中他上的是第13中学,他的学号是13,他每天坐13路公交车去学校。

至于车牌上的JR,是随机的,和日本"新干线"的缩写相同,老乔正好是最早坐过新干线的中国人之一,在20世纪80年代他在日本坐小张开的大奔的那个时候。

车牌号中的最后一个字母是L,老乔想:就算是"老人""老板"的意思吧。

老乔之所以将这些本来毫无意义的车牌号按照有点

意义的法子记忆,是他的记忆已经开始不如以前了,他要变着法地记住一些东西,即便那组数字,本来就不是什么东西。

还有,老乔之所以那么漫不经心而且有些恶作剧似的选车牌、记车牌,原因是这组数字只是临时地属于他。他本来并没有京城的购车指标,他是借用朋友的指标购买了昂贵的奔驰轿跑,懂得的应该懂得:他的车是以朋友的名义买的,按规则,他算是代替朋友驾驭这辆本该属于他朋友的大奔。

代驾的老乔,潇洒的老乔。

对于不属于自己的东西,人们都十分洒脱。

自从上月获得驾照之后,老乔就让车行的小龙在北京小客车配置指标网上帮他填写了需要填的信息,开始摇号了,昨天,本以为"审核中"三个字会变为"审核完毕",甚至是"恭喜你中签啦"的好消息,没想到看到的是"审核没通过"。是因为他在填写信息时过分激动,将两个数字填颠倒了? 于是,老乔就需要再等待一个月,才能进入摇号大军。

六月份时,是那个委员在"两会"上建议无车家庭先摇号的好消息让老乔动了重返马路的心思,老乔才去"西方时尚"学的车,但那位提案的委员忘了,有的无车家庭连驾照也没有,需要先去学几个月,于是,就在老乔还在驾校和科目一、二、三较劲博弈的时候,京城两万个无车家庭已经"轰"地一下挤进了新能源车的摇号大军,被允许加塞到那些已经有车有牌照的家庭前面,当老乔好容易把驾照拿到手中已是十月,"加塞政策"已经结束,因此老乔就被晾在那里了。

老乔只剩下一个选择,就是摇呀摇,摇到外婆桥。

寸劲!就在老乔刚想在4S店让销售员小龙帮他录入摇号信息的前一分钟,手机上就窜出来两条"噩耗":一条是北京的中签率已经突破每三千人一中的历史大关;另一条是某辆带"京A"号牌,原价才二十几万的车,竟以两百多万拍卖成交!

于是老乔一哆嗦,就把颠倒的两位数告诉了小龙,小龙按老乔说的输入,就被"审查没通过"了。

老乔这一耽误,就错过了一个月的摇号期,据小龙说,一般要等八年以上,不是摇上,而是比新摇的机会更多几倍,他自己就摇了八年。

老乔想了想,小龙才三十岁,已摇了八年,自己已经快六十,还在第二次被审核摇号资格。不对呀!小龙明明早已用从父亲过继的自家的牌号开着宝马车,却还在摇着第二个牌子,还比自己的中签率高几倍,而他来到这个世界的时候——那是三十年前吧,自己早就开上车了呀。

咋他有号,而俺没号?

这得从头捋一捋。

哦,原来都怪自己当初没在北京开车呀!

老乔有些痛恨起北美了。

接下来,那个带"京A"牌的车被拍卖了二百多万的

消息，经和小龙核对，是老乔弄错了，人家是带"京A"牌的摩托车，那是可以公开交易的！

老乔"老外"了。

即便是小客车的京A牌，老乔朋友小孙家的那种，在京城也是稀罕物，那说明人家的车是1996年以前有的，那时京城的机动车总共才六万台。

就是在老乔写《我爱北京公交车》的那年——2004年，北京的机动车也才二百多万辆，其中还包括出租车，注意，那时候北京还没开始限号呢。

在《我爱北京公交车》一书中，老乔玩命宣扬"公交车至上主义"，而现如今，老乔也沦落到和小龙抢号的地步了。

1991年就在冰天雪地的北美上路，就有自家车号的老乔，有一种个人历史的蹉跎和荒谬感。

很显然，他是个从外到内的"内卷者"。时下流行用"内卷"说事，究竟啥是"内卷"，老乔也稀里糊涂的。有人用卷春饼形容那种感觉，但从车号这种事上，老乔体验到了"被内卷"或者主动钻进入"卷"内的感觉。

人家都京A的时候，他不在北京；人家肆意买车的时候，他步行、坐公交；人家开始摇号的时候，他在家坐着摇椅摇晃；终于，等他意识到也该开开车，再不开就没得开了的时候，摇上号的概率就猛地一下子跌到了历史最低，而原本灵光一现的加塞机会也与他擦肩而过。

他仿佛是一条三不沾的泥鳅，滑溜溜的，谁都拿捏他不着，谁的便车他也蹭不上。

当驾驭着油光锃亮的"蓝妹子"奔驰轿跑的老乔夫妻头一次把挂着正式海蓝色"13号新干线"牌子的别人名下的爱车，开过金色晚霞照耀下的天安门前时，老乔让"女助理"抓紧狂拍那个金光灿烂的建筑，那是他生命的魂灵，那是他儿时起就一次次走过、骑车过、坐车过的毕生挚爱的门楼。如今，他终于开着自己的爱车坦荡荡风驰电掣地从天安门前开过去了。

他知足了。

（全文完）

第二部分

深圳赋

一、侥幸之旅

首先,这个"赋"字纯粹是出于附会——前不久刚看了半截电视剧《大秦赋》,那是个高开低走的电视剧,就把深圳之行的杂记用"赋"字点缀一下。

还有,本来去深圳就那么七八天(12月22—28日),而且已经写了《深圳!深圳!》那首算是"诗"的东西纪念。我这个"齐天大(圣)"(本人笔名)走到哪里都喜欢用文字洒几滴猴尿留点痕迹,然后就不再理会。但不知道怎的,从深圳回京都第二天了,那一周的情景还在脑子里缠绕着不走。

昨天北京是最冷的一天,零下11度,紫竹院大湖只有一小块是水,其他都是坚冰。我先在湖上刚开门试营业的"天福号"餐厅喝咖啡,然后又驱车(对新车进行抗冻试验)去颐和园看一眼十七孔桥和万寿山都被冻成啥模样。只觉得头是冰冷的,心是温热的;那冷,是北京给的,那热,是深圳带回来的。这时,我才觉得自己这趟深圳巡查之旅还没真正画上句号,于是,就抑制不住想再写点什么。

今年出趟远门真不容易,出去难,回来更难,这不,前天我的飞机刚落地,正在为没厚衣服穿怎么对付飞机外面零下N度的北京的冰寒而犯愁,一个电话从深圳追来,是南湖派出所一位女警察打给我的,这还是我这辈子第一次接到女警察的追查电话。她问我哪天去的深圳，现在人在哪里。我说我的确在深圳没做过核检，但人已经落地北京了。女警察同志听后先迟疑了一下，然后说那就算了吧。她放下电话后，我的后脖子处噌的蹿出一股北京冰镇凉气。

还有就是，这趟飞机一半是空的，起飞前一个前排坐窗边的老外回头对他的女同事说："哈，回北京的飞机一半empty（空的）！"他刚那么得意说完纠纷就产生了，一个中年男乘客死活要换座位，他想到我的邻座。空姐说不行不行，并送上热水哄他坐回去，说根据疫情期间规定，不能随便更换座位，并把身体结实的一个男空少也找过来了，但那人死活就是不肯坐回去，大声喊："我知道他是哪国来的！"我才明白，原来他是嫌唬那个说"这趟飞机是空的！"的老外，怕那人带病菌。最终他还是如愿了，没坐回去。我因此就联想到在深圳南方科技大学新落成的人文学院楼里学者们讨论一整天的那个主题"后疫情时代的跨文化研究"。这哪是后疫情啊？分明是疫情当中，正如闹地震，时下北京恰是"震中"。

我于是有些后怕，因为北京新一轮疫情（第三轮了吧）似乎刚刚正式开始——就在我乘坐的飞机在天上飞的那两个小时里，也就是说我这趟2020年的"雁南飞"歪歪正着，去晚了一两天，不行，回来晚了一两天，也不行，我是打了个插空牌。再过三天就是2021年了，也就是说，我能在年尾巴上在2020年出趟远门，而没让这一年落下

"哪儿都没去成"的遗憾，是一种中大奖的意外……

哦，还有件事更蹊跷，当我的"半专机"（因为机舱是半空的）正在北京机场跑道上慢慢爬行的时候，一条朋友的短信吓了我一跳，说我刚买的那种车在北京某地组装线上的进口配件也"核酸检测呈阳性"了，朋友建议我回家后将车子彻底检测一遍，也做个整体核酸检测什么的，我回复说我一定照办，到家就先把车拆成零件，然后一样样用酒精和84消毒液泡一下，之后再组装回去。

这信不信由你，反正我真会拆车！

二、深圳，二十年后再相会

人生二十年，弹指一挥间。常驻在深圳的中学老班长司维在同我道别的时候说："你啥时候一定再来深圳一趟啊！"我嘴上说"好、好"，不过人到了这个年纪，去一个城市就基本是永诀，不是那里不好，而是你以后还要马不停蹄地去那些还没去过的目的地。

深圳我千禧年那年来过一次，忘了当时是从香港进的罗湖关口还是从罗湖去的香港。

20世纪90年代，港、澳及东南亚这一带是我任职的尤克集团公司亚洲市场销售代表的管片，因此我常来常往，南到菲律宾、泰国、越南，北到国内各个区域，就不一一说了。

对那时候的深圳印象最深的就是这次我下榻的罗湖主

城区的这些高楼大厦。小财兄是我在中技公司的原同事，后来下海来深圳，他驾车带我穿城而过，一路都是壮观气派的高楼，但那对于从纽约、东京、香港一路行走过来的我也不是什么刺激。当然，记得还路过过鲜花铺满的"锦绣中华"。

那次深圳之旅最受刺激的有两件事，一是路上行人的年轻，刚四十岁不到的我感觉已然是老人了，那和2010年我去日本金泽所见的满大街都是60岁以上的老人正好相反。

一座满大街都是毛头年轻人的城市也能让你惴惴不安，因为它是一个没有"来头"的城市，人人如浮土，粒粒皆无缘。我当时就琢磨，那是一种怎样的人间交际？哪怕你有两代人，好歹也有上辈子人当个参照，这是人类交往的基本，能帮你省去很多疑问，但都没来头的几百万人凑到一块儿（当时来深圳还要边防证呢），A就是A，B就是B，C就是C，加起来就是X——未知。

所以，那次我的第一感觉就是"此地不可久留"！

小财兄的遭遇也让我不适，他好歹是"两财一贸"里的"中财"（中央财经大学）毕业生，是曾经的外经贸部干部，下海来到此地打拼，不打拼别的，就是为了做生意赚钱，但赚钱也路子不正，比如他为了搞定客户，常常要带客人去干那个（此处少儿不宜），而且还总坐在楼下等着客人下楼。那是种咋样恶心的等待呢？

上次来深圳拜访的那个闵老板，是我在加拿大蒙特利尔时跟我买酒店锁的客户，其实他的真正目的是为了自己开锁厂做调研，过不久他的锁厂就真在深圳建成了，还带我参观他自建的生产线，有模有样的，规模已经足以挑战北美的同行，后来更是如此，他成了国内的"锁王"。

我把他的故事传到朋友圈后，本想吊吊大家的胃口，没想到巴黎的一位老同学看了非常气愤，说那个老板不地道，抄袭别人产品。这奇怪吗？这不就是典型的深圳故事的最初版本吗？

反正我觉得我当初带他参观加拿大工厂，也不是什么错误。

三、很难为情的"老深圳"王师傅

二十年后的深圳机场，出来后第一眼所见是蓝色的出租车长队。

比亚迪，电动的，干干净净，整整齐齐。

后来我琢磨：一个城市出租车选的颜色，莫非就是这个城市的个性？

比如，北京出租车绝不可能首选蓝色——皇家么，先挑黄的红的。纽约的出租车记得是黄的。杭州的忘了，可能是灰色的。

由此说来，深圳的蓝是出于海的选择。

王师傅小我两岁，1964年的，湖南人，他来深圳的时间是1994年。

让王师傅最难为情的恰是他来深圳的时间。第二天，我们一起去大鹏半岛的时候，他对我说，一般他不太和客人深聊，碰上同龄人，高兴才多说点。他从湖南一个小地方（刘少奇的故乡）出来，打拼了四分之一世纪，有两个孩子、两套房子。我说您不简单了，他说："哪里哪里，我没财务自由啊，我还要开出租车。"

快六十岁的人坐出租车碰上同龄人当司机是一件值得聊的事，年轻司机没什么，就是给老人开车，但同龄人给同龄人开车，坐车的和开车的似乎都心知肚明——都是大半辈子，区别是，一个坐车，一个开车。

北京的同龄司机你可别小觑，因为他们里面经常有千万亿万富豪——大多是那些拆迁户们。我就碰见过张口闭口说我家在市中心有一套院子，我开车是因为我媳妇不让我在家待着的。他那么一说，你坐他们的车就非常不落忍，觉得下车时给一百块钱都是瞧不起他们！

还有，北京人六十来岁开出租车大都没啥，京郊的师傅们都来北京几代人了，人家也从没觉得开出租车有什么丢人；但深圳却不同，白纸一张的深圳显然没有那么多拆迁户，湖南人王师傅更不可能是，而他已经来此地二十多年，他因开出租车难为情，这说明和他同期来的人大多都发财、都财务自由了。

王师傅说，其实他曾经也是老板，做过各种能通向发财道路的事，比如长途贩运冷冻肉和鸡蛋，但偏偏那么晦气，一次运冻肉的集装箱冷库中途停电了，他赔了一大笔;另一次运鸡蛋货车的纸箱子都被倒着放了,他又赔了一大笔。听到这时我眼前出现了那样一幅无比糟糕的画面——你想呀,大热的广东夏天,肉运到了发现冰箱没电,打开货柜看见满地流脓鸡蛋。

那两次是老王的"滑铁卢",两次预想之外的失败让他没了本钱,走上了后十几年老老实实开出租挣温饱的安稳之路。

王老弟的故事似乎只有我这样的同龄人才懂,才能开导他。

我让他相信命运,我劝他甭总想过去,多想想作为两个孙子的爷爷、在深圳有两套房子的自己。

四、追寻邓小平的足迹

从国贸大厦顶上邓小平发表"南方谈话"的那间屋子旋转着俯瞰深圳的夜景,从莲花山顶邓小平雕像那里环视白天的深圳,还有圣诞夜从"春天的故事"小平巨照前经过,我都感觉几分的激动、几分的浮想、几分的穿越。我把目光和思绪回放到20世纪初的世界,遥想那个少年留法的邓小平,他其实是个地道的"大海龟",那只"神龟"在异国的海域游荡多年后回来,又经过了诸多生死劫难,然后伺机从深圳这个无名的"点",启动了建设中国的机关。

我试着体会一个九十岁老人站在那个70分钟转动一圈

的房间中,带着怎样的心绪,谈话、聊天。

深圳是他画的第一个圈,楼宇在圈里竹笋般迅速生长。

上海浦东是他20世纪90年代启动,我就从北美回上海出差,我下飞机后打的直奔只有林立的吊车,高楼尚未建成的浦东大工地,我带着万分的激动和喜悦在那里"巡视",过不久后我就举家回国,可以说,我这二十年的生活是追随着邓小平的步伐走的;岂止我自己,那么多人不都是么?

新海归跟着"老海龟"埋头上岸,改变了中国,有的是改变宏观整体,有的是改动微观局部,但心情心态是同一的。

其实,来深圳不来深圳也像当初决定回国还是不回国,都是举棋不定和前途未卜的选择。有人来深圳并长期扎根了,就是今天的"老深圳人";有人中途又回家了,半途而废,半途而废没什么不好,那也是一种抉择。

生命这么短暂,黄金期更是瞬间,它如同一个赌注,你放进哪台"老虎机"里,就出哪台机子的"成果"。

人濒临退休就是从"老虎机"中清理"战果"的时段,有的里面有,有的里面空空,没有的也没什么,生命还要继续。

我对那位视自己还在开出租车为"失败的老深圳"的王老弟说,人年轻时当然要争强好胜,但一旦过了六十,就该视柴米油盐儿孙绕膝为最大福气了。他说,是的是的，这个我懂。

五、说说深圳的"撩"

最近听说一个词语——撩妹，这个"撩"很适合形容你在深圳目击的一切动态的景物和人，比如国贸大厦下面那些狂舞的大妈和非大妈们，比如城市那么多高楼大厦夜晚的灯光秀，还有就是人们的心，也很"撩"。

深圳的舞步无与伦比，至少在中国其他城市我没见过那么疯狂跳的，有广东大妈，跳得拳打脚踢；有男女拉丁，海豚般扭着他们像是被电击了的屁股；有妈妈带着小女儿闲在地在原地转圈圈。

深圳这地方的人和广东其他地方的人种并不一样，是广东湖南湖北江西和其他省份的大拼盘，因此说话和跳舞都有南方人的力度和弹性，比如男女都拥有纤细的小蛮腰，都能扭出如同蛇蝎一样有点邪乎的曲线。

这一点北京紫竹院的舞者们就比不过了。

传说这边大学校园里都有追到老师家的山蛇，哦，广东音乐中有一名曲《金蛇狂舞》！

深圳光怪陆离仿佛白昼大厦灯火下的舞蹈，是精神顺畅自在的副产品，是肆无忌惮和随心所欲，是灵魂的放松和念想的无拘无束，这舞蹈里有着不少的"深圳精神元素"，它感染力超强，令旁观者也心花怒放不舍离去。同样的舞姿和舞态很久以前我只在古巴看过，如果你没看过没细琢磨过的话，你可就亏了！

六、迥异的象牙塔

　　南科大两晚一天，密集的会议议程——围绕"后疫情时代的跨文化研究：问题与方法"的主题。红地毯、师生情，学者雅士、智者满堂，美月照楼台，仿佛是梦境。

　　第一次住在大学的专家公寓，却称不上"专家"的我，起夜时面对南科大美丽校园长满荔枝树的小山，将脑中清空，呆望。

　　无疑，南科大校园内所有的一切都是独有的，都迥异于我以前所见过的校园，这是深圳精神的贯彻，是骨髓里的冲刺，是"后无来者"的自觉。不只是表面的超前，更是实质的进取，就如同出租车司机老王的那股子劲头，敢冒险、敢尝试，二十年后成功与否不要紧，要紧的是能手把方向盘对我说："我无悔，该努力的我都努力过了，至于中途冷藏肉的冰箱停电、鸡蛋箱子倒放，那是运命使然。"南科大不正好也在庆祝建校十年吗？当它建校二十年的时候就将盘点今天的"做了与没做"，而不是得与失。

　　所有的大学校园都是象牙塔，区别于校外的一切，而从始至终身居其中的人对此却没有感觉。校园迥异于社会、迥异于出租车司机老王的生活，校园里面都是处于梦境中的人们。

在这之前，我最后一次坐在有自己名牌的桌前开会是千禧年在拉斯维加斯开的"尤克集团21世纪展望大会"，我的名分是亚洲市场负责人，那之后本人就再无名分了。那次的参会者是我来自世界各地的同行同事们，都是五金防盗行业的顶级专家，我们讨论的是全球范围内能对付小偷和专业盗门的各种有效工具，比如银行金库门、监狱门、监控、时间锁、保险柜（箱）、汽车钥匙，等等，注意，我们讨论的是全世界各国的所有工具，也就是说，假如我们那群人没了，全球的小偷们就可畅行无阻！

本人也不是善主，远的不说，香港监狱的门锁就是经过我联系，由尤克德国分公司装到门上去的。那是一种硕大的特制门锁，外表十分光滑，仿佛奔驰般细致的工艺，它只有一边有钥匙，我问德国同事为什么只有一边能开，他们答曰："难道您想让被关进去的人也能从里面开门吗？"

香港啊，香港，在中英街年初为隔离瘟疫建起了一道薄薄金属墙的香港，我何时能再看你一眼？

其实在南科大校园里，也有一道早先修的、将深圳和外界隔开的网状的墙。

七、结语：深圳有文化吗？

深圳机场有一种白色怪异的装饰物，那种据说叫作"莲蓬乳"的装饰物每个至少有两米高，它们遍布深圳机场，不知它们是能治愈密集恐惧症患者，还是能吓死有那种病的人。反正看上去挺怪的，像莲藕、树干、蜂房，或者广东人喜食的百叶。

莲花山顶在过党日，一架硕大的钢琴——不知它是怎么被抬到山顶的。人们在进行正式演出前的彩排，女学生身着港式花裙校服，显得秀美而端庄。内地的校服千篇一律都是"筒子"和"包袱皮"，这种能将少女美表现出来的校服还是头一次看到。

其实以上这些，在我眼里都是深圳的文化。

怎样定义"文化"？狭义说是文房四宝、诗词歌赋；广义说呢，凡是能使人区别于动物的社会性行为方式，包括组织行为方式、生活习惯、包装装饰、生活态度、规则规范，所有这些，都能让一个人类群体区别于其他群体，都是他们的特有标记，在我看，就都是所谓的文化。

从出租车司机老王身上和他的言谈举止，你能明显感到他就是深圳人，不只是他，其他的年轻司机，你和他们聊天时感觉他们也是深圳人，区别只是才来不久的和来了十几年的，一致的是，他们都认可"来了就是深圳人"的说法，而这种说法，你从北上广其他三个一线城市的人嘴里就休想听到。

莲花山顶少女的港英式校服是一种中外杂交的文化，深圳夜晚如同白昼撩人的灯光秀是后现代建筑的语言，莲花山顶带着咄咄冲动的宣誓和激动，乃至国贸大楼下面那些头上悬着"邓公厅"狂舞的男女老少的舞姿的狂野，更是一种"我跳我高兴,我爱咋跳就咋跳"的自由的表态,南科大的院士"豪宅"和其他大学少见的"书院"是一种理念推陈出新的教育文化,就连一个打扮十分二次元的东北年轻人像龙虾似的在人流不息的街道上连喊带叫舞蹈,不也是一种特别有文化的"文化"么?

在深圳,文化是一种价值取向和生活态度,是一个城市的内心契约和所有来此地谋生讨生活人的共识。深圳有几千万原本在家乡"不成功"的男男女女,但凡是中等成功者或者有背景有后台的,何人愿意拿大半个青春去"赌",去一个曾被人称为"沙漠"的地方做"生命试验"?

北上广的人口几十年来也从几百万扩展为几千万,但起码还是原来文化的放大版,北京四五环是"四九城"的延伸,浦东不可能完全没有浦西的元素,但深圳呢?它从完全的"零度"开始,一张雪白的纸,倒是歪打正着,形成了全城人的集体共识,最原始的共识就是要过好日子要发财,想实现之,就要创立并遵守能让大家既来之则安之的"零起点全新规矩"。在深圳,从第一眼看见标准一致的蓝色出租车的那一时刻开始,你就能时刻感触到这个城市潜行的规则和规矩,不是被诟病的"潜规则",而是潜在的契约和契约精神,这是一个公民社会所必备的。同时,你还能触摸到每个市民或参与这个城市建设的人的那种高心气儿以及自己修炼的或被传染的"深圳人气质"——在不妨碍他人的前提下追求梦想(财务梦、生活

梦、事业梦），没有腐朽的羁绊，没有旧路宽窄的打扰，面朝他们眼前的大海和海外的世界，他们冲浪，他们自由舒展地游泳！

二十多年前在长篇小说《总统牌马桶》里，我让那个主人公裘八来到那个年代国人心目中的"延安"——深圳历练打拼，回京后裘八挑起了一轮从京城到全国乃至全世界的"马桶大战"。今年，2020年底，在全球浸泡在新冠病毒中的尴尬背景下，我借开会来深圳民间"庙堂"一周游，上山下乡，看海观山，我的结论是：深圳是中国这只一发儿不可再收回的离弦之箭的箭头，是最超前和最锋利的地方。在深圳的土地上小平精神已经融入这一两千万人的骨髓，他们敢于创新开拓，靠勤奋智慧吃饭，二十年后已成功转型为高科技中心，他们不待见陈规陋习、按资排辈、按出身论地位等诸多老城市的弊病。深圳，她是美丽的、全新的、不停歇的，公平的、市民的、公民的。总之，我爱深圳，深圳万岁！

（写于深圳归来后，2020年最后一天，北京新冠肺炎疫情第三轮已经多点发现的至冷时刻。）

第三部分

书话

第一本：《在我母亲家的三天》

[法国] 弗朗索瓦·威尔冈著，上海人民出版社2006年版

2020年5月14日，星期四

很久没读到如此能令人愉悦的小说了，它再一次向我证明——读书是有用的，因为有趣。

"文字的痛快淋浴"是我阅读这本书时的感觉，甚至能从翻译家金龙格所译的中文中读出方块字后面法语拼写细碎弹跳的、音乐般瀑布的节奏。

还是法国研究生诗正言同学在他的读书报告里提到了这部说作家怎么写不出来故事的书，我才抱着幸灾乐祸的不健康心态迅速从"孔网"旧书的海洋中将它捞了上来。

那个人老写不出书，一憋就七八年，而本人的写作毛病正好相反：我不是写不出来而是写得太多，害得几个出版社的编辑都在马不停蹄地为我每年炮制出的大量"文字垃圾"进行分类、处理，甚至销毁（删除）。

瞧呀，那缕缕文字被烧焦后腾空的青烟！

《在我母亲家的三天》故事并不复杂，一个很久没在母亲家住过的作家打算先以《在我母亲家的三天》为标题写一部书，并接受了出版商的定金，但定金都花光了书还是写不出来。他就那么拖延呀拖延，几年后终于有一个机会——他母亲腿摔坏了，他就真去久违的母亲家住了三天，于是，书就写了出来。

布局叙事的巧妙、文字的细腻和讲究……这些你们自己能去读,但你们读不出来的是当作家的切实感觉:为此你非要亲自写一本小说。

描写作家创作过程的书被另一个作家(本人)阅读,才真正完美了它。书籍永远渴求真懂得其中味的读者,但如果你不写作,至少就不是《在我田亲家的三天》这本书100%合格的读者。

好比让你读一本教人怎样戒酒的指南,你却连酒都没喝过,那咋懂?

法国、魁北克省、魁北克的蒙特利尔市、从蒙特利尔到渥太华的大巴……这些是书中那个作家的冬日行程。巧了,我也曾经在1989—1991年间,每周在渥太华和蒙特利尔之间坐大巴往返一回。

对于法国人来说,魁北克是一种情结;对于魁北克人来说,法国更是。

于本人呢,那都是地球背面自己曾经的青葱岁月。

不用说,弗朗索瓦·威尔冈还真幽默——结构上的、字句间的,微冷的那种。

法国人竟然有幽默感!这真是我的新发现,法国汉学家们莫生气啊!因为我一直以为法国人和上海人一样,因为他们使用语言的频率太快、太细碎,就没有游刃的余地,也就天生不会表达幽默,因为"幽默的频率"一定要慢,一定是不慌不忙和空间足够大的,但这部得了2005年龚古尔奖的书却打破了我的成见,可能是因它奇巧的故事布局（"嵌套式结构"——书背面评语）所致。那个作家一直写不出书来，定金又在异性身上胡乱糟蹋光了，这给了他可能幽默也必须幽默的故事架子：你必须用糊弄、用鬼主意、用弯道超车等等损招儿去破除交不了差的尴尬呀！于是，本性不太符合幽默民族标准的法国作家笔下的文字，竟也顽皮洒脱和妙趣横生了起来。

其实，假如"幽默"被定为一种"高贵素质"的话，一般民族都乐意通过认定别的民族没有幽默感而获得良好的感觉，比如有人读了《围城》就惊呼：原来中国人也会幽默呀！还会为那种发现而产生居高临下的骄傲感。本人不也是一样吗？说人家法国人不会幽默。

嘻嘻，罪过。

第二本：《理想的读者》

［加拿大］阿尔维托·曼古埃尔著，广西师大出版社2019年版

2020年5月21日，星期四

这部书，我打破了自己的原则，我还没读完就介绍它了，因为它很有新意、好玩。

前两天换新手机时干等着手机专家为我向新手机里倒腾上万张照片的时候，我闲着没事，就到楼上的书店报复性地买了三本书。

"报复性消费"是个时髦的说法，真令我摸不到头脑，弄不清是要报复谁。是报复新冠病毒吗？还是报复自己？这年头人们都挺狠的。

去年《都挺好》（电视剧），今年"都挺狠"！

和这本《理想的读者》一起被我报复性地放进书袋的还有巴金的《随想录》、金雁的《雁过留声——我的青葱岁月》，甭急，它们都会被我拉进这个书评。

犹太人曼古埃尔（Alberto Manguel）这部关于阅读的书，A Reader on Reading（一个读者关于阅读的心得），之所以被我迫不及待地拉进自己的书评，是因为书中有一篇随笔《理想读者定义随笔》讨论谁才是理想的读者，好家伙，他竟用50个排比列举出那么多理想读者的界定方法，随手抄几个吧：

"理想的读者,便是还没将字词在页面写成文章的作者。"

"理想的读者合上书页之时,会觉得若是漏掉这一本书没读,世界会更为贫乏。"

"理想的读者,会有坏坏的幽默感。"

"理想的读者,读到千百年前的图书,觉得自己恍若不朽。"

……

"有的作者,有时可能要等上好几百年,才会遇到他的理想读者。"

"理想的读者,能够爱上书里的角色。"

"作者绝对不是自身著作的理想读者。"

司汤达谈理想读者:"我只为区区不过百名读者而写……"

萨德侯爵说:"我只为懂我的人而写……"

末尾一句:"文学所依赖的,不是理想读者,而仅仅是足够好的读者。"

无疑,这个曼古埃尔先生自带"坏坏的幽默感"。但凡幽默,就都挺坏的,这方面我可现身说法。

不坏就不幽默了。

比如钱钟书《围城》里那个最大的"坏蛋",就是钱钟书本人。

哦,忘说了,曼古埃尔还说,由于通不过检查而出版不了的书的理想读者往往就是那个检查者。

哈，那检查者既是唯一的读者，也是唯一的理想读者喽！

没看完绝大部分书就草草上阵评介它，是它启发了我对自己的书（都快30本了）的理想读者究竟有没有、有多少、现在没有的话今后还会不会有的沉痛思考。

我的作品的理想读者到目前为止，就仿佛夏日厨房爬着的蟑螂（早晨刚发现一个硕大的，吓坏了！）一样稀稀拉拉、时不时出没一次，例如我最近就在网上"搜捕"到两个拙著《妈妈的舌头》真正的理想读者。

其次，从曼古埃尔的话中我知道即使你有了屈指可数的理想读者，他们还不是文学可以依赖的，你还需要许多足够好的读者支撑书的传播，这方面显然我也是不够的。别人的一本谈古人在洞房中如何穿戴的书都能轻易卖上十多万册，俺那本《妈妈的舌头》都快把妈妈的舌头根嚼烂了，足够好的读者还是不多，就更甭奢望理想的读者成团成军了。

本人每一本书涉及的主题都不一样，让每一本书都有三两个理想读者，外加若干足够好的读者，就更不容易了，何况是要找到读懂我全部书的那个最伟大最终极的理想读者（我本人还不合格），那岂非要等个百年千年？肯定比白娘子等许仙要耗时得多，等几万年都难说！

也罢，不妨换一种思维：假如自己每一部书都有几百个目标读者——像萨德希望的那样，那么，我把自己所有书的理想读者们集合起来，不也蔚为壮观？

第三本：《〈水浒传〉考证》

胡适著，北京出版社2020年版
2020年5月24日，星期日

这个"大家小书"系列以前曾从王府井书店拎回来了一大堆，但放在家中不知哪个角落了。

把刚刚出炉的这本胡适的《〈水浒传〉考证》一口气读完，它最精彩的部分在于书中最后的那两页——"介绍我自己的思想"。

胡适说，他之所以下了那么大的功夫去考证《水浒传》成书的历史而且得出的结论还不一定就对，是因为他"要教人知道学问是平等的，思想是一贯的"，是要为"少年的朋友们"示范做学问和做事做人的"科学方法和态度"，就是"撇开成见，搁起感情，只认得事实，只跟着证据走"（大胆假设、小心求证），而只有这样，"才可以不至于被人蒙着眼睛牵着鼻子走"。

胡适还说："我这里千言万语，也只是要教人一个不受人惑的方法。被孔丘朱熹牵着鼻子走，固然不算高明；被马克思列宁斯大林牵着鼻子走，也算不得好汉。我自己绝不想牵着谁的鼻子走。我只希望尽我的微薄能力，教我的少年朋友们学一点防身的本领，努力做一个不受人惑的人。抱着无限的爱和无限的希望，我很诚挚地把这一本小书贡献给全国的少年朋友！"

这段话是1930年11月27日晨2时胡适在离开江南的前一日写的。

那年胡适还不到四十岁,因为是凌晨两点,能想见他落笔时是动了真感情的。

说起胡适,话题就太多了。胡适对当时和后世影响那么大,大到和我们今天日常生活也形影不离,但是我们谁也没感觉被他"牵着鼻子走",可能是因为他手里从来就没有过绳子吧。

这和鲁迅一比就比出来了。鲁迅的书是有巨大魔力的,你只要翻两三页就会像水牛一样默默低头跟随他走;而"君子胡适之"仿佛无嗅的氧气,是我们无形无影的陪伴。

即便是那样,胡适1930年对"少年的朋友们"动情说的这番肺腑之言和他所希望的,离今天的我们似乎已经很遥远,即便当初的少年朋友们今天都该一百来岁了,后面一拨拨儿少年(现在说"后浪")们,有的都已经呼哧带喘或者患上老年痴呆症,都快一百年了,现如今能听得进胡适那番话的少年人已日趋减少。

再说,最后谁更"高明"谁更"好汉"仍是未解之谜。

第四本：《活过、爱过、写过》

李银河著，北京十月文艺出版社2020年版

2020年6月17日，星期三

近来读了两部女学者写的传记，一部是金雁的《雁过留声》，一部是这本李银河的《活过、爱过、写过》。

她们都是50后，也都是著名学术（文学）伉俪（金雁的先生是秦晖，李银河是王小波的夫人）之一，而且两部书名都有一个"过"字。

"过"字写入书名，又都是随笔自传，那么不用说，50后们已经在为退出人生舞台做总结了。

这几天北京新冠肺炎疫情复燃，导火索就是我们西城月坛街道"52岁的唐大爷"，是我们60后。连52岁的都成"大爷"了，那么年过耳顺迈向古稀的金雁、李银河们，怎能没有点"走在人生边上"的恐慌呢？李银河就对《北京晚报》的记者说，她已经感觉到死亡的邻近（"死神之钟时时在我耳边响起"）。

新发地疫情暴发后的这几天，每个北京人，无论是耳顺、知天命的，还是不惑、而立的，都应有这种"死神钟"在耳朵边上往死里敲的幻觉吧。

我就是在这种感觉下，一口气把李银河自传读完的。

人好比是北极圈排着队往冰窟窿里跳的企鹅，先到年纪的先跳：20后、30后们先跳了……然后是50后、60

后……这是正常的顺序，不正常的另说。

像拥有李银河这样成长、教育背景的女性，中国几乎是没有的。她经历过"全套"的"文化大革命"，去过内蒙古兵团，当过工农兵大学生，之后去美国读硕士、博士，然后回国做研究，还嫁了个爱写"黄色小说"的王小波……

有如此"博物馆藏品"般经历的人写自传几乎是一写一个准，正中"历史收藏需求"的靶心。

我边读还边想：王小波、李银河夫妇也真是一对"天仙配"，用他们自己惯用的笔法说，就是"天生一对流氓"（别笑也甭骂），不信，你再读读《黄金时代》，但凡在乎老婆顾虑的作家也不会那么露骨逼真地写"王二"和陈清扬在山上"野合"的故事，但王小波不怕，他夫人李银河是性学专家，在李银河眼里王小波写的性是"干净"的呢。

还有，李银河自己的经历也比波伏娃有过之而无不及，王小波刚去世三个月她就认识了男朋友"大侠"——一个出租车女司机，其实她本来不是同性恋，人家喜欢的是虐恋……离奇吧？

更厉害的是，这夫妻二人能把自己的身心经历都物化成了广泛影响中国的书籍，比如王小波"时代三部曲"和李银河那么多前所未见、离经叛道的性研究著作。其实那些文字都是他们夫妇身体力行后的"副产品"，他们拿自己的身体当社会学性试验的平台，千百番云雨过后，在平台上摆上了几大摞既瞠目结舌匪夷所思又冠冕堂皇正儿八经的纸质研究成果。

真不愧是经历过史无前例的上山下乡的50后大哥大姐,咱们当弟妹的还真没那么大的冲劲和魄力。

他们二人无疑是当代文学和学术界马力最大的"肉体开道车"。

由此说,李银河、金雁这些早就"被大妈"了的我等的大姐们,丝毫没辜负她们那个时代的极端历练,她们痛快活过、大胆爱过之后用妙笔把那段极特别光阴用文字记录下来留给后人,就好比企鹅在纵身跳进冰水不再冒头的前一刻朝身后抛洒下一捧金子般耀眼的文字,一句话:她们没白活这一辈子,对得起那个动荡时代,也给后来人,给我们这些年轻的大爷大妈们树立了学习的榜样!

第五本：《岁月的泡沫》

［法国］鲍里斯·维昂（Boris Vian）著，王聿蔚译，上海译文出版社1998年版

其实，让这些"书话"得以继续精彩下去的是不断有意想不到的好书出现，它们会不经意间偶然飞落在你的眼前，这部《岁月的泡沫》就是法国学生大勇在他的读书报告里介绍的，看后我马上从"孔网"上淘了来，第二天，那本书就一团瑰丽泡沫一样从空中降落到我们楼下被"严防死守"着的快递架子上了。这些天北京的新冠肺炎疫情正反弹着，有些不幸人的肺部也像这部书中的女主人公那样，开出了一朵能使人致死的"睡莲"。

紫竹院的睡莲，我昨天去看时，正在美艳诡异地开着。

读书报告中说，法国的荒诞天才写的书让人有对"怎么才能更加荒诞"的无限期待。法国鼓励荒诞的奇想，那边的社会风气和习俗就是那样，而有些国家则不，因此想要吃百年不变的寿司，你就到日本去；想坐思想放纵的过山车，你就读近当代法国的书。这似乎是人类有意的分工，有的对散漫思想像防疫情那样谈虎色变，有的却以在小说故事中、在人的胸口栽培鲜花，作为国民创意性思维而引以为荣。

既然不能在自己或邻居家的校园种植胡思乱想的妖媚

罂粟花，为何不绕到星球的另外一面去瞧瞧？

书拿到手，很快翻完了——看书和翻书也是两种不同的快乐。

我原以为《岁月的泡沫》会像卡夫卡的《变形记》那样，第一段就窜出一条大甲壳虫，至少第十页就能看到那朵身体中绽放出粉红色睡莲，像紫竹院"荷花渡"莲池中那些睡莲似的，可以拍照，也可以观察，但我有些太急了，匆忙翻过一个个人物和情节的描绘，直到书的后半部分，那朵"睡莲"才萌发出来，若隐若现，小花骨朵似的。

坦白说，我是从一个"小说人"而不是从一个"普通读者"的立场来读这本书的。它原本是一个伤感的故事，但我的写作陋习总不会被动地让自己跟着故事走，相反，老想看六十年前去世的那位同行是怎样用他的技术手段去抖包袱，将那朵"致命睡莲"种植在那几对男女主人公之一的身体上。我的眼光过于冷静，我在看的是小说家的"门道"，虽然我明知这是一个心机太重之人的坏毛病，但我无法克服，可怎么好？

所有内行的艺术琢磨者，都该被取消阅读资格！

但既然眼睛已经走完书的大半程，不如索性把所见道明。

我发现《岁月的泡沫》作者鲍里斯·维昂的聪明是猛张飞式的，他一路砍杀下去，用文字的刀斧杀出一条血路，杀得天昏地黑眼花缭乱，但他很聪明，他的脑子没乱，一边开路一边一一留下路标，告诉读者我的故事究竟朝哪个方向走，我的亮点和终点在哪里，于是他就在小说的大半路程之后，冷不丁让女主人公胸口开出一朵意外的"睡莲"。我想，当这部书的第一批读者在没有故事梗概提示的前提下读到这朵"睡莲"的时候，肯定都被吓一大跳！

后来的故事就不细说了，我只想用一个荒诞故事编造者的专业眼光告诉大家读这种书该怎么"猎奇"。

作者是埋地雷的，好读者是工兵。

这方面我可以现身说法：本人自己的最荒诞派作品是"马桶三部曲"第二部《柴六开五星WC》里的那四个虚假故事。遗憾的是至今我还没有幸遇到它们的理想读者，有是有的，因为《电梯工余力》有英译本并在全球发行，但我自己最爱的那个开五星级WC的柴六的故事，至今没有人get到它的深意。

瞧，都到了用get说中文的时代了，我四分之一世纪前的"伟大荒诞故事"，读懂的人还是寥寥无几。

因此近来我不得不组织了一个"齐一民作品结构专家团队"——我自己在幕后操纵的，逐一破译齐天大小说密码。

初步看，效果还行。

正因如此，我很理解作家鲍里斯·维昂生前并没有被许多人理解的郁闷心情。其实，判断这部荒诞不经作品是否成功和衡量它价值的秘籍就在他写的作者前言里面——

无论你的想象如何神奇,故事如何荒诞,只要它们能够折射出现实中的真实,你编造的故事就是成功的。

但偏偏,这是最难做到的。

第六本：《忧乐为天下——范仲淹与庆历新政》

林嘉文著，山西人民出版社2016年版

2020年6月21日，星期日

要不是因为"今日头条"今天又介绍林嘉文，我也许不会读这本书而且可能也不会介绍；

要不是因为我完成过北大的文科博士论文，我或许也没有能力判断这部书的真伪、成色和价值。

林嘉文，一个放弃人生的西安史学奇才，刚写完这本书，就在18岁弃世了。他这部仅用一年就写成的40万字著作，即使用最严苛的北大博士论文的标准衡量，从问题意识、学术规范、章节布局、行文笔法、创新思维等方面，我感觉都应合格而且算得上"优秀"一类，因此，我在阅读时既极度羡慕又轻微嫉妒而且还有些存疑，我疑惑一个17岁的男孩儿即使有过目不忘、爱史如痴的特长和偏好，是否真有如此老道之笔法、挑战庸常之思维、宏观博大之视角、深究史料犄角旮旯之精力……倘若真有，他就不仅是21世纪之史学奇才，而应该是个比他笔下的范仲淹、苏东坡等宋朝智者们都要思学盖世的大才子。

宋朝，是个让人神往的时代。

最近总有人说倘若能在中国朝代里随便挑选着活，就一定要选宋朝。

政体开明不说——至少比明朝开明，仅看这一个朝代生产出那么多的"艺术大咖",文学的、书法绘画的,就让人倾慕。

前些天王凯在电视剧《清平乐》里主演宋仁宗赵祯,剧里面就有范仲淹、苏东坡等与皇帝身处"共治时代"的英才,司马光、欧阳修……都是旷古名人,想想能和那些名声如雷贯耳的大文人同朝共事、阅读他们的奏章,哪怕是路上邂逅,都能让人心动,而林嘉文的这部厚重的书写的就是那个时代,不仅写出当时的氛围——用充实的史料,而且写出了那个时代的儒雅气质——用笔法风格类似的"斯文",而且还有自己独特不俗的评论和圈点,这些,如果都是一个17岁高中生业余独立完成的,那么正如我上面所说:就连大咖苏东坡也会自叹不如。

第七本：《小说灯笼》

[日本]太宰治著，陈系美译，四川文艺出版社2017年版

2020年7月5日，星期日

前天（就是汤姆克鲁斯和本人生日的那天，他是地球上我知道的和自己生日一模一样的人之二，还有一个是朋友妻，在上海），我从长安商场获得了一份意外的"大礼"，三楼那家稻诚书店的女店员用680元的价格把我收为他们的会员，会员可在一年中每次两本、无次数限制地从他们店里借书、还书，而他们书店的书又挺符合本人苦辣香甜都有的口味。"我从此就再也不用在家里'开书店'了。"我向内人报喜说。

当日我就从"稻诚"拎了两本书回家，头一本就是这部太宰治的小说集《小说灯笼》，下午一气读完后，我就决定在"小民书话"里介绍它，但只要一介绍，我就必须把它买下来、以备后期需要时核实里面的内容，换句话说，我下次去"稻诚"还书的时候至少会少一本，因此，我那680元能免费阅读不用购买的会员服务，从第一本开始，就已经不完满了。

用太宰治这本书里的话说，就算是"失格"了。

在这本书里，他举了几个人会失格的例子，比如：真正既有腕力又有涵养的"伟人"是不随便找人掰腕子的，只要你酒后撒欢四下找人掰腕子，就是失格；还有，你读了不应该读的书，就算失格；在中学的青春期你做了"不自然"的事，也是失格，因为"伟人终生都不做这种事"。至于什么是"不自然"的事，太宰治倒是没说，因此，令我怀疑自己中学时代是否也失格过。

这部书写得不太像太宰治平素疯癫的风格，作家张大春在"引言"里说，它写于患有精神疾病作家短暂的"安定期"（1940—1944），之后，他就写了那著名的"疯子小说"《人间失格》（1948），同年，他裹挟一位女粉丝一起投水自尽。

《小说灯笼》里，一个女粉丝菊子写给一个叫户田的读者来信挺感人，太宰治激动得逐字抄写了来，可惜人家不是写给他的。从这本写自己作家经历的小说集中，我感觉直到因《人间失格》出大名前几年，他还是个挺平凡的作家，文字平实可亲还有点小幽默，有着与夏目漱石相似的味道。

本人自视算是太宰治的同行，因此读这种随笔小说总能爱不释手，有些惺惺相惜，也有同行间几乎快跨世纪的"写作心路交流"，比如他写书时总喜欢边写边计算已完成的页数："啊，都写了一百五十一张了！"他原本计划写三百张（页）。本人也有这个习惯，比如，算上今天写的两行"咏紫竹院水中漂荷花瓣"，本人的《小民诗集》已经有一百八十张（页）了，而我的原计划是二百页。

我总是几部书同时写，哪壶开了就先提哪壶。年轻的时候，"壶开"的要求是三百页，现在降低成两百页了。

仿佛在农场的自耕地里撒下几个不同的花种和菜种,哪个先成熟就收获哪个。

再回到太宰治这部本应该还回书店却被我扣下来的书。《小说灯笼》的书名起得好,让我回想起日本金泽那条女川,夜间河上流转着点点友禅灯笼中的火苗。扶桑国的禅意能忽悠人,使人忘记世上犯愁的事,仿佛子夜的西湖,能让你精神彻底"人间失格",至于失格是福是祸,从太宰治那里得到的答案似乎有些朦胧。

第八本：《垮掉的行路者——回忆杰克·克鲁亚克》
[美]巴里·吉福德、劳伦斯·李著，译林出版社2000年版

2020年7月10日，星期五

如果说，20世纪中期那些美国年轻人可以称为"垮掉的一代"（The Beat Generation）的话，那么，今年庚子年出生的是不是应该被叫作"新冠一代"（Novel Corona Generation）呢？

我不经意想。

上星期六因昏睡错过了外出购买周六版《新京报》，周日急忙步行到"百盛"薛大哥的报摊，幸亏他那里有。

本期《新京报·书评周刊》的主题是《垮掉的一代——旅程与误解》，是它促成了本篇"小民书评"。"书评"孵化"书评"，像不像母鸡下小鸡？

人类智慧功德，可就是如此积攒下来的呢！

"垮掉的一代"是 *On the Road*（《在路上》）那部书引发的风潮，我再熟悉不过。早先在北语继教学院指导英语毕业论文时，学生们总拿那部书"做文章"，因此害得我将之下放到"最不想读的书"的破篮子里面。有北京人——我朋友，从来没去过香山，听着你可能不信吧，其中道理是一样的，最流行的书，总摆在书店门口招引客户的那些，我从来都不问津，既然它们总在那里，哪天去取回就是了。

《新京报》这期强烈勾引我的，是写《在路上》的杰克·克鲁亚克怎样在《在路上》大火之后就再也写不出书的悲惨困境。出于不健康的心态，我对同行的这种境遇一直特别关心，总喜欢抱着享受的姿态品味，原因呢？可能因为一般特别难火的艺术家们都需要这类故事给自己打气，他们（包括我）想通过看那些人的僵局，比如：得了"诺奖"之后的莫言再也拿不出像样的东西，论证出自己还没得"诺奖"理由……

　　老天分明还不想叫你停笔嘛！

　　嘿嘿。

　　于是，看完《新京报》回家后我立即从"孔网"上调来这部朋友们口述杰克·克鲁亚克的集体回忆录。

　　"孔网"旧书真是一绝，那么多、跨了那么长的岁月、带着那么腐烂霉味的书，躲藏在仿佛宇宙黑洞的隐秘处，苦等着某位（比如我）偶然感兴趣的人在灵感和需求来时，用手指在手机上划拉几下，把被打到"冷宫"里不知道多久的一本老书，把那藏匿着某人某地某时代精彩往事的旧纸，给"淘"了出来，颇像深更半夜河道中不动的鱼儿，不知啥缘故，被岸上的人一下钓走了。

　　再把视线拽回到那位写《在路上》的杰克·克鲁亚克，可说好了，我对他在"红紫"后怎么难产，以及他那时候的纠结痛苦，抱有"非常态"的窥视癖。记住，作为一个写作二十多年后自己认定永远不可能让自己的书像《在路上》那样火到世界每个角落、火到连亲自读的必要都没有了的程度的"作家",我可原本发誓不看《在路上》啊。

克鲁亚克出身于美国新英格兰一个叫作"洛厄尔"的小镇,也称为"小加拿大"。它应该距离我侨居过的"老家"蒙特利尔不远,而且,俺们还是个"大加拿大"哩。洛厄尔也是个法语区,因此克鲁亚克会说加拿大法语,这个我也能听懂。所谓"加拿大法语",就是法国人听不懂的那种法语。

以上这些都能让我找到优越感,因为本人的法语法国人好歹是能听懂的。

书很快翻完了,然后,不禁掩卷赞叹。

克鲁亚克最终推翻了我的成见,他不是靠偶然一部破书、靠被人贴了"垮掉一代男一号"标签才中大奖似的"红紫"起来的。在看过这部书的大半部之后,我得知《在路上》曾被许多出版社退稿,在漫长等待中,在《在路上》出版之前,克鲁亚克又一口气写完了八本新书,他一生不是仅仅写了一本两本书,而是总共写了二十七本书,那其中的一本叫作 *On the Road*。

写作上,他一直是无比执着的路上人,他从未从那条看不到尽头的道路上脱轨。

那个和我一样也能说魁北克方言的垮掉的一代的代言人,短短47年的人生其实并不松松垮垮,他是毕生从没停止创作的文学义士,是个把生命泡到"写作大缸"中从不自拔的哥伦比亚大学出身的伟大作家。

那所纽约市区中的名校我曾经路过过,瞥见过一眼它那仿佛中世纪广场的校园

作家伟大与否,有各种评判标准,在本人这里,我只看他是否真心把生命投入写作,哪怕我从没读过《在路上》。或许,我永远也不会去读它。

第九本:《托尔金的袍子
——大作家与珍本书的故事》

[美]里克·杰寇斯基著,王青松译,
译文出版社2011年版

对于一个痴迷于读书的人,在生日这天获得一本能一字不落从头读到尾、偶尔还会心一笑的书,显示出老天对生日佬的别有用心。

不用说,就是指这本书。

写这本书的家伙原本是个文学教授,后来不忠实于文学教育事业成了著名的珍本书贩子(贩书党)。从他名字里的"斯基"猜测,他或许沾些犹太人血统,因而有着以色列人超高的赚钱才能和与众不同的幽默,而且他头脑异常冷静清晰,要不我就不会如此顺畅地把这部书读下来。他们(犹太人)的逻辑通顺感,总是那么的明显。

翻译这部书的王青松先生可真伟大,我网上查了一下,他也是个文学博士。真佩服这位著名翻译家的文笔,你不看作者,还以为这书是他本人写的。译文那般通顺,用词那么考究,把那位斯基博士行文中"好玩"的地方都打磨出来了。

从王翻译家的翻译心得中获悉,这部名著名译竟然是他在西藏日喀则那半年里,在手头没什么翻译工具的艰苦情形下译出来的。你从书中精致而富有张力的文字可以想见翻译时他是多么地投入,因而笔下才那么有神。

两个文学博士(其中一个原作者是牛津大学的)用智慧和幽默隔空对接,成就了这本尽管在书店里并不太起眼,但对我这类"书耗子"来讲是心中精品的好书。

这部书里娓娓道来的是杰寇斯基这个珍本书倒爷和二十部世界级名著的首印版书(大多数是)之间的故事,回顾了他怎么用那些奇葩法子从作者们的心血中赚大钱、发大财。比如,他把书用低价买下后用高价卖出,然后再高价买入后用更高价格再卖出,同一本书,他前后倒了两手,这哪像大学教授做的勾当,像不像个"炒楼花"的?

而且,在他们那些书商眼里,名作家浑身都是宝,他们的手稿、他们的情书,甚至他们的内裤、大衣,书名《托尔金的袍子》的那个"托尔金",就是《指环王》作者。

他们这样全方位消费作家是不是很像消费某种动物?

俺可得小心点,俺哪怕不出名,但俺可是个作家。

还有,书里介绍的很多世界级作家生前都是无名之辈,而且境遇极其悲惨:有因为诗作不被看好而吸煤气死的——那个美国天才女诗人西尔维娅·普拉斯,我昨天刚买入一本她的诗集,她的确是个鬼才;有也是因为作品出版不了而苦恼自杀的美国男作家——《笨蛋联盟》的作者约翰·肯尼迪·图尔,我马上从"孔网"上买了一本书以表达敬意。总之,甭管那些伟人作家生前作品境遇如何,他们的精神遗物——作品，尤其是一版一印的那些书，在博士书贩杰寇斯基那里全都不是事儿，只要有可炒作的故事，只要是奇缺的资源，他都能买进卖出，就能投机倒把。

读这本书后我才知道，一百年前那些今天的名著的首印数竟然都那么少，多的上千，一般也就几百、几十册，而且当时即便用比汉字少得多的英文字母排版也是一件苦差事。女作家弗吉尼亚·伍尔夫就和她丈夫开了个小出版社，她亲自当排版工，当有人拿乔伊斯的《尤利西斯》给他们，问他们能不能排版时，他们拒绝了，因为按"意识流写法鼻祖"伍尔夫太太的排版速度，把整个书排完需要47个年头！

由此可以想见，那时一本首版首印书是怎样的珍贵，更值钱的是作家手稿，市价最贵的是几百万美元的卡夫卡手稿《审判》。

本人最近也收集些民国时期的旧书。去年年末我从即将关张的报国寺旧书馆"进"了一批，但我不买那些真正的珍本书，或者有历史名人字迹的。我见一本《毛泽东青少年时期的故事》上就有作者、毛泽东同学萧三的亲笔字，我认为这种"文物"应该归图书馆而不是个人，这一点那个杰寇斯基也所见略同，他说作家的手稿是应该被收藏在博物馆的。

本人到目前为止已经出版了550万字的"不入流作品"，至少前两百万字都是手稿，很漂亮的手稿啊，可恨

那个杰出的"书寇"不懂中文,否则俺齐天大不就不愁养老费啦!

还有,到目前为止,本人著作中印数最少的一版一印是《万花露》系列,只印了200本。

在交代《托尔金的袍子》选择二十本书的标准时,那个杰出"书寇"说:

第一,本人只对身世经历特别复杂的书感兴趣;

第二,它们在珍本书的市场上身价不菲;

第三,多数情况下,这些书都有精彩故事可讲。

我的"小民书话"选书标准,不也是一样吗?

第十本：《黑暗时代的爱》

[爱尔兰] 科尔姆·托宾著，柏栎译，人民文学出版社 2020年版

这是一部刚读了一会儿，就心说"上当了！"的书。

一、封面设计典雅；二、以前知道作者——托宾，一个大额头的爱尔兰人；三、有关作家创作生活的，副标题是"从王尔德到阿莫多瓦"；四、人民文学出版社；五、其中还有和狄金森、普拉斯齐名的美国女诗人伊丽莎白·毕肖普的写作故事……这之中的任何一两项，都能让我毫不犹豫地把这本书拎回家。

先看毕肖普那一节，我想知道是哪类诗让她那么知名。没有失望，她的诗的确与众不同，那是一种"遥远的大气"，因为站的高和远，她可以将一切烘托、勾勒成巨幅画面，奇怪了，如此宏观文笔，怎能出自一个小女子笔下？

好奇，纳闷。

文学产生于纳闷和好奇，好奇别人有着怎样不同目光，纳闷他们咋那样看同样一个世界。

哦，她是个女同性恋。

我知道后，并没在意。

接着看王尔德那节，王尔德的唯美主义我至今没能懂透，总觉得那是英国人小家子气的狭隘审美；既然那么多

人说他"唯美",就只好跟着随大流了解。

文学也在于多知道、多了解,了解你不知道的那些。

哦,他也是同性恋,这好像众所周知。

接着看托马斯·曼。他的《魔山》我有,没仔细读,但读过《死于威尼斯》,说他热恋上一个美少年。

那本书写得十分妖魔,文字也很艳丽,而且情深意切、要死要活。

读到这里我发觉好像有啥不对劲:怎么前三个都是和"同性恋"有干系的作家?

再仔细打量一下书的封面,此书英文标题是 *Love in a Dark Time——Gay Lives from Wilde to Almodovar*。妈呀!感情其他都翻译了,就是"Gay"没翻译。

Gay 是男同性恋。

其实这本书的中文名称应该是"黑暗时代的同性恋之爱情生活——从王尔德到阿莫多瓦"。

既然已经买了就只能硬着头皮读下去,因此,刚合上书的我,就被动地深度结识了十位同性恋作家和他们的情人们。

第十一本：《你和我》

万方著，北京十月文艺出版社2020年版
2020年7月24日，星期五

无疑，这是几年中我读过最令人动容的书，

也无疑，这是曹禺的"走后书"。人都去世二十多年了，还能接着写，而且写得比他二十三岁笔下的《雷雨》更雷鸣电闪心惊肉跳……

我起先是想知道曹禺因何后半生再也写不出前几部剧作那样的本子，然而书读到一半时，我觉得原来的想法不对，曹禺这分明还在写高水准的剧本呀，只不过是借助他骨血女儿万方的手。

万方的《空镜子》我读过，没什么特殊感觉；

万方的话剧《冬之旅》我也看过，而且在谢幕时见过她本人，也没引发崇敬之心。

曹禺话剧《北京人》年少时就读过剧本，2018年还去首都剧场看过，那是一部难以再被超过的剧，而且我认为它比《雷雨》更好。

著名文人的家事原本就是戏剧性的，何况万方血脉的四个源头——祖父母家、外祖父母家，随便哪家都是能和民国历史挂钩的大户，但这还不足引以为怪，难得的是她能用沾满"曹禺式"情愫的笔，将那些家族风云人物们"复现"出来。

其实这部书真正的主题是哀悼母亲的不幸离世。曹禺母亲在他刚出生那一刻就离开了,万方的母亲也在她22岁的时候不幸去世,因此曹禺一生都在哀哭"小母亲",万方二十二岁过后的人生,也是。

父女两代人接力录写对生母不尽的追思,血脉文脉上下传承的大情种曹禺和他的"还魂"爱女万方,用跨度近百年的两只多情笔端的刻痕,完成了这部让人心绪激荡的《你和我》。

这是一部用血肉泪水搅拌合成的"慈母受难记"!

第十二本：《赖宝日记》

杨小星著，接力出版社2007年版

2020年7月24日，星期五

本月19日，39岁的杨小星去世了，作为老段子手的本人大吃一惊，他是《今晚80后脱口秀》的写手，因此，匆忙把这本《赖宝日记》"网"来一读。

老实说，没仔细读完，只浏览这本书的"头"和"尾"就可以下结论——杨小星是写小说的高手，睿智、细腻，故事感强。开始的时候还想用"包袱"的法子叙事，但写着写着就被故事情节给"绑架"了，因此，一对少年从中学初恋变成多年后"利益恋"的故事，就潇洒顺着笔端"淌"了下去，一直蜿蜒地流到了全书的尾部。

这无疑是一部精彩的"段子小说"，杨小星也无疑是讲故事高手。

因此，我推荐给80后以后的"后"们读。

要说，一个60后偷看孩儿辈作家写的书，本就该责罚。

但不幸，80后先于60后走了。

说到脱口秀达人和段子手，本人原先是那方面的"材料"，这可能来自从父亲那边传承的东北段子基因。从22岁上班那天开始，无论是在最早就职的国营贸易公司，还是20世纪90年代在北美的公司里，本人都在公司晚会上担当过怎么都推卸不了的指定特邀脱口秀式主持人和段子手。这可能你不大相信，如果你印象中的本人过于正经和严肃，那只能说明你还不是我使用幽默语言的合适听众，爱说笑的人也是要挑听众的，我会见人下菜碟。

可别受打击呀！

我是说正经的。我曾认真考虑过像那个前些年从美国回来表演的黄西先生那样在北美当个职业的脱口秀表演者，因为从那些年我在同事们面前的表演效果上看，我肯定要超过他。

记得有一年去德国出差时，在一个小旅馆里，我使用一个西红柿（Tomato）做说笑的"底料"，整晚让血红的西红柿在舌尖上飞舞，把公司里的人和事信口添加到"底料"里面一通胡说八道，最后把几个同事说得人仰马翻，笑得歇斯底里，最后，一个从澳洲来的同事竟然乐得像袋鼠似的一个劲儿地蹦跶。

那个黄西先生不行，我去民族文化宫看过一次他的演出，太做作，他的段子是事先编好的、合成的，是机械和刻意的，这不是高手。高手，比如我这类的，会用现场出现的任何材料即兴编笑话，有啥食材做啥饭，这要求十分机智，而且要具有极强的应变能力。

齐老师在"北语"上课时，也会偶尔秀一把那个本事。

《今晚80后脱口秀》再也听不到新编的了，因为被老婆打成抑郁症患者的黄自健转行到电视剧《安家》中作秀去了，更是因为"赖宝"杨小星，那个背后的高明段子写手已经不在人间。

第十三本：《钟罩》

[美]西尔维娅·普拉斯著，上海译文出版社2014年版
2020年7月25日，星期六

这是一部精神病女患者的勇敢之作。之所以说它是"勇敢之作"，是因为普拉斯（英年早逝的美国女诗人）自己就是个精神病患者，精神崩溃后她曾在医院接受过心理和电震治疗。康复之后普拉斯又返回正常生活，还把那个过程写进了自传体小说。

我回想了一下：发过疯的作家不少，尼采发疯后却始终没有治愈，治愈的也有，但过后能用纪实的笔法把治疗全程写下来的，似乎仅有普拉斯一个。

可能是由于人既然已经疯了，就会失去"回头看"的能力，而那些治愈后重返的，也不愿意回忆不舒服的过程。

那可是"电震疗法"呀！

其实细想，天才作家一般都是在疯癫与正常之间寻找一种平衡，一不小心跷跷板就容易失控。

在我昨天阅读的万方的《你和我》中有许多曹禺写给他两位夫人的情书，文字不仅亢奋和煽情，还不乏极度"疯癫"的语汇；还有，我发现中国作家从少年到暮年都能用好似永远长不大的童心写极端纯净多情文字的，仅有曹禺、巴金、沈从文三位，而他们三人中至少沈从文曾经

"癫疯"并接受过治疗，曹禺似乎也接近"癫疯"边缘，否则他也无需服用那么大计量的安眠药协助睡眠。

《你和我》里记载了这样动人一幕：在人们众星捧月般围着"中国莎士比亚"曹禺赞颂的时候，他正埋头瞌睡不醒。

说回到美国女诗人普拉斯。同是"精神失常之性情中人"，她竟然把接受电震治疗的整个恐怖过程都一五一十写进了自己唯一一部小说《钟罩》（*The Bell Jar*），她的超凡勇敢由此可见。

其实早先在蒙特利尔的时候，有一年冬天我也常去精神病院，当然，我不是自己去看病，而是去探视我自始至终不认为他有病，而他太太（一个内分泌科医生）却一口咬定他疯癫了的小D博士。

小D是物理天才，毕业于北航和中科大，他仅用三年就拿到了麦吉尔大学的博士学位，事业开始得也蛮顺利，然而，当有一天他怀疑并认定自己的夫人和美国克林顿总统有不正当频繁电话往来时，他夫人毫不犹豫地就把他送进了精神病院。

我第一次去探视他时愕然了，只见那么聪明的D老弟瘫坐在座椅上，他那精神头完全被强烈镇静药剂给镇压住了。

记得在精神病院的走廊里游荡的都是恍惚的人们。

现在再想：若干个普拉斯、沈从文式敏感天才文人，不也混杂在他们当中？

最后补充一下：不久我那位D老弟就又恢复了精神健康，到华尔街IT公司就职去了。他说，领导对他的唯一愤慨就是他上班时总是显得游手好闲，因为别人需要用一整天完成的编程任务，他一会儿就完成了。

D博士之后变成了哲学思想发烧友，并写成了专著《平衡论》，通过"亚马逊"在全球发售。

第十四本:《平安经》

2020年7月29日,星期三

仿佛黑夜太寂寞,于是飞来一只蝙蝠。

"小民书话"这两天迎来了一位不速之客——让全国哗然的、吉林省公安厅副厅长贺电撰写的《平安经》。

这是庚子年文学超级行为艺术,它注定会成为庚子年出版物的闪光点——发出蝙蝠两只小眼睛的贼光。

贺电——奇葩的姓名;

矢口否定——人民出版社说从来就没出版过那书。

我在"孔网"上使劲搜,都没捞到这条"鱼"。这很诡异,因为只要是正规出版物,"孔网"上就一定能找到,即便它奇货可居也只会涨价,但不可能没有。

那一串串的"平安",被骂的、被抄袭的、被上纲上线的,引来全国人民吵吵闹闹,嘻嘻哈哈。

奇葩呀,真奇葩。

真现象级图书现象也!

我是从那段"神经系统平安、大脑平安、小脑平安、脑干平安、脑室平安……"隐约领悟到那位贺电同志有可能是用文字搞恶作剧。他极其有可能是在装傻而不是愚钝,是真聪明而不是弱智,否则能当公安厅领导吗?

贺电可能是在恶搞,在玩冷幽默,在卖弄东北人的二人转把戏和语言声东击西战术……

《平安经》的风格还颇像西方人擅长的"当代行为艺术"。

20世纪90年代,我就曾在加拿大渥太华国家艺术馆看到过一幅和法国三色旗设计完全一样,仅仅是换了三种颜色的画作 Voice of Fire,那是加拿大政府花了三千万加元从美国画家手里买的馆内最昂贵的藏品,是镇馆之宝。

它贵在形式。

《平安经》还能使人联想到北岛最著名单字诗——《网》。

既然北岛可以用一个"网"描写生活而得到许多人的赞许,贺电厅长为何不能用数不清的"平安"安抚一下地球内外的所有一切呢?

再说,衡量文学是否是经典的标尺是它能否引发复制的模板、能否创造崭新思维角度、能否提供奇特审美趣味、能否迅速成为热议话题等等,从这些方面看,《平安经》无疑是足足做到了,君不见,千万人受启发新编的"平安段子"在中华大地数亿手机上如新冠病毒那样神速生成、扩散,掀起大洪水般的万丈波澜……

结尾处,我也来一段自制的平安段子:

2020年平安,2021年平安?202×年平安……

中国平安,亚洲平安,地球平安……

金星平安,火星平安……

贺电副厅长平安……

最后,预祝新冠肺炎疫苗研制平安。

第四部分

收藏

疫情期间的收藏

2020年5月17日，星期日

要说疫情快过了吧也没算真过，因为大家还都戴着口罩。

庚子之初夏。

新冠肺炎疫情的到来是在护国寺旧书报市场关门前从没预想到的——假如染上了病，还要那些旧报纸做甚？

从一月末起，我倒是收藏了半米厚的《北京晚报》和《环球时报》，这样就在家建成了一个"庚子年疫情进程报纸博物馆"——我上次如此系统地收集报纸还是在2003年闹"非典"的时候。

我想假如100年后有人在我家或者什么别的地方发现我这两大堆"档案馆"似的报纸，也会像我收集20世纪30年代整年度的《顺天时报》那样花重金将它们买下保存吧。

你买下和收藏的是一段实在的、可触摸的历史资料。

都说电子资料是万能的，但即使刚过去的这个庚子年初，就这三个来月，你光凭手机上的搜索能搜索出一个按每日时间进度排序的"艰难时光回忆录"吗？比如：哪天哪日都发生了什么事情，谁都说了什么做了什么。你绝对不能。网上有的只是碎片，而报纸则不同，报纸都一张张按顺序平躺在那里，你只要一翻，答案就在你眼前。

因此，倘若也做报纸收藏生意的话，我家刚刚砌起来的这半堵"庚子新冠墙"（《北京晚报》和《环球时报》）就奇货可居啦！

当然，俺死活不卖，喜欢没事偷着看。

昨天在报国寺外小花园和沈兄成交的这批明清报刊，除了琳琅满目的民国小报，亮眼的是19世纪末法国出版的一些和清朝有关的旅游报，其中最贵重的是1894年8月13日的《Le Petit Journal》（《小报纸》）的画报副刊，上面有两大幅漫画：第一幅上有中国的城门，有留辫子的清朝群众，有西方男女，有持枪的清兵，有群情激昂的聚会；第二幅则是一幅海战图，画的是船沉前水兵们在海水里和桅杆上的挣扎，下面文字写的是"在朝鲜水域船被日本击沉"，具体发生了什么应该在被画面包裹的报纸内面，但报纸实在太脆弱了，从保护的塑料皮中将其取出就已经掉了不少的纸屑（渣），我心疼不已把碎屑一点点收齐放回塑料皮里，我还怎么忍心再翻看其中的内容呢？

这份画报无疑是报纸中的古董，它在我太爷爷的时代印发，先从遥远的法国舶来北京，再经由沈先生等人的精心爱护，现在"流落"到我的手中，我将之视为"新闻祖宗"，只有崇敬和珍视，怎敢再使其破相？至于那两副精美的动态感现场感冲击感极强的画上画的一个多世纪国家间的是非，究竟是日本击沉了法国的战舰还是清朝的、朝鲜的，就让它的"真相"在报页的夹缝里沉睡着吧。

不要再惊动它。

我用"独家"的噱头把两幅画的整体和局部发到朋友圈,一个法国学生(诗正言)看后发出"我的天呐!"的感叹。

小得意——你家古董这回在俺家了。

第五部分

剧评

"粉墨人生"

——京剧名家名段荟萃

国家大剧院

2020年8月9日，星期日

在一个月以前我都难以想象，今晚我能够坐在大剧院的位子上观看京剧。

在半年之前，我反复地看着手机里2019年那些大剧院中的留影——当然是偷着拍的，都没敢做再回去的梦。

在中国以外的其他那么多的国度——北美洲、南美洲、印度……眼下的他们，也会把能像我今天这样在首都核心剧院中观瞧最美妙的国粹，视为在火星上行走。

瘟疫仍肆虐，边看边心虚。

对今后，真不好预测——这是疫情暂缓后许多次当观众的一次，还是倒数的哪一次。今晚之前去剧院，应该是今年的元月8日，后来保利剧院还有一场马其顿的话剧，是在人心开始惶惶的那天，就没敢去了。

所谓的人生无常，我是早知道的，但今年这样的无常，谁会预想？这将会是新常态吗？

今晚景象：熟悉的戏剧场，隔开两个座椅戴口罩分坐，用瘫坐沙龙池座的舒适欣赏顶级国粹。

本人这半年培养了两个新嗜好，其一是看书画频道中师父们画画，其二是看董艺主持的戏曲频道。而今晚，她就在台上婷婷站着，被她介绍过数遍的那些个角儿，王蓉蓉、迟小秋、胡文阁（梅兰芳的关门男弟子），今晚都到齐了。

他们的嗓音是那么亮，步态是那般稳，妩媚起来楚楚动人，阳刚起来气宇轩昂。

我越发察觉，我以前小瞧了国粹。

京剧嘛，南城一个犄角旮旯，一群老爷们夏日吊嗓，胡琴撕拉着响，那是我儿时常驻足围观的，曾短暂着迷过，但没固定下来，觉得挺土鳖。

西洋人的"三高"——帕瓦罗蒂他哥仨，我都现场远观过，《卡门》《蝴蝶夫人》也一路哼唱下来，久而久之，就忘掉了南城夏天扯嗓子的那群大老爷们。

是一本小书——《水墨戏剧》（洛地、洛齐父子文图）令我忽然醒悟：你压根儿不懂京剧。是呀，唱念做打他们必须都会，他们文武双全、个个身怀绝技，哪像老帕腆着水牛肚，还高调照唱不误。

今晚角儿们的嗓子可真嘹亮，我第一次这么用心去看原本就是我生命一部分的京剧。是因为太近，所以忽略？

胡文阁并不"娘"，一点儿都不！

我遥想台上这些流派代表人物的师父、先辈们，他们在民国时期，该是怎样的气派？

京剧绝对不土，我更加坚信。

富裕社会中已无纯粹为温饱而演戏之人，那么绝技的传承，只为它继续伟大和不朽的需要。

一不小心，我头一回用真心看京剧，就把各门派的最大角儿们，连同最佳主持人，给"包览"了。

这要感谢疫情，疫情让他们久被憋闷后，集体向国人亮相。瞧，那摄影机在台前忙着拍摄，记录这惶恐之后的豪华暂聚。

今晚大雷雨，只见闪电如荧光彩灯，多艳丽呀，映衬这久违剧院绰影。

话剧《阳光下的葡萄干》

首都剧场，[美]洛伦·汉斯贝瑞编剧，
吴世良翻译，英达导演
2020年9月6日，星期日

终于重返首都剧场，要不是座椅背上"请全程佩戴口罩"的大红带子的提醒，都忘了曾经发生（国内）和正在发生（国外）的疫情。

人生无常的感叹，或者出于世道，或者出于战争和瘟疫。

这是今年"人艺"的首部原创大戏，更戏剧性的是这部美剧的翻译是英达导演的母亲，而她的手稿去年才在一次拍卖会上偶然现身，就仿佛是"文字亡灵"的瞬间显灵，那个"死魂灵"被儿子英达果断捕捉到并召回了家，然后他顶着瘟疫将其在舞台呈现。演出结果还真是不错，于是我想到老英家真有人才，其父、其母、其子，一家人三足鼎立就撑起戏剧舞台的一片江山。

好剧是需要故事"大梁"的，这部剧中的"大梁"共有两个：一是一家子穷人忽然得到父亲去世后一笔十万美元的巨额保险金，所谓的"一夜暴富"；二是他们作为非洲裔美国人所受的种族歧视。只要有这两个"梗"作为骨架子，什么样的情节都方便展开。

用一条主线写故事，不好写；有两条线相互交叉，就怎么写怎么有了。

话剧要想成为极品，像这部剧似的，无论过程多么的坎坷，在剧的结尾一定要让正义、崇高的法则现身。比如这家人那么地受歧视，那么地不会理财，父亲用生命换来的十万美金一天之内被卷走大半，但最终他们还是选择了"有尊严地活"，搬到白人区去住。

从写作的角度，我一直边看边寻思剧作家会在哪个地方杀个回马枪，让窘境中的一家人再看到必须看到的光明。

这是个写作技巧问题，而且是期待中的，一般的剧都会让你到结尾处柳暗花明，或者是命运突然转好，或者是正义战胜邪恶。

华人演非洲裔家庭，人艺演员们演得真是到位，那股劲头和做派颇似黑人美剧《考斯比一家》(*The Cosby Show*)，那是我的最爱，似乎至今都没被替代。

由于京剧是我的"新大陆"，因此，在看话剧时琢磨这戏究竟怎么样的时候，我也开始把话剧与京剧等中华传统戏比较着看，于是我开始"看不起"话剧了。和京剧的"唱念做打"四个基本功相比，话剧演员擅长的最多只是一个"念功"，无非是在说话嘛，但其他三个本事这些演员就不行了。而且，话剧演员的体态没京剧角儿们的那般经得起仔细推敲，就比如今晚的主演王茜华吧，她那个身材是绝对不能演京剧的，但演话剧却完全合格。

话剧《家》

首都剧场

2020年10月16日，星期五

曹禺诞生110周年，人艺再现曹禺和巴金的《家》——这是我看上半场时一直那么以为的，因此，看得很投入，也很感动，尤其是瑞珏和梅表姐的那场对手戏，但中场休息时，我见到大厅里有演员胡军送的两个花篮，一个是给他妻子卢芳（饰瑞珏）的，另一个是给李六乙导演的，我心里大呼：不妙，又是李导的戏！

心理问题吧，自打看过他导演的契科夫的《樱桃园》之后就产生了芥蒂，我叫他让演员在舞台上站着五分钟一动不动的"僵尸表演"给吓怕了。果然，上半场瑞珏和梅二人也在台上站着一动不动了几分钟……

带着那种对"现代感、形式美"的恐惧感，下半场再坐在隔空坐（因疫情）的剧场时，我发觉我再也入不了戏了，因为我怀疑自己看到的不是巴金、曹禺的《家》，而是李六乙的《家》。

我的疑惑在最后一幕，瑞珏死去的时候被"坐实"。由于李导演追求"陌生的美感"（导演的话），假如你只看这场剧而不知原故事的话，你会以为瑞珏并没有死，在她即将断气时，演员卢芳又一个笑脸忽然复活过来，还说了一段激情澎湃的台词，这多像今年年初在大剧院看她演柔石的《二月》（也是李六乙导的）中的那个陶岚啊……

总的印象，上半场还"守规矩"，按照巴金、曹禺的路子走，后半场"现代形式艺术瘾"又犯了，因此，变成了李六乙的《家》。李导当然有自己对《家》的理会和体悟，总体说也达到了他所追求的"性之美，情之美"，但我想看的却是曹禺和巴金原汁原味的《家》呀！

当代导演一旦把自己对超现实美的追求附加到传统上，就会出现"四不像"，据说孟京辉导演的《茶馆》都走形得像"太平洋咖啡馆"了，这种实验你们尽管自己去搞，但还是希望别搞到两大情种（巴金和曹禺）的"双人组合"作品上面，用不客气的话说，再怎么李六乙和孟京辉，你们在前两位面前也还是极其渺小的存在，他们是永恒，你们是瞬间，因此，请不要用瞬间替代永恒，请不要以瑕掩瑜。

假如我把导演理解为卡拉扬一样的大牌指挥的话，那么，卡拉扬的职责就是无限地接近贝多芬，将"正宗的贝多芬"给诠释出来，哪怕听众听不到他、看不见他，也算是成功，而不是夹杂太多的"私货"，让观者看（听）完戏（音乐会）后，记住的不是原著作者而是指挥或者导演。

基于以上的这些抵制的杂念，我后半场基本没有入戏，听那些台词时我已经半信半疑——这些话，果真是曹禺剧本里的吗？

坦诚说，和《樱桃园》比较，这场《家》总体上还算

中规中矩，也有李导"铁心"追求的人性闪光之处——利用角色大段的单独深情道白，或许，我是个老夫子，我跟不上"新形势"了？

最后值得一提的是93岁饰演冯乐山的蓝天野老先生，真是奇迹啊，93岁在台上还步履轻盈，台词也记得清楚（有一处他似乎迟疑了一下，被搭戏的演员接住了）。

我上次看蓝天野的戏是2017年，他在曹禺女儿万方创作的《冬之旅》中饰演一位老者，那时候他已经89岁高龄。

在今天剧场的"本场演员"照片集锦中，大坏蛋冯乐山竟然排在首位，有趣吧，但绝对应该。

他是于是之、朱旭的同代人，或许是世间还能登台演话剧的最高龄演员，尤其是在庚子全球大疫之年，他还能粉墨登场，也算是造化。

今年是曹禺110周年诞辰，也是巴金逝世15周年，人们用不同方式怀念着曹禺和巴金，女儿万方贡献了《你和我》一书，大才情之作也，如实传承乃父之情愫和文风。

我呢，本想通过看话剧《家》和才子之文接轨，却没想到，因为导演的个性发挥，只接上了半根。

话剧《十字街头》

大剧院小剧场
2020年10月18日星期日

在三个剧场中，大剧院的话剧场本来就是最小的，何况是地下一层的这个小剧场。

小剧场上演小众的剧。

昨晚是首演，去的观众就更"小众"，似乎他们都和台上的演员和剧务人员有点关系。

导演黄盈本科是农大的，学的是理科，研究生才上的"中戏"，用两年半就把中戏的全套路数基本学完了，因此，我也动了去当个导演的心思。

这不完全是玩笑。

我的终极梦想，其实是将我的"马桶三部曲"和"新乔三部曲"搬上舞台，至于那舞台多大和在哪儿，就另说了。

这也不完全是妄言。在这台经典《十字街头》中，我就发觉有些梗被用得太"水"。比如，两个年轻人谈对象那场戏，一个小噱头、小包袱，在长达十几分钟的时间里被煮烂了揉碎了地用，明白人（我这样的）只会开始会心一笑，只有傻乎乎的人（我旁边那一对儿）才从头笑到尾。于是，我联想到《总统牌马桶》里那个也写上海的章节，这样的包袱在十分钟里至少有十个以上，会让你目不

暇接。

俺的戏不演也罢，免得把身边这样低笑点的观众给整休克了。

这台"迷你话剧"纪念的是1937年赵丹、白杨和英茵演的那个经典的电影，使用大量现代手法（舞台、灯光、音响、投影）再现古典。再现得蛮成功满新潮，也把"十字路口的彷徨"延展到了今天，同样的问题：大学生毕业即失业。在这个庚子年，保就业又是全球最大难题之一吧。

当代演员的气质真无法和赵丹、白杨、英茵他们相比，那时候赵丹刚22岁、白杨才17岁，可他们的镜头只给一个，就是经典中的经典，就那么"抓人眼球"。

可叹英茵（英若诚的姑母）惨死于1942年，她曾用那般美色诱捕并除掉过9名敌特。可以想见，敌特们是难以抵挡她的。英家真出人才啊！

隔了一天，连看了两场"梦回民国"的剧——《家》和《十字街头》。好的不多说了，不理想的，就是主演们和原作都相差万里，我是说电影《家》中的孙道临、王丹凤、张瑞芳、黄宗英，以及赵丹、白杨等。年初看的《二月》和《早春二月》相差的也是演员（孙道临、谢芳、上官云珠），不是差一点儿，而是十万八千里。或许我不该太刻薄！

民国人的那股子气质，是带"魂儿"的，"形"尚可再现，"魂"，可不好复活一次。

《十字街头》四个大学生毕业就失业的故事，让我想起1990年起我在渥太华住的那个中国留学生蜗居的Peter楼，那是住了几十个"高材生"的独幢破楼。

　　楼里外破破烂烂，是蟑螂的天堂；男女只隔一堵薄墙，穷兮兮的，野性莽莽。

　　Peter先生是房东，五十来岁，精瘦，广东人，穿着邋邋遢遢（像我），据说他是多伦多大学的化学博士，混了若干年后，变成了我等的偶像——能坐收房租的人。

　　说说"好不容易有事情做了"。《十字街头》里那个老赵在拖欠3个月房租后终于在报馆找到一份校样员的工作，这和从Peter楼"毕业"、拿到硕士文凭后的我找到第一份工作（在中餐馆里刷碗）时心中大叫："我找到工作了！"的那副德行，咋一模一样？

　　2020年毕业的你，不也是大同小异么？

合唱音乐会"华彩秋韵"随想

大剧院

2020年10月26日,星期一

严格地说前天晚上大剧院的音乐会不是戏剧,不该上咱们这个"剧评",然而它的"戏剧性"是足够的,正如女指挥焦淼在演出结束时动情说的:"上半年,我们在台上唱的时候,台下一个观众都没有,没想到今天能来这么多观众……"接着,国家歌剧院合唱团在全场观众潮水般的掌声之中献上一首《掌声响起来》。

每年能听一场高档次的合唱,这于灵魂相当于什么?我试着用很多的比喻,比如84消毒液、洗涤剂、酒精之类的。总之,灵魂像一台机动车上的部件,隔一段时间就会变脏、变形、变质甚至变态,由此,就需要用点法子"洗刷刷"一下。当然最好是用艺术,而艺术中最适合给心灵去污渍的非音乐、非音乐中的合唱不行。哪怕只是短暂的一两个小时。

在合唱团员们沁人心脾的歌声中,我瞧着他们身后那满面墙竖着排列的只有大教堂才有的锃亮的发音管,早年我在蒙特利尔著名的"圣母小教堂"里常见,我想到了音乐和宗教的关系,宗教是一种救赎,它的派生品之一的合唱呢,也是。

歌声如波浪,时不时大起大伏,我的心随着众男女艺术家喉管中发出的纯正声响,也在上下跳动。

大剧院外面,已经是庚子年秋季了。

话剧《基度山伯爵》

大剧院
2020年11月12日,星期四

大仲马真了不起,能留下这么一个故事,一个用导演王晓鹰的总结,集传奇、浪漫、幻想、真实为一体的作品。本剧从编剧到导演到演员,无一不秉承着以上这些精神,在长达三个钟点的时间里,那些元素一一轮番上演,让观者眼花缭乱,又不像有的剧那样有花架子没内涵,他们的艺术呈现能让你忘却这是在观剧。谁能让观者,包括我这样很专业的业余观众都把自己忘掉的,谁就是成功者。

无疑,《基度山伯爵》做到了尽善尽美。

我在想,如果一部作品的内容无限的广阔,那么,改编时只要取其精华,只要把故事的构架全不混乱地"抖擞出来",就不可能不成功,但恰恰是好好把故事讲好、讲明白了,才是最大的难点。王晓鹰导演的《简·爱》我早先看过,故事讲得不错,今天的这台戏,无疑也是成功的,尽管他们(创作班子)往里面塞进去了一些炫酷的元素,比如让一些后生劲舞,还故意扮荒诞模样,但没喧宾夺主,故事还在继续——以同一个人物分裂成几个时段的特殊形式,但观众稍微糊涂之后,马上就懂了导演的意图,因此,虽然经历了"现代改造的小风险",大风险还是避免了。什么是改编老剧的风险呢？就是把故事说糊涂了。

好的编辑绝不能假设观众都是熟悉情节的。就比如上次看李六乙的《家》那样，不知道剧情的，看到剧尾时你都不知道那些剧中人物的大结局究竟是什么，而好的剧就是剧本身，在舞台上就把故事都说清楚，不是十分之九，而是十分之十。

把故事讲明白是基本功，也是最高尺度。

《基度山伯爵》我只是翻看过，但没陷入对编故事的大仲马的崇拜，今晚再观全剧，还是挺震撼的。19世纪有那么多星光灿烂的人物，比如拿破仑，也有那么多会用故事、用文字给他们做同步"影像留影"的小说家，比如大仲马、巴尔扎克，雨果就更不用说。

《基度山伯爵》有几个最经典的情景令人动容，比如：邓蒂斯和美茜苔丝多年后重逢却不相认；基度山伯爵决斗前的那大段独白，使人懂得了"爱、博爱"的原初意思，它们来自宗教吗？还是发自人类灵魂的底端？

芭蕾舞《珠宝》

大剧院

2020年11月21日，星期六

本来看剧归来当晚懒得写评论，但今天必须写，上午传出第一代芭蕾舞演员陈爱莲去世的消息，偏巧晚上去看中央芭蕾舞团的《珠宝》，不知是否是一种暗示和机缘。"机缘"可能不适合用在这里，但老一代艺术家去世，新一代艺人崛起，不也算是最好的悼念？

用"崛起"一词说芭蕾，是因为今晚《珠宝》第二段"红宝石"中，我的确看到了新一代舞蹈演员前所未有的霸气和自信，他们几乎是目空一切，这在以前的中巴演出中从未领略过，或许是因为"红宝石"是美国风，要表现美国人的狂劲，但那股子劲头在以前想模仿也不容易，这使我感到中国后生们真是越来越牛了。"牛"，尽管和芭蕾舞也不搭，但一时想不出别的什么词汇。

《珠宝》以前没看过，它是现代芭蕾的经典，是法式、美式、俄罗斯式芭蕾三个段落合一的"折子戏"。我留意到其中演法式芭蕾的演员高挑，演美式芭蕾的演员丰满，演俄式芭蕾的演员清纯——"小天鹅"嘛。开始，当看第一节"绿宝石"时，我心说演员们咋这么清瘦无力呀，于是，第二节"红宝石"就上来了一群丰硕有劲儿的舞者，看着看着我又想芭蕾舞演员要是都这么威猛不就成了体操运动员？于是，之后就上来了一群比小天鹅还青涩的白衣少女，因此我想，这乔治·巴兰钦编的这台戏可真是人尽其才不留死角呀！

对演"红宝石"的中国芭蕾男一号马晓东印象最深，阿兰德龙的相貌，体操冠军李宁的超强功底，外加那么投入的表情，辽宁鞍山人士，他说想当世界级舞者，我看真差不多——奇才也！

又想到直到去年还能在舞台上舞动的"林黛玉"、80岁还每天练两个小时功的陈爱莲，你看，西方顶级的艺术芭蕾和东方顶级的艺术京剧，竟是这么的相像，都是折磨人肉体的极限运动，跳芭蕾也好，唱京剧也罢，你都要受尽皮肉之苦而且一生都不能懈怠，方能将人类原本不好看的天然体型强行塑造为天鹅般高贵样子。人家天鹅压根儿不用练功身材就那么匀称，就能走那么优雅的步子，咱人类可不行啊，非要玩命地练，非要不吃饭，非要脱胎换骨，才能在正常人群中强力打造出仿佛外星人的身材。这些芭蕾舞、京剧演员们，他们是意志和技巧方面的超级强人，哪怕他们（尤其是那些女演员）看上去美得那般令人心痛！

话剧《四世同堂》

大剧院
2020年11月30日,星期一

其实这个剧是25日晚看的,当时没心情写剧评。前日刚知道恩师张金俊去世,勉强去看一台已经约好的剧,却写不下什么。

本是冲着秦海璐去的,一看节目单:糟了,几个角儿(刘金山、秦海璐、佟大为、陶虹、辛柏青)是交替着出场的,万一今晚大赤包不是秦海璐,可咋整?

正担心着幕已经拉开,上来一个扭捏的胖女人大赤包,并不是秦海璐,这闹心呀!后来秦海璐上来了,哦,原来刚才那个不是大赤包,是祁家二儿媳妇。

心定了。

前不久刚看完电视剧《亲爱的,你在哪里》,秦海璐演一个四处寻找丢了的女儿的母亲,我也跟着"找"了几十集,不是追剧,也不是追人,而是找人,因而,就和秦海璐意念情绪上重合了几十个日子。今天看见活的她了,尽管眼前这个是为了装成肥胖的大赤包浑身不知填充了多少软物质、走起路来像母唐老鸭似的坏女人,但她"丢了孩子的妈"这个先入印象还在我的脑海和肉眼里,因此,就过了把和屏幕中角儿近距离接触的瘾。

观众与演员、"被艺术感染者"和"制造艺术者"

的关系仿佛是风和铃铛，这阵子风起了，铃铛就跟着这阵风的动静摇一摇，等下股子气流来了，铃铛也变成别种响动的"叮叮"。一部剧过后，一个角儿在你心中待一小阵子，稍微久了就变得遥远陌生，比如去年《都挺好》热播，我跑去保利剧院看"红红"——倪大红，他在我眼里如足球偶像马拉多纳似的（他也刚刚去世），今年"红红"没新动静，他再去保利，可能就没秦海璐红了。

这场剧我看到秦海璐而躲过了陶虹觉得很庆幸，但假如《空镜子》刚播放完那会儿，肯定就不"追秦"而是"摘桃"了。

从艺者想让别人老惦记你的最佳法子，就是老有好作品出炉吧。

歌剧《冰山上的来客》

大剧院

2020年12月5日,星期六

歌剧是昨天晚上看的,本来觉得没什么好写的,我是冲着雷振邦的那些歌去的,觉得歌剧的作曲者并没给那个剧再增加些能和雷振邦的曲子媲美的新段落。整个晚上,其他的剧情就像是一支曲子和另一支曲子之间漫长的间歇,你甚至可以玩玩手机,当然,雷振邦基调始终是漂移在"道白"的唱段中的,就仿佛是彩云,一会儿这里飘来一朵,一会儿那边"忽悠"来一片,显然,作曲者试图用那些我们从儿时起就耳熟能详的歌声的魂儿串通这整场戏。

作曲家是本人最崇拜的,他们是唯一能"无中生有"的艺术家。写小说是有素材的,只要故事发生了谁都能记录记录,只是写得好和写得一般之区别,但作曲家就神奇了,他们笔下那些旋律究竟是从哪里搞来的呢?真想不通。莫非是上天的旨意?

在中国作曲家中本人最敬仰的之一,就是雷振邦。通常作曲家一辈子能够给后世留下一两首想哼唱的曲子就已经不起了,而他竟然留下了那么多,《刘三姐》的,《冰山上来客》的,那是一个集群!你听,那些时隐时现的雷振邦的魂一样的调子,那用西域浑宏色泽调制的悠扬旋律就在耳边回响。雷振邦，一个会拉二胡的北京人，是怎么把它们编出来的？

他实在太伟大了，难怪呀，后人只能取一点他深厚的积存，慢慢地往两个多钟头的长剧中一点点勾兑，勾兑出那么一场也算不错的《冰山上的来客》，看完后，你跟着又做了一场大雪山纷纷扬扬的梦。

直到今天早晨我仔细看剧照，才发现我差点错过了一个人，那个谢幕时身着蓝色长衫的女作曲家，她被收入进我手机视频中了，她叫蕾蕾，是雷振邦的女儿，而且她也是作曲家，是电视剧《四世同堂》里《重整河山待后生》和《渴望》《编辑部故事》等许多经典剧目的作曲者。呀，她的曲子也是伴随我们成长的！我们在她老爸的旋律里"长大"，在她的曲子中"成人"！

要是这样，昨晚的《冰山上的来客》可就不凡了，老爹的灵魂女儿延续，老爸的精华女儿稀释，一部剧，是近六十载音符和肉身的传承和接力，接力地谱曲，接力地唱诵，接力地聆听……

花儿究竟为什么这样红呢？

原来，是用艺术生命的血液染红的。

第六部分

创作谈

关于《雕刻不朽时光》

——北大、日本等话题的对话

2020年5月22日

记者：六卷本《雕刻不朽时光》自出版以来引起了媒体和读者的关注，我通读了其中的《北大最老博士生》和《研究还是被研究：日本二次会》，那我们今天就来聊北大、聊日本、聊文学。您说《雕刻不朽时光》是您最重要的作品，理由是什么？

齐一民：它是一部大部头著作呀！文学类型上有"大书"一说，指的是超过一百万字的著作，拼凑的文集不算，必须是有内部逻辑、情节关联的长篇，比如2018年出版的作家李洱的《应物兄》就是一部。世界范围的"大书"代表作就是普鲁斯特的《追忆似水年华》，由总共七部构成。

任何有"终极野心"的作家都有一个梦想，就是在有生之年写成一部"大书"，用陈忠实先生的话说就是死时候能垫在头下当枕头的（垫棺作枕），对于他来讲是《白鹿原》，而我写作了二十几年之后，这部多达一百四十万字、六卷本的《雕刻不朽时光》就是我那时刻的"枕头书"。

另外，特别值得一提，也是我自以为"不凡"的是

《雕刻不朽时光》的写作时间是2006年到2011年，我是2008年到2013年在北大读博的，也就是说在六部分册中有四部是我上学期间写的，加上我三十万字的博士论文，我在北大的五年里共完成了五部著作，平均一年一部，共计百余万字，因此我在北大的收获不仅是最终的论文和学位，还包括读书期间的心路记录，现在它们已经全部问世了。

《雕刻不朽时光》也可以说是一个大部头的、跨度五六年的"北大读博心得录"，从第二部起就开始记录考博过程和成功的喜悦，全书以北大为主轴和背景平台展开，记录描绘了个人、民族以及全世界那段期间发生的各种值得大书特书和细腻雕刻的不朽往事。

记者：作为中国人，到北大上学是一件很奢侈的事件，您2008年46岁时考上北大博士生，据说是那年北大"最老"的博士生，跟一帮"小同学"在一起上学是什么感觉？我读了您的《北大最老博士生》，好像适应得还不错，跟这些"小同学"在一起活动和学习，您是如何克服那些类似代沟的影响的？我也注意到，您总是拿金庸这个北大老学生来调侃，是不是在平衡自己的心态，掩饰自己内心的尴尬？

齐一民：这是一个有趣的问题，或许所有北大博士中只有我最适合回答这个问题，实际上和我同一个导师的小同学中最小的还没毕业，她的年龄和我女儿差不多。

至于如何与小同学们相处,甭管你实际年龄多大,只要"师兄、师妹"那么一叫,辈分就被确定啦!这些称呼很具中国特色,国外没有,是儒家文化中的长幼排序(学业上的),也有亲情的温暖。

总之,我没觉得读博时年龄差异带来的不适,倒是乐在其中,用最新潮的说法,就是"前浪和后浪们一起玩",人家带你玩,就说明你还不老嘛!

自称"北大最老博士生"是由于北大招收博士生的年龄上限是45岁,我是45岁压线考上的,而2008年9月份开学的时候我已经46岁了。金庸先生也是北大中文系2009级的注册博士生,您可查阅一下北大中文系百年系庆印发的《北京大学中文系系友名录》,因此我调侃说金庸大师是我们的学弟,当然这只是玩笑话。

其实,国外读博士大多是没有年龄限制的,比如日本和美国。理工科我没有发言权,以人文社科博士来说,我认为假如不从就业仅从研究的角度看,老博士生或许还更有优势,因为年轻时积累的阅历能够帮助扩大研究视野,思考问题深度也不同。别的不说,就拿我做的论文《日本语言文字脱亚入欧之路——日本近代言文一致问题初探》(已于2014年出版)为例,我自认为只有拥有与我相似日本生活工作经验和成年人开阔视野的人才能将其立项并最终做成相对满意的博士论文。

事实上我研究的成果被许多对该领域有兴趣的学者认可,除了被引用之外,论文在"知网"上被下载2300多次，在下载次数上遥遥领先于其他学者的成果。用行话说，就是我的研究是同行们"不能绕过的"。读博前我的导师陈老师要求我最终写出一部可能只有一千人感兴趣的论文——因为学术领域分工十分细致，我算是超额完成任务了。

记者：从2008年入学到2013年博士毕业，其中包括您的"日本二次会"，您在北大待了整整五年，在您眼中，北大是一所怎样的高等学府？或者说北大与其他高校不同的一些特质是什么？哪些是别的高校一时半会儿学不来的？

齐一民：说北大是要留神的，尤其是对于我们这些本科并不是北大的、被称为"三流博士"的人来说（玩笑）。

简单地说，北大是由非常聪明和勤奋的人组成的，这一点从入学那天开始就要加倍小心，因为你觉得你哪方面牛，那好，肯定会有人比你还要厉害。

正因为这一点，北大是一个自由得无边无界的地方，只要走进燕园你就会感到你身处一块"飞地"，自由的感觉来自大家都很聪明，因此你不用烦恼那些因智障而产生的苦痛而迅速进入思想的快车道。不知道这么说是否妥当，反正我的实际感觉就是那样。 不是说北大里面没有不着调儿的人，而是即便不着调儿方式也会与众不同。

我是20世纪80年代的老大学生（80级，对外经济贸易大学），那个时代的大学生被视为天之骄子，是专心读书和所谓"有理想"的人，现在似乎只有在北大才能找到那时候的状态和感觉。因此对我来说，年近五旬再次到北大求学算是找回了二十岁时的自我。

记者：《北大最老博士生》是您北大读博时期的作品，其中少不了您的导师陈跃红教授的影子，在您看来，陈教授是一个怎样的人？从书中看，还有一些北大学者对您影响也很大，对吧？

齐一民：陈老师是上一任北大中文系主任，他是神奇的77级大学生，是我的老师和兄长，没有陈老师的不拘一格我可能进不了北大。

之所以说陈老师不拘一格收我为徒，除了年龄因素之外，我的本科和硕士都不是文学专业，一个是语言（日语）和经济，一个是公共管理，跨专业考北大文学专业博士，难度可谓不小，因此导师也要有超凡的魄力。

陈老师是我认识的那个时代最具有代表性的"老大学生"，几乎所有77级的鲜明特色和优秀品质他身上都有，具体说就是草根性和理想主义的组合，他们是真正的胸怀祖国、放眼世界，做事往往能成大气象，用俗话说是"敢想敢干"。我能在"陈门"下读书是幸运的、能用上天的惠顾比拟，因为陈老师他们那些老77级在我入学不久就纷纷退休了，我坐的的确是"末班车"。

记者：在北大读博对您的人生和思想有何改变？对您的写作有何影响？

齐一民：在北大读书五年并获得博士学位对我来说不是"量变"而是"质变"性的收获。

首先，北大是最高学府。

其次，我应该是同龄人中为数不多的最终能在国内获得博士学位的20世纪80年代的大学生，因为我们那一代人上学的时候中国还没开始培育博士，最高才是硕士，因此我的同龄人即便已经是博导也鲜有真正拿到博士学位的。

再次，与那些和我同龄的博导们相比（我这么说可能会开罪一些老师们），我有幸能实打实地切身体验博士阶段研究的艰辛，并经历了严格的博士生训练，学位可能只是一个称号和结果，而我真正获得的是从事博士研究的方法和思维训练，这才是我那五年中得到的最大收获。

所谓"博士研究过程"，具体地讲：第一，你必须找到一个"几乎不可能被发现的问题"。第二，你必须冒着即便你研究出来了也会被全盘否定的风险刻苦研究三四年。第三，直到博士答辩的最后一刻，你才最终知道你过去的研究是否有意义。有，你就能拿到学位；没有，你以前的四五年甚至更长时间的所有努力都白费，你就拿不到学位。

实际上就是上面说的那样，我确实是在答辩的最后一刻才从老师们的答辩评语中得知我的研究取得了有意义的成果，而在北大，像我这样五年博士毕业还算是比较顺利的。

这么说吧,我以前曾经开过五年的建材公司,北大五年的挑战并不比开公司轻松,甚至感觉更加艰难。

记者:有人拿您的《雕刻不朽时光》跟普鲁斯特的《追忆逝水年华》比较,我的感觉是:《雕刻不朽时光》是能读下去的,而《追忆逝水年华》读不下去,两部作品的写作手法也是不同的,您认为它们之间的异同是什么?

齐一民:说实话《追忆似水年华》我也读不下去,感觉文字很意识流,但情节不十分清晰。我的《雕刻不朽时光》可以说是对2006年到2011年中国及世界大事件编年体的记载和评述,是将"时代的鲜活材料"在"我"这个共同的平台上进行消化分析,使得纷繁的各类现象在同一个肉身上起独具特色的"化学反应",因此我的书更好读,是由一段一段的组成的,每位经历过那些年的人都能从书里找到自己的影子,都能引起共鸣。

记者:在《研究还是被研究:日本二次会》中,有许多关于金泽市的描述,您大概是描写金泽最多的外国作家,您对金泽印象最深的是什么?

齐一民:金泽是个好地方,是个不大的古城,我现在还非常想念它。

我20世纪80年代曾在东京工作过三年,并去过日本很多地方,而2010年时隔许多年后再次去日本访学时我幸运地去了并不算大的城市金泽。我感觉金泽特别像我心目中的古代唐朝,那里有唐朝的人、唐朝的景物和唐朝的文化。

作为东方人只有在纯正的文化中才能获得"身在精神家园"的体验。

当然,金泽的"唐文化"是从咱这边借鉴过去的。

记者:您在书中谈到许多日本作家,您认为哪位日本作家对您的写作影响最大?

齐一民:夏目漱石,他是日本的"文学之父"。

我上大学的时候读的是日语专业,那时候就读过他的作品。

其实我作品中不时有的孩子气的恶作剧就是受夏目漱石《吾辈是猫》的影响。我曾一直想超过他,现在从作品的数量和种类上看我应该已经做到了。夏目漱石作品有一本是写当教授的经历,这个我也有,我现在就在北京语言大学任教。他作品中有学术著作《文学论》,这个我也有——我的博士论文。

作家往往把自己的"师父"当成学习和超越的目标。夏目漱石的生活经历和我有相似之处,都留过洋、都当过教师,气质也略同,比如幽默和文气,以及对余裕生活状态的向往,因此他算是我认可的老师之一吧。

记者:您在北大读的是比较文学专业,请您概述一下中国与日本现当代文学的异同,您认为中国现当代文学与日本有差距吗？为什么诺贝尔文学奖日本作家获奖者多，而中国作家获奖者少？

齐一民：我最喜欢的是日本近现代作家，比如夏目漱石、川端康成等人的作品，至于当代日本文学，比如村上春树、大江健三的我不太关心，还有那些写推理小说的作家我也不太喜欢，可能是因为爱好和年龄的关系吧，我偏向古典派。

总体印象是日本现当代作家与中国同行相比难分伯仲，日本受西方启蒙在先，因此诞生现代作家比中国要早，但受日本影响后我们也有鲁迅、老舍等伟大作家，他们并不比日本作家差。当代，中国作品似乎更丰富些，因为毕竟我们是大国，能写的故事比日本要多。

至于谁能得诺贝尔文学奖，原因比较复杂，就更难说清，讨论起来恐怕远超文学的范畴。

记者：《日本二次会》中您还谈到"满洲文学"，国内学术界将其定义为"伪满国文学"，而国内的所谓"满洲文学"与日本人所说的"满洲文学"应该不是同一内涵的概念。很多读者对"伪满国文学"这一概念感兴趣，请您给我们讲讲"伪满国文学"！

齐一民："满洲文学"这个概念我也是从金泽大学文学课堂上听说并开始注意的，记得那年（2010年）日本还特意推出了一个"满洲文学文库"，我也翻看了一下。我们当然不会叫"满洲文学"而是叫"伪满文学"，同样一

个课题，立场截然不同。

日本的右翼阴魂是很难驱散的，我在《日本二次会》中分析和批评已经很多，就不在此重复。从那次"二次会"，我感觉到精神上日本还远没有走出战争的阴霾，既然总有人不悔改、要翻案，就等同于时刻抱着一个不光彩历史的沉重包袱，就会被拖后腿。

记者：《雕刻不朽时光》是非虚构作品，而您早年也写过不少虚构类作品，这两种手法各有特点，您更习惯于哪种方式？

齐一民：从技术上说，我是用虚构的情怀处理非虚构的素材，这么说是不是很难理解？

所谓"虚构的情怀"，就是把生活中的世界用看小说的目光打量，这样所有发生在你周围的事情就变成大故事的一部分了。然后，你再用写小说的技法记录那些琐碎的事情和人物，最后把它们连贯起来，就变成大部头小说了。

或者，也可以用"现实是怎样的"和"你认为世界该是什么样的"来比喻，没有前者——素材，你的"梦"就没有来由，而只有素材没有你自己的愿望和愿景，它们就仅仅停留在素材的初始状态，永远不会被加工成文艺作品。

小说家和普通人的不同之处就在于，前者喜欢用想象拼接本无关联的事情，然后将其艺术化、将其美化或者丑化、将其变成小说。

记者：您在《日本二次会》第251页《她不该被人忘记》中提到一个叫张甫人的爱国者，这位女士应该不在人世了。如果我们媒体与读者一起来找这个人，可能会有收获。您能提供更多的线索吗？比如当时的电视台，比如武田清子。

齐一民：张甫人女士批判日本军国主义的壮举和见证那个过程的武田清子我也是在日本电视上偶然看到的，后来就没有她们的详细信息了。我想张女士是那个时代众多被遗忘的爱国者之一，是民族危难中的独胆英雄。

关于《我的名字不叫"等"》

——与何乐辉先生的对谈

2021年1月29日，星期五

何乐辉：很高兴又读到齐老师的新作。《我的名字不叫"等"》是一本很文化、很文艺的书。您在书后"跋"中提到，《我的名字不叫"等"》的五个部分源自同时创作的五本著作，现在把五本著作中（2018—2019年）写好的文章结成"戌狗亥猪集"出版。除了您在"跋"中给出的理由外，我以为您这样处理让《我的名字不叫"等"》一书形式更加多样、内容更加丰富，对于读者来说，能产生更好的阅读体验，这也许是这本集子获得读者和书评人好评的理由之一吧。

齐一民：的确，它是一本编年文集，副标题是"戌狗亥猪集"——狗和猪的交集（笑）。中国的纪年方法特有意思，用的是动物的生肖，那么，你用它们作为写作年份的标注也会趣味横生，比如我下一个集子的名字就叫《小民神聊录——庚子文存》，里面都是老鼠年（2020年）发生的倒霉故事。

以前说过，我原本想栽的是"书话""收藏""剧评""诗集""创作谈"等五六棵树，或者称为"五胞胎"。每在一个领域有点心得就写篇文章，然后将它们分别变成参天大树之后砍伐（出版成单独集子），但不同的树种生长周期不同，要分头慢慢成长呀，于是，我模仿鲁迅每隔一两年就把文字上的收获编成一本编年文集的法子，也每一两年从这些树上搜罗些长好的果子，放到一个篮子中，做成一个编年混杂集子——就像一个果篮。

你看这集子的副标题，由于有干支的年号，一看就知道是说哪一两年发生的大小事情。

再说说这个集子的大名——《我的名字不叫"等"》，这是集子里一篇文章的题目，我觉得这个题目挺有趣的，起因是我不愿意在自己作为嘉宾参加的澳门文学节回顾总结上变成"苏童等作家"的那个"等"（笑）。我原以为这是我的一大发明，网上一搜发现"知网"上早在2010年的《辅导员》杂志上就有一篇《我的名字不叫"等"》的文章，好像是一个家长吐槽女儿被忽略不计、被"等"了的事情。

用英语或其他欧洲语言宣布出席人或者参与者的时候，都好像没有和中文的"等"类似功能的表达，比如你想表达"英国首相鲍里斯·约翰逊等人出席"，英语似乎无法在Boris Johnson屁股后面安放那个"等"，而我们已经很习惯了，比如说"郭德纲等著名相声演员、××等同志出席"，细想，这是否是一种应该被吐槽的语言表达习惯呢？说谁来了就是谁来了，谁没来的话你不用说就好，何必在"主角儿"的后面放上一个"等"做省略性的陪衬？2012年去澳门参加文学节的国内嘉宾，除了苏童之外分明就我"齐天大"一个人啊，因此我就有点愤愤不平。文人嘛，表示不平的法子就是用笔，于是，这部《我的名字不叫"等"》就应运而生了。我老齐本来是有名有姓的，俺可不是"等"啊！呵呵。

把这个"等"的话题往深远处说，可以说我们每个人一辈子活着，甭管是做什么的，都想实现自己的名气或拥有一个独立的可识别身份，就是去"等"化、去"那些"化，就是梦想从人堆中脱颖而出，至少不再当别人大名后面不提一下不礼貌、提了也没什么用、索性用"等"代表的一个可有可无的存在，我四分之一世纪的写作史，总结下其实就是不想磨灭自己的存在，想有朝一日从"等"变成一个读者心中真正有固定位子的作家，当然，这可能是我的一厢情愿，能否实现要经历时日的考察，但这种想法和"野心"并不是没有。

何乐辉：读完《我的名字不叫"等"》给我留下了三个强烈的印象：第一，作者是个文化玩家，逛书肆，玩旧书古籍（也有当下特色书）和字画收藏，然后把"玩"的故事写出来，玩的不是金钱，玩的是乐趣、传播与共享，让读者读着心里痒痒的，也想跟着去玩一把。第二，作者把自己的文学创作经历与感悟和盘托出，与读者分享，实属难得，这些内容极具文学史料价值。第三，实验性的文学创作展示与文艺评论，其中包括实验性、创新性的诗歌创作和诗论、剧评等，这些让这本"小册子"深刻而厚重。

齐一民：谢谢何老师的鼓励！您在书界是资深业内人士，同时也喜欢写作，小文能得到您的肯定是我的荣幸。

人老了就要想方设法打发时间，因此京城"玩主"以我这样马上即将到六旬的人为主力军。我家住在紫竹院附近，我不时到公园里溜达，有跳舞的、打拳的、唱歌的、下棋的，那是个中老年人开心集中营。（笑）

我不太喜欢和陌生的人接触，因此那些团体很少参与，就自己玩自己的：读新书，也淘些旧书，读书后写书评；到国家大剧院看节目，回来后写剧评；到废品站顺便拎回家一些文艺破烂，静心研究那些破烂后面的主人和故事，就像破案似的，然后，将收获写成故事。这些，都是喂养我"文艺五胞胎文集"，或者"八大艺术菜系"（还包括语言文学教育和生命意义探讨等主题）的养分。

用另外一种说法，我玩也是为了写作，通过写作多动脑筋，保持头脑清醒。我父亲方面有老年痴呆基因（见拙著《四个不朽》），家族里早点的接近七十岁就会糊里糊涂，因此我品玩文化并记录详情，然后出版成作品，算是一种与生理命运进行对抗的方法。有效无效难于预测，很可能是事与愿违，也许越担心痴呆越写，越写脑细胞用得越多就越痴呆得越快呢！（笑）由此说来，别人看着我似乎是老在玩着，实质上我是拿思考写作为武器，在与生命的天命、天寿进行着轮盘赌，看谁能把谁干掉，看谁能清醒地笑到最后。

何乐辉：关于"书话"，您在这本书里写了有关《芸斋小说》《许君远文集》和《鲁迅杂文集》的故事与评论，如前所述，您会继续写下去，或许在不久的将来会独立成书。未来您计划写哪些作家及其作品？选择的标准是什么？

齐一民：如果哪天我的生活完全个人化，不再工作，也没有"贴身故事"能讲述的时候，还有最后一个领域我能够写出东西来，那就是书话，因为写书话不用和社会接触，只要钻进书堆里就行了。我有几千册藏书，又不断在阅读新书，因此写书话也有可能和自信。

我的每一种作品都有它们的挑战目标，或者说想要超越的偶像，书话方面的书有很多，比较符合我理想目标的是唐弢写的《晦庵书话》，黄裳的书话《榆下说书》当然也不错，当代的书话家有止庵先生，但我理想的书话，或者说我想写的书话，是在掉书袋的同时一定要有趣味性、有故事感，把那本要谈论的书当个戏剧化的对象来描写和介绍。我本来是写小说的嘛，这是我的特长。

"书话"这棵树我刚刚种下不久，每年只能结几个果子，都收进当年的文集里了。为什么不多写？因为别的树上还有果子呀！比如剧评和符合小说题材的生活故事。等哪天别的树青黄不接之后，我再多写些书话吧！

《小民书话》是早晚都要出版的，要等写到最少100个书评之后。

何乐辉：主持人董卿说：读书是一个人一生的事业；管理学家汪中求说得更加朴素而现实，他说：读书，是一生的工作。图书馆和书店的书籍浩如烟海，而每年，光中国出版的新书（指新的内容）就超过十万种，那么我们应该如何选择我们要阅读的图书呢？有人说，人生短暂，精力有限，我们应该选择名著、经典来读，即便是名著经典，我们每个人一辈子也未必都能读完。还有很大一部分人选择自己感兴趣的书籍来阅读，也就是您在书中提到的"喜读书"。在我看来，所谓"喜读书"因人而异，范围极广，质量也参差不齐。请齐老师为我们分享一下读书的建议，特别是在阅读图书的选择上。

齐一民：我读书就如同吸大烟，每天不吸两口是要没命的（笑），但我绝对不建议所有的人都附庸风雅地读书，读纸质书。生命是短暂的，什么事情都要随缘。中国自古以来将"读书人"当成"雅士"的同义词，其实古代绝大多数的所谓的"读书人"读书的目的都是为了"黄金屋"和升官发财，是功利性的。而据我所知，甚至包括我在大学中就职的同事朋友们，真正非功利、凭兴趣爱好读书的人，在我看来都不是很多。这么说难免会得罪一大片读书人，但实际上就是这样。

怎么区别"功利"和"非功利"读书人呢？我想到一个最好的比喻，就是在《红楼梦》中以贾政为代表的那些苦读孔孟之道的人是"假读书人"，读书是为了科举嘛，儿子不读书就狠打屁股，往死里打，那哪里还谈得上高雅

和乐趣呢？和他们相反，我以为贾宝玉、林黛玉倒是真正的读书人，明知会挨打也要偷读《西厢记》《牡丹亭》，你想他们能不是从内心喜欢吗？

至于我自己读书，应该是广义的对语言兴趣的延伸，我天生就对语言文字痴迷，比如外语和方言，那些都是有声的，无声的就是图书，因此，我从书里与其说是寻找故事不如说是寻找新鲜的、以前没见识过的新语言、新写法、新的表达方式。

文学书里大致包括两个内容：一是写什么，二是怎么写。前者，对于六旬的我来说，已经没有什么是完全没体验过、经历过的了，比如情爱呀、职场生态呀什么的，大半辈子都过来了嘛；但后者，"怎么写"是永远不会穷尽的，不同作者有不同的风格，不同语种对同一个主题的描写也会千差万别，以往的不说，新作者、新书如雨后春笋般一茬茬冒出来，因此我的趣味就永远不会枯竭，当然，除非我开始进入老年痴呆的时候。

何乐辉：您在"书话"一章的"引子"里写道：写书的人玩命地写，读书的人玩命地读。每位作家最乐见的是自己写的作品能让更多的人读到，能给读者带来价值和营养，更重要的是引起读者的共鸣。共鸣大概是作家通过自己的作品与读者交流的最高境界。您觉得或者希望《我的名字不叫"等"》给读者带来什么或产生怎样的共鸣？

齐一民：和我的写作量相比，其实我的书知名度并不高，而且绝大部分作品都"躲藏"在中国乃至国外的图书馆里，最近，我发现德国柏林图书馆里竟然也藏有一套"马桶三部曲"和一本《谁出卖的西湖》。通过搜索各个图书馆里的借阅情况，我偶尔也能看到一本书被几十次借阅的。现在，我打发无聊生活的手段之一，就是每天"偷看"遍布各地的图书馆，哪怕是在犄角旮旯里的，看看我的作品馆藏了多少册，被借阅了多少次。我知道这有些无聊甚至可笑，但大山也是小土堆汇集而成的，我有近三十部作品，它们就仿佛是我编织的三十个蜘蛛网，一不留神，就网上一两个误打误撞的读者。当然，我希望读完我一本书的他们还能够依照我每本书上的"齐一民（齐天大）作品目录"，按图索骥找到其他的"宝藏"（我其他的作品）。

我自己读书就是这样，每读到一本喜欢的书我就顺藤摸瓜，把那个作者的其他作品也拿来读读。

至于能否和读者们产生共鸣，共鸣是有的，网上偶然也能看到读者反响，而且几乎我的所有作品，都至少能有一个两个读者get到我的point（写作意图、着眼点），那使我十分的欣慰，说明我那本书没白写。

我保证每天至少有一位读者阅读我的作品，为什么呢？因为我发表在"知网"上的博士论文每天就有一位下载的读者，至今已经有2500人次了，在同样主题的论文中遥遥领先。说明什么呢？说明在那个话题上——"日本言文一致研究"，我的言论已经是想绕也绕不过的了，即使

你不想共鸣，也得硬着头皮先读读再说。

何乐辉：从《我的名字不叫"等"》一书和您在自媒体平台上的文章和收藏品的展示中，我们不难发现，您主要收藏旧书刊和字画，比如鲁迅的杂文集、李经猱的字、张爱玲的画册、止庵的毛边书、高仿赵松雪山水画、民国时期的旧书刊等，您是从什么时候开始"玩"收藏的？您好像对民国时期的"文化产品"情有独钟，您如何评价和看待民国时期的文化繁荣？

齐一民：是呀，最近我老是喜欢阅读民国时期的著作，也时不时在家把玩收集到的那些民国书籍和报刊。"痴迷民国"谈不上，"梦回"也不算是，但喜欢是肯定的。

对民国文化的亲近感或许来自我喜欢读繁体字的书报？我一看到繁体的报刊就会自然沉浸其中，我想所有喜欢书法的人都会那样。

另外，假如用一个比较中性的词汇描述"民国"，我想应该是"文化的原生态"。民国其实是国家四分五裂和深受外来列强文化侵染的时期，各种文化，中的、洋的，先进的、腐朽的，当时都在一个破烂大锅中原汁原味地呈现自己的质地和特征，这一点过后就没有了。都说民国之后不再出大师，因为"大师"，比如胡适、冯友兰、钱钟书那批人，都是在半封建半殖民地中囫囵吞枣般地接受的地道的中西文化，这一点我在《妈妈的舌头》中有过阐述。

文化的价值和社会变革的价值衡量尺度不完全一样,所谓"国之不幸,乃诗人大幸",不仅是诗,文化也是一样。

社会进步往往要淘汰些和时代不相适应的残渣余孽,其中也会裹挟文化的精华。

何乐辉:玩收藏既是一项智力工作,又是一个体力活儿,还得搭上自己宝贵的时间。前者要掌握一定的知识和技能,才能与古玩古董商斗智斗勇、讨价还价,就像您在书中描述的那些好玩的过程与细节。您是位高产的作家,我们好奇的是:您是为写作而收藏,还是因收藏而写作?或纯粹因为兴趣,收藏类文章只是个意外的收获?

齐一民:要说两者都是。我开始没想写关于"收藏经历"的故事,但的确那些细节太好玩了,我父母家住西城真武庙附近,周边居民广电总局的职工多,也就是说这一带是知识分子和艺术家扎堆的地方,而收附近居民家废品的那个河南老板,他外号是"哥的低调",在废品站没被关闭的时候,总将一些看上去像艺术品的东西单独摆一摊贩卖,我每次从那个"不可告人"的废品站前路过,都顺手淘回两件"艺术品"。一直不舍得把废品站的地址告诉别人,因为其中的确有不可告人的好货呀!比如:周恩来曾经的摄像师冲洗后没公布的照片、哪个名人和他常驻国外女儿20世纪七八十年代通信时积攒的北欧邮票、北京郊区哪个村子解放初期兄弟几个分房分地的契约——毛笔字写的。最令人心惊胆战的是一个用重机枪蛋壳和几个香瓜手雷做成的衣服支架，那个"香瓜手雷炮弹壳衣服架"非常重，死沉死沉的，我好不容易用出租车运回家后越看越不对劲，发现手雷竟然还是实心的，莫非里面真有火药？于是我连夜又把它送回到"哥的低调"的废品站，见门已锁，我就把"炸弹衣架"放在门口，心想要炸的话，也得炸它头一个主人吧！

除了以上杂七杂八的之外，也有看似真有收藏价值的字画，具体的就真"不可告人"了，但我拿回家后从不主动验证它们的真伪，本来是自己喜欢的，真的如何？假的又如何呢？

后来那家不到一年就把我家也变成半个废品收购分站的"垃圾重地"被清除了，我和那位河南老弟偶尔用手机约会一下，搞点"街头地下交易"，但不久就没什么买卖了。

我发现，每个人家里其实或多或少都有些"文物"类的东西，它们的命运如何取决于后代是否珍惜，不喜欢的，就会被儿女送给收破烂的，然后再转移到我这样的"接盘侠"手里，这还是幸运的，不幸的那些就真变成废品无地葬身了。

文化产品的价值嘛，喜欢就有，不喜欢就没有。

除此之外，我还从"孔夫子网"上买旧书，尤其是名人签字的书，也勉强算是收藏吧，比如2021年初《读书》

元老沈昌文先生去世后，我就买了一本他的签名书，算是纪念吧。读签字书有一种和作家亲密接触的温存感。

还有一次值得一提的"大型收藏"是2019年末，报国寺旧书市场即将关门的时候，我把几个摊位的民国书籍和报刊都"大包干"了，具体的收藏细节写在即将出版的《小民神聊录——庚子文存》里面。缘由如前所说，是我特别喜欢民国时期的语言文字，想着假如没事可做，就沉下心欣赏研究分析民国时期的语言文字。

总之，收藏对我来说是一种"文化边鼓"，偶然敲上一两下，属于自娱自乐型的。

何乐辉：读《我的名字不叫"等"》中的"剧评"，不自觉地打开了QQ音乐，听听书中写到的《卡门》《巴黎圣母院》《今夜无人入睡》……有时放下书本，上电脑查阅一下阿尔布卓夫、汉诺赫·列文……然后回到书本，在页眉页脚记录点资料和心得，再继续读下去，如此反复，完全是一种立体式阅读体验，忘我其中。我感觉，与您以往的作品相比，《我的名字不叫"等"》更接近主流审美。

齐一民：何老师真有雅兴。我还第一次被高估成"主流审美"呢！

其实，我的所有作品都拥有主流意识，只不过有的话是正着说，有的话是反着说。条条大路通罗马，那个"罗马"，就是"善意"。

我欣赏艺术有自己的一套理论，我认为欣赏艺术应该是全方位的，文学、戏剧、绘画等都要涉及，我确信只有用更多的"网"——相互交叉状的，才能捕到真格的"艺术大鱼"，因此我有意识地把那些剧评写得更通透、更多角度、色彩更丰富一些。

我寻觅了很多种剧评，发现最喜欢的是李健吾写的，他本来就会写剧本，因此说的是内行话。我虽然没写过剧本，但编故事和写准戏剧（如《我与母老虎的对话》）的经验是有的，因此写剧评的时候既能保持李健吾的热情，也能多少用不外行的眼光审美和分析。

戏剧批评容易写作，如果有可能，以后我也会尝试着写写剧本，因为一个以"全文体作家"为努力目标的人如果拿不出剧本来，也是一种缺憾。

何乐辉：您在这个集子的第四部中第一次详细地披露了您的写作经历与感悟，如前所述，这是研究您及您的作品的重要资料，极具文学史料价值。我想问的是：是什么支撑您连续写作20余年并有近600万字作品问世至今仍笔耕不辍？（暂不提巴托比，下面有问，哈哈。）您以文学作品影响着广大读者，那么文学（阅读与写作）对您人生的影响又有哪些？

齐一民：由于刚刚得到我千禧年出版的"马桶三部曲"即将由云南人民出版社再版的消息，所以很兴奋地回答您这个问题。这600万字是怎么写出来的呢？

早在2003年，我41岁时写《四十而大惑》（2012年出版）的时候，我在书里发誓一定要在50岁前后写出400万字的幽默文字，因为那之前我已经完成了200多万字，就是说我给自己下达了一个在10年中以每年20万字的速度写200万字，最终写成400万字作品的"不可能完成的任务"。我认定任何人如果能将400万字的"齐式幽默"作品读遍，本来貌似严肃正经的态度就会随之更改，就能同我一样变为"老庄"，而进入与天地合一的"幽深和静默"（幽默）的境界，400万字就足够，写多了读多了也没用。这是那时候预想的，但今年59岁的我却已经完成了600万字的作品，也就是说，这20年来我平均每年完成20万字，一共写了400万字，这远超出了我在2003年"吹的大牛"。

至于集子里我写的那些"创作经历回顾"，写它们有两个目的：第一是因为我写的东西太多、太杂，三十部著作覆盖很多领域和主题，除了我之外谁也梳理不清它们的来头，因此有必要把写作背景勾勒出来，算是留下个"坦白交代"吧，万一我多年后"火"起来了，别人研究起来也有个路径。

第二是由于我的作品，比如"马桶三部曲"中，有许多象征性的隐喻，最明显的例子就是《柴六开五星WC》中的那个"柴六"，灵感来源于柴可夫斯基第六交响曲《悲怆》，他（它）是艺术家、艺术的寓意；还有《电梯工余力》中的"余力"，寓意"多余的力量"。因此，作为作者，我一定要在"回顾"中逐一澄清和说明，否则那些个"悲怆故事"就难于实现它们的创作意图。

至于说文学和我的人生之间是什么关系，可以说"文学等于人生"吧，至少是从1994年我开始写作之后的这些四分之一世纪之中。

但"文学"又为何物呢？我的理解是体验、思考、展示生命中的每一个段落，用所有力所能及的文字手段。

何乐辉：您在书中写道：诺奖挺害人的，会让绝大部分得奖者患上"巴托比症"——再也写不出作品来的毛病。这不，莫言获奖八年后才有《晚熟的人》出版。您也担心《雕刻不朽时光》出版后会"巴托比"一阵子，但您这几年年年都有新作问世，看来"巴托比症"有药可治，您是如何预防和避免"巴托比症"的？

齐一民：是呀，如何避免得上"巴托比症"对每个作者来说都是个难于回避的挑战，实际上几乎每个作家都得过，都有一段时间写不出东西来。我呢，则是从1994年"出道"之后每年生产出一部"垃圾产品"，这可不是谦虚，但虽是"垃圾"，也是"产品"——都出版了嘛。

我有这样几种能免于感染"巴托比病毒"的"疫苗"：第一是酷爱阅读。这是我生命中最重要的，我花在阅读、思考、写作上的时间是阅读50%、思考怎么写30%、写作20%。你读的东西越多、就越知道"天外还有天""书外还有书"。这种好奇和诱惑对我从来没减弱过，因此我就不会自满于已经写成的作品，我本来就喜欢模仿，于是就一本本仿造、追赶、超越，结果自家"产品"就一连串下线了。

第二是我尽量不看自己已经出版的作品。我已经出版了近三十本书，通常是出版一本新作之后自己先新鲜一小会儿，然后查看下图书馆馆藏情况如何，之后就基本不再翻看了。我努力将它们尽快忘掉，不自满和沉溺于过去已有的成就，而是始终从零开始，只眼看前方，只考虑还有没有想写没写出来的书？还有没有自己想超越的偶像？这样呢，你就会老是"后无旧来者、前有新目标"地书写更新、更好的书。那些"深度巴托比"的人大多是因为沉迷于过去的成就，出名后总幻想自己是在全中国甚至全世界人的关注下书写每个字，他们的压力是来自过去的成功，比如曹禺呀、南派三叔呀、余华呀、莫言呀，都曾长久不写新的东西。我们常说要"不忘初心"，其实找回"初心"一定要回归"零起点"，要"归零"才能找回"初心"。我呢，本来就没什么名气，"名作家"的压力没有，自己又故意不吃老本，因此，初心直到今天还挺纯真的，这是我能持续写作的秘诀之一。

不过前一阵子我差点也"巴托比"了。已经完成了第二十九本集子，出版也基本落实，我开始写《六十才终于耳顺》。这既是第三十本书，也是六百万字作品的最后十万字。我忽然恍惚觉得自己已经是"大作家"了，有了一种莫名其妙升天的幻觉，因为至少从作品字数上看，我已经到达了自己原来设定的"喜马拉雅顶峰"的目标,再写几万字、再走几十米就要登顶。就在这时,"名作家"的焦虑突然袭扰了我,一种巨大的怪力动摇着我的笔,也扰乱着我的思绪,担心最后一部是"水货",担心写到最后一万字时突然心肌梗死而完不成,这种事网上每天都在报道……总之,那种感觉估计和莫言的得诺奖后的心理压力相差无几,我俨然自己给自己颁发了一枚"诺贝尔文学精神大奖",得奖后就立马"巴托比"(笑),不过,经过了几个难熬的迷惑日夜之后,一不留神"思绪的笔"又开始顺当地在电脑的屏幕上游走起来,就仿佛是特朗普得新冠肺炎那样,仅几天就痊愈了。

第三个能成功躲避"巴托比症"传染的妙招可能与我的写作风格有关。我的写作风格是讽刺挖苦,我有股子王小波、钱锺书的劲头,但凡这种写法的人,写作时内心都是快乐的,挤对人嘛,越写越有优越感,越写越感到好玩开心。也就是说,我不是苦哈哈地写东西或反复涂改。像麦家写《暗算》那样,一写就是十几遍,一遍一遍地改,那一定很痛苦吧,而我的风格决定我的写作过程本身是"痛并快乐"的,即便写悲剧,比如《自由之家逸事》《谁出卖的西湖》《马桶经理退休记》,我也是用喜剧的表达方式写。人如果把写书当作一件极其快乐的事情,怎么会十年八年写不出来一本书呢?

因此,即便我的作品永远达不到《暗算》那般的考究和优秀,我也不会放弃写作。我的写作风格是寻求生活中的幽默成分并用笔记录之，用开心的心态在电脑上打字。这决定了我不会把写作当作负担，而是把它当作生活中的巨大乐趣。谁会轻易停止做自己最喜欢做的事情呢？

何乐辉：诗人一般都是来了情绪，有了灵感，即兴写上一两首，很少像写小说一样，吃完晚饭，泡杯茶，端坐于电脑前开始码字，一码就是几个小时。而您好像不是这样，您打算写本诗集，于是找来古今中外诗人的诗集和诗评家的专著来读，边读边生活边写，嚯，写出来的诗还像模像样：

我未来的墓地，并不在石头和蒿草堆中，我之墓，必然的，在遍布中国、中华、中半球图书馆的书架上，那沉埋的骨灰，就是，我书中的数百万文字。

每次我之著作，被未来人的手，从书架上取下，那就是

为俺扫墓啦！

作曲家的坟，在旋律中；

作家的墓，在字符里，在写作者

模糊不清的记性留痕。

每读一次我的书，你每心领神会一次，

在"书坟"中睡眼惺忪的我——就会被重新唤醒一次，我会用有气无力的喘息，来，迎接你的来临。

……

这是您第一次正式出版这么多诗吧？以后还会继续写

下去吗？您觉得自己是"诗人齐一民"了吗？或者说，您离"诗人齐一民"还有多远？

齐一民：这个集子后面部分与其说是"诗"不如说是关于"什么是诗"的探索。我以前偶然写点诗，头一拨儿诗被收集在《爸爸的舌头》里，但我始终对"诗人"们望而却步，一是感觉写诗要求语言水准太高、太玄妙；二呢，说来可能您会笑，我觉得诗人写的什么都不是。其实许多人都这么认为，因为现当代诗没有形式上的约束，表面上看就是一些长短句子的组合，你说它们是"诗"就是，说不是也可以。

我怎么开始对写诗感兴趣的呢？2019年在写这个集子"剧评"部分期间，我搜集了许多戏剧评论，想借鉴一下先人写的剧评，其中一本书里有民国诗人朱湘的"诗论"和他的探索过程，我为之倾倒，感到我终于摸到了现代诗我认可的"定义"（具体的都在集子里面），同时呢，我也"发明"了自己"什么是诗和诗人"的标准，就是书里面说的"诗语、诗情、诗心"，好诗三者缺一不可，哪怕缺了其中之一，都不是我心目中合格的诗。

要"三必备"是很难做到的，比如你看那些当红的"职业诗人"们，其中有人似乎能把世界上所有东西——墙上的插座、地上的瓜子皮、天上乌鸦拉的屎，地铁站里的方圆柱子……用似乎是诗的句子描写成"诗"，而且无限多，但按我的"三具备"衡量那其实都不诗，至少不是好诗，他们有点像是在学习宋人广泛"格物"的举动，充其量是用"诗语"在全方位编造和构建生活，最多是语言游戏，绝无"诗情"，更不要说"诗心"了。其实那种"格物诗"写起来不难，我用笔倒着都能写（笑），因为那是任凭语言在自我构造和狂欢，没有人类真情实意的成分，现在机器人也能写诗，写出来的就是那些字面是诗其实没心（"芯"）的东西。

知道和琢磨透这些之后我也试着写了写诗，我写诗的速度非常之快，也不太做事先的斟酌，下笔就写，任情愫带动笔端，比如集子中那首《别西藏》就是我在拉萨机场坐着等飞机腾空的那几分钟写的，现在印出来似乎也还不坏。

2020年我又写了很多的诗，将在下一个集子《小民神聊录——庚子文存》中大量出现，那些诗甭管写得好坏，"诗情、诗心"是足足的。人在突如其来的灾难降临后本能地想说、想写痛苦难熬的感受，那些感受可以是散文、小说、纪实文学之类，也可以是短小精悍的"诗"。

我写的诗加起来也能出一本诗集了，据说只要拥有一本诗集的人就可以自称是"诗人"，但我却坚持"全文类共同推进"的路子，不拘泥于任何一种文类的写作，想抒怀、合适用短句子不吐不快的就"噌噌噌"写一首"诗"，没那种特殊写作需求的时候就不会主动写，因此，我有时几个月写几十首诗，有时又几个月一首诗也不写。总之，我等诗找我，而不主动去找诗，否则即便写了，也不会是好作品。

好诗生成于不吐不快之时，而不是没事老想呕吐的时候。

文学作品的表达工具有很多，形式上短平快的诗只是其中的一种而已。

何乐辉：《我的名字不叫"等"》共分为五个部分，就是我们上面谈到的"书话""收藏""剧评""创作谈"和"读写诗心得和诗作"。其实，我是当作六个部分来欣赏的，第六部分就是书中的二十五幅插画。尽管这些插画幅面不大，但为本书增色不少。我记得您画画已经有好多年了，还真有丰之恺的画风，这些年您一共画了多少？有没有单独出画集的打算？

齐一民：那当然了，出画集是我的梦想和计划。我正在琢磨汪曾祺的画集，典型的文人画。文人画画，是因为和写作一样想要说话，用文字表达不清，换一种或者几种方式，也都行，也都会与众不同。

我始终有一个顽固的信念，就是"文如其人"，什么人写什么文章，他能写的你写不出来，你能写的别人也休想模仿。当然，这不包括郭敬明那类抄袭女士作品的"男作家"。他能模仿你，说明你的独特风格还没到一眼就能被识别出的程度，不信，试着把王小波、王朔的话让郭敬明摘抄摘抄，看小四的嘴中能不能吐出"你丫的"之类的话。（笑）

这种"什么人写什么文章"的信念延伸到绘画，我也坚信一个人画一种画，毕加索永远画不出凡·高，达·芬奇也不会对毕加索感兴趣。

这和受没受过专业美术训练或许有关系，但也不一定。凡·高就没受过专业美术训练，能说他的画不合格吗？

当我把眼前这部《六十才终于耳顺》（我的第三十个集子）终结之后，就会认真考虑出画集的事。

最后，衷心感谢何老师耐心听完我的这一大番废话！

（何乐辉：北京万卷图书中心创始人、出版观察人、在传媒出版界从业二十余年）

第七部分

教学

自编教材《2020：我们的伊甸园》后记

2021年2月2日

首先，我要代表同学们和我本人，向热心关注这部书的所有师长们表示发自心灵深处的感谢：感激刘和平老师从去年、从我在朋友圈里一条条推送同学们精彩作文的时候就给予的热情关注和鼓励，更不要说成集后的赞扬和推荐，直到亲笔为本书撰写的精彩序言，这是前辈翻译家的拳拳之心，更是对汉语言文学走向世界的殷勤期待。感谢一直关心关怀并鼎力相助的北语高翻学院刘丹老师、雷中华老师、陈玉红老师；更该感谢的是研究出版社的张高里总编和张琨老师，是你们的慧眼使这部原本我预想出版遥遥无期的作品集，能以如此快的速度和如此专业的编辑水准问世。

其次，作为"主题汉语讨论"课的任教教师，我最想向这部文集收录作品的所有留学生同学表示真诚的祝贺：第一，祝贺你们中的绝大多数通过潜心阅读，读完了人生中第一部中文原著；第二，祝贺你们通过"我是大作家"主题写作实践，第一次用中文写成了自己的"大作"；第三，这也是最应该祝贺的，是你们在2020年写的文章，2021年初就在《我们的伊甸园》中载录，并伴随它走进千万中国读者的视线。这本书是你们绝大多数人的"中文

处女作",而从这一刻起,你们就成为名副其实的"中文作家"了!

2016年下半学期,我怀着诚惶诚恐的心态来担任"主题汉语讨论"这门课的任课教师。第一堂课就遭受了"滑铁卢",当我刚把为大家准备的教材,也是当时能找到的难度最大的汉语阅读教材,发到学生手中时,就有一位意大利学生说:"老师,这个我学过了。"从那天开始,我就开始和同学们一起探索为水平如此之高、未来以翻译为事业的外国研究生们"补需"的道路,用中医的说法是"缺什么补什么"。因为我本科也是外语出身,大学毕业后曾做过五年的翻译工作,遭遇过重大口译场合下无语失声的尴尬,自己的文学作品也曾被翻译成外文,多少能够体会身为"作者"和"译者"的双重需求。我就凭经验,努力设想从事综合口译和文学笔译究竟需要怎样的中文知识,而这部文集就是同学们和我四五年来逐渐摸索出来的一个"试验产品"。毫无疑问,它远远不算成熟,充其量就是一个我们齐心合力完成的"初心成果"。

在每学期第一课的开场白上,我总爱对同学们说:"作为这门课的教师,我的工作性质就是'做导游'。中文是个无比广阔美丽的景区,它绵延几千里,它悠远而灿烂、活泼而灵动,我只能在有限的课堂时间里,展示一些你们未曾见过的风景,我们先策马扬鞭、走马观花,你们耳濡目染、心领神会之后,往后余生可以沉下心来慢慢研究、实践——假如你们将中文翻译作为终身热爱的事业。"

2019年的第一个学期，我们所做的是如何"将汉语阅读的视野范围无限扩宽，并将其拉近到眼前"（见第一学期上课情景札记），而那个学期的最后一课——2019年12月28日，应该是个永远被定格怀恋的日子，庆幸的是我将那有趣的场景用札记留存住了。那天师生间互相用"新年快乐"的祝福道别，当时的我们完全预想不到没过多久新冠肺炎疫情就在全球暴发，而那日北语留学生们和老师欢聚一堂的场景，不知需要多久以后才能再现。眼下已经是2021年2月，重聚之日依然未知。

至于2020年那个学期，我们在一片茫然中线上开学，身居遥远异地的师生们用笔谈授课交流，同学们那些发自肺腑的文字和言辞中的神采奕奕，大家都从书中读到了，我不再赘述。现在，我只是特别想感激"文学"这个"艺术"——你不仅可教授、可学习，还可以被当作一剂治愈面临巨大灾难时内心不安惶恐的通用良药；是你，让我和所有文集中的同学们能够用我们人数不多、长度不大的手臂将地球紧紧挽绕起来，用魔力巨大的汉语文学抱团取暖，我们才一起安度了2020年初那段让所有地球人迷茫恐惧得如堕入万丈深渊的"黑洞时光"。如今我们高昂起头，在这2021年的同样时辰，尽管瘟疫还在肆虐，但好歹大家都还快乐无恙地"活着"，而那部《活着》的书，不正是大家在课堂上读过、讨论过的吗？

我们的"钉钉"课堂

——北京语言大学2020级高翻学院外国研究生"主题汉语"授课札记

任课教师：齐一民　2020年9月-12月

第一周："钉钉"上开课了！

2020年9月24日，星期四

新冠肺炎疫情后的北语校园比往年寂静得多，因为大部分留学生，都在本国"留学"——2020的奇葩事情。

周二上午十点，第一堂课开始。

传说中的"网课"老师是第一次上，第一次面对和"座无虚席"100%相反的教室，老师和线上的几位同学在"钉钉"平台上互动，北京时间是上午十点，莫斯科时间是上午六点——她们要辛苦地爬起来，厄瓜多尔时间却似乎是听课的"正点"……全混乱了，倒是真实的全球化，同学们在地球的不同地方，听老师"自言自语"。

用历史眼光来审视，这种百年未遇的教学方式，肯定是十分值得回味的——前提是必须尽早将这场瘟疫，变为真正的历史。

周四下午四时和更多的同学在网上"相认"——原来你们来自世界更多的角落。

中文，一种神奇的语言——对于布拉格街头的凯富同学来说。

同样，身处美属加勒比地区、巴黎、开罗的同学，你们周边的同胞一定用好奇的眼神看你们——当你说汉语的时刻。

这就是2020年，一个经历过就算没虚度一生的年份，当然，前提是它必须尽早结束。

关于翻译，除了课上录制的内容，我们讨论了以下要点：

一是，翻译分"译者"和"翻译家"，前者相对容易；后者，必须能翻译文学著作，是艺术家。

二是，翻译是一种"搬运工作"和"桥梁对接"。本学期我们每周要研究的那些"国际、中国热点新闻"被译者从一种文化忠实、准确地搬运、对接到另外一种文化，我们的翻译对象，无论你喜欢不喜欢，你都要忠实于它们，从这层意义上说，翻译并无感情色彩，翻译也不掺杂喜怒哀乐，译者的个人态度甚至可忽略不计，就好像无论你喜不喜欢，"蒙娜丽莎"都是那样，我们对她（人和画像）的态度并不会改变她的容貌丝毫，因此，翻译对自己所传译的对象，必须保持中立。

以上态度，尤其适用于翻译国际热点事件。每个国家的人都会对某一事件持不同的立场，这十分必要，但构成事件本身的那些元素是不变的，比如：时间、地点、参与的人物和发生原因等等。

每个热点新闻都可以用词语、故事、概念、知识等四个角度进行金字塔似的分析，四者构成一个完整的"事件模块"（event module），比如：各国抗疫模块、TikTok被迫出售模块、美国新大法官候选人和美国选举模块。当然，这些模块越有普遍性越好。就这样，单纯的一起新闻事件被我们用课题研究的方式，从各国媒体用各种语言、各种立场如何报道的汇集开始，到下一步将其和同一事件的中文报道进行比较，我们逐渐就对这个典型事件进行了全面透彻的中外把握。

以上的功课，是精确进行中外语言翻译的基础。

当这些热点的分析研究逐渐积累到非常大的量——从国际关系到中外文化，从经济领域到政治司法领域，再到环境科技领域——之后，在译者的头脑中就不仅仅只有大量无头绪混乱的词汇碎片，而是成型成块成体系的，可用于应对绝大多数翻译请求的"双语信息模块"，原因不难理解，因为你掌握的不仅仅是表面的词语，而是树木一样带有丰富根部的"知识森林"。

第二周：请不要轻易"脱钩"！（国际热点话题）

2020年9月30日，星期三　国际翻译日

我们昨天讲解了六篇《环球时报》的文章：

一、《西方可能失去对中国的了解》

文章把"月亮一样远的中国"的语言说成"超难语言"，所以同学们来过月球（中国）并熟练掌握了中文，真的很了不起。但是，还有比一般程度更难的，就是"阅

读并完全理解一篇中文报纸文章",这正是咱们这门课要做的。之后,才是最难的——看中文学术期刊或论文。

我们打开中文报纸文章的"钥匙",就是同学们在第一次作业中做得非常到位的"词语、概念、故事、知识"几层分析方法,这是我总结的土办法,希望大家帮助完善。

当然,并不是所有新闻事件都包含这些层次。比如,天空飞过一只大雁,就只是个故事,但当天空飞过一行大雁,或者一只领头雁带着一个大雁群成人字形地飞过,那么,就有其中的"概念、知识"了。

这篇文章另外一种重点是"脱钩",表面上它只是一个词语,然而却是一个必须了解的重要概念。

它翻译自英文decouple/decoupling,couple大家再熟悉不过,是"对儿"的意思,比如一对夫妻和情侣。

那么将否定的词头de放到它前面呢?

是不是像是离婚或者一对儿朋友闹分手?

其实,中文翻译decoupling的时候,可以翻译成"同中国分手",却把它英文内涵做冷处理,译成"脱钩"(unhook),两个钩子脱开。

原本就不是"对儿",是两个冰冷的"钩子"。这就是翻译的微妙。

decoupling是特朗普政府近期对华的主要政策,包括经济脱钩、技术脱钩、学术脱钩等等。

这篇文章说最不应该的是"学术脱钩"。

学术脱钩后会发生误解、误判,直至错误行动。

因为思维指导行动。

国与国、人与人原本有着千丝万缕的联系,为何不再成双成对恩恩爱爱,偏要从友谊的轨道中"出轨",偏要互不来往、各奔东西呢?

我搞不懂。

二、《国际社会需打破对美国明抢 Tik Tok 的沉默》

"明抢"这个词在同日《环球时报》英文版 *Global Times* 上被译成 highway robbery,这令我非常好奇,说明"明抢、公开抢劫"一词似乎在英语中没有完全对等的词语,偏要到高速公路上面去做那种坏事。

"抢"是不掩饰地生拿别人的东西,而"偷"是暗自的拿,公开地"偷"就不是偷,而是抢了。

比一对一地抢更厉害的是当着所有人的面抢,比如美国对待 Tik Tok,在全球人的眼皮底下抢掠国际版抖音。

地球在抖动。

卡尔·马克思说"经济基础决定上层建筑",因此,我不相信这次美国在高速公路上当着嗖嗖而过的车流,强行让抖音从兜里掏它的国际版本送给和特朗普关系比较"铁"的"甲骨文"公司,完全是出于"信息安全"的考虑,我敢肯定有竞争不过抖音的公司在后面捣鬼。

文中所说的"唇亡齿寒"不无道理。

Tik Tok 是嘴唇,其他想和美国企业竞争的国际公司是牙齿,抖音的嘴唇不再会抖了,没肉了,露出来的可就是雪白而没"外包装"的你们了。

作为曾经的商人和"企业家",本人深知做一家成功的跨国企业有多么不容易,因此对抖音的老板深表同情。

政客们很坏,都有高速明抢的本性。

三、《中国是如何击败新冠病毒的》

关于这次史无前例的大瘟疫,全人类只有一个共同敌人,就是新冠肺炎。

每个国家都有自己应对疫情的方法,方法因国家体制、民族文化和个人气质而有所不同。

这次中国应对疫情我个人认为可圈可点的有两个地方,其一是"社区管理",就是"community"的细化管理,其细致和专业有效出乎预想。

其二是手机的应用,尤其是"健康宝"(我对着视频向同学们演示),它很神奇,神奇到至今我不敢离开北京,生怕到哪个地方后当地出现新疫情让我的"健康宝"不再是绿色,那我就不能回家,更不能来学校给同学们上课了。

四、**《"眩晕""哀伤""心伤"……新表情包凸显2020年的艰难》**

这组新表情包从左往右依次是"一声叹息""云端脸""眩晕眼""心痛不已"和"心在燃烧"。名字都挺新鲜的。

2020年从人类整体的感觉上是"新鲜"的、从未经历过的一年。我前两天打电话给一位88岁的老者,他说在他

漫长的一生中，这是第一次。

那么好吧，就让我们鼓起勇气，用"世纪勇敢和耐心"去对付它吧。

看人类能战胜病毒，还是病毒死皮赖脸宁死不屈。

五、《"华为命运关乎这个更为广泛的产业"，美"华为禁令"到底伤了多少国际企业》

第五篇文章是第二篇文章的"后果篇"。刚说完"唇亡齿寒"，"齿"——那些受美国"华为禁令"影响的一长串的公司，从日韩的，到欧美的，就排列出来了。

"全球化"（Globalization）的理论根据是国际贸易原理中的"比较优势说"（comparative advantage），从道理上说各国各地方都没有绝对不能独自生产的东西，你完全可以在冬天零下30摄氏度的哈尔滨的温室里种植和海南岛、泰国一样的香蕉和椰子，然而，假如海南岛和泰国能用较低的运输成本把便宜的香蕉和椰子运送到哈尔滨，那何乐而不为呢？

哈尔滨的长项是冰雪节，海南岛泰国的长项是香蕉和椰子。

国际贸易之所以会发生，是因为各有各的优势，只要彼此交换擅长的产品，人类的总体财富就会增长，就会事半功倍。

那么一样，为什么一部"华为"手机，不能由全球人分工制作呢？

假如，我们还都想用现在的价格拥有手机的话。

六、《前后辈文化，韩国人的处世之道》

这篇文章讲的是韩国的例子，而我熟悉的是日本。

在日文中有"敬语"和"谦逊语"两种不同的语体，体现在名词的词头和动词的词尾，面对不同身份的人，比你年长、资历深的（前辈）或年幼、资历浅的（后辈），你要严格按照他们和你的关系使用正确的表达方式。

如果用得不对，不仅你的日文（韩文）不地道，而且是一种严重的失礼。

中国也是礼仪之邦，古语中也有严格的身份标记方式，但现当代汉语中这方面已经弱化，或者可以忽略不计。

我个人的体会是，语言反应人类的思维，同时，人类思维也被语言所束缚。

这是一种不太好选择的选择。

本周小结：

To 选择多边主义（multilateralism），还是to选择单边主义(unilateralism)，这是我们面临的问题。

我个人绝对是一个多边主义者。自从我学习第一种外语那天开始，我相信，凡是努力学习母语之外语言的人，甭管你意识没意识到，你都是多边主义者，或者，你正在做多边主义者该做的事情。

特朗普先生除了英文之外不大会别的文字，他想和中国"分手"——脱钩，似乎也不奇怪，不懂别国文字就不懂换位思考，就会浅薄，就容易把复杂的事物用标签化

(labeling)的简单粗暴的极端的方式处理。

其实，就是因为无知。

第三周：十一、中秋双节黄金周中间授课感想

2020年10月7日，星期三

全国的双节黄金周还在继续，大学的课程却已经开始。

早晨的北语校园已经被早黄的秋叶镶上了一层金边，我随手拍了几张校园静谧景致发到课堂群里，那时，同学们有的还睡眼惺忪，就已欣赏到曾经生活过的远方校景。

身在故乡，心系北语。

2020年的课就只能这样凭想象力上，想象你身在真实的课堂，想象你邻座同学的温暖体温，想象你们的授课教师声嘶力竭手舞足蹈地在你想躲都躲不过的眼前晃动。

网课的好处是可以躲在屏幕后面小憩（当然，要先把镜头拉黑），这对于上课容易困顿的同学来说，莫不是一种黄金般的机会。

玩笑打住，回到课堂。

"黄金周"值得作为专题研究一下，是在于它的普遍性。其实，这个词语和概念来自英文Golden Week，它被忠实地译成了中文，在韩文中它是"黄金连休"，在日文里用外来语片假名直接拼音，在有的语言，比如俄语里并没有相应的说法（同学们的教诲），因此我想，汉语的"黄金周"之所以被成功移植，很多人认为它是本语词

汇，并根植在人们意识中的原因，很大程度上应该是商家的贡献吧。黄金周里大家放假当然高兴，而于商人们呢，则是大把赚金子的非常时机。因此，在我们一揽子和黄金周相关的阅读材料里的"一台台大戏"之中，就有北京车展、股市房市、旅游等那么多和腰包进钱有关的内容，消费者花钱，商家（国内的、国际的）赚钱，这桌2020年首次全球最多人次和最大规模的商业盛宴，在中国一枝独秀地举办着……

在全球新冠肺炎疫情尚未低头之时，即使只有地球某地短暂局部的商业狂欢，也未尝不是一苗希望的火星，是全球最终能够走出瘟疫梦魇的信心指南。

即使反对纯物质主义，我也认为商业有时是最干净的，因为商业是理性的，是用数字说话的，从事商业的人也是最聪慧最勤勉的人，就比如在这次的北京车展上，看到有那么多国际和中国自主的新车型光彩亮相，让1998年曾经亲自在老国展中心办展的我看到了后来人无止境的进步，看到了人类彼此交融后科技的飞快革新，因此，我更喜欢引导同学们用经济、商业的思维理解中国这个巨大而丰富的多民族国家。

第四周："诺奖"（非文学类）语汇的年度挑战

2020年10月15日；星期四

每学期这个时段都是颁布诺贝尔奖的时候，每学期我们都研究一次"诺奖"，以往我们只关注文学奖，这次我冷丁想到要不要尝试下其他奖项,于是,咱们就研究起生理学、医学、物理学、化学这几个对我们来说超有难度的学科的获奖新闻,最后,我还在课上捎带说了一下此次的"和平奖"和"经济学奖"。

和平奖颁发给了联合国世界粮食计划署(WFP),大疫情期间解决贫困人温饱,理所应当;经济学奖给了研究"拍卖"(Auction)理论的经济学者,我在课上和同学们探讨了词语在不同语种的译法,很有意思。

每年这个时候,都是全人类智慧成果的检阅和科学精神的狂欢,是全人类科研最前沿的展示,咱们搞语言翻译的呢,也不应该坐视不问。

同学们的研究成果让我"大跌眼镜",带引号的"跌",因为你们的作业的确使人振奋,振奋到眼镜都不安分的程度。

作业的具体要求是"写一篇小文章,从陆续颁布的诺奖中任选一项研究,要求从母语、中文、英语(如果可以)等多角度进行对比研究,找出中文词语的构成规律"。

只要全面浏览一下大家提交的语言对比研究成果,你就会发现一个令语言学爱好者非常激动的"科学语言集合",它包括医学、物理、化学三方面全球最受关注概念的很多种语言的三方面转译,英语、汉语和你们的母语——阿拉伯语、捷克语、波兰语、法语、西班牙语、俄语、日语、韩语等,从其中,你们分析出丙型肝炎、黑洞、基因剪刀等诺奖关键词在其他语言中是怎样被音译或者意译的，以及在三种科学成果涉及的诸多词语中音译和意译的大致比例。所有以上，形成了一个小而精的语料库，在语言学者眼中就是一个很难得的语言样本集合，它们是最时髦时尚时令（每年一度的全世界最热点词）的，而且是最难懂的自然科学词语，在普通人心目中它们就像天空偶尔滑翔而过的"飞鸢"（老鹰），稍纵即逝，给人留下难于企及的幻想和猜测。

也就是说，咱们的这次"合伙劳动"，不经意间成为科学词语多种语言比较和共时、历时研究的迷你前沿成果。"共时、历时"是著名瑞士语言学家索绪尔的语言理论，举例说，"基因"一词来自英语的gene，在汉语是音译，在日语却不是，被译成了"遗传子"，在韩语中也发"遗传子"的音，在俄语等其他西方语言中它基本都是音译——这就是它们现在的状态（共时）；但为什么在汉语中被译成"基因"（我认为这种翻译非常好，即便是音译，却用"基"和"因"表现了它的本意）而在日文中是"遗传子"，不像"黑洞"那样用表音的片假名译成"ブラックホール"呢？中日韩在现当代科技语汇方面是怎样交流、交融和在不同时期各做各的路的？——这就是语言的"历史研究"了。

科学语言在近一个半世纪前（1868年日本明治维新之后）东西方开始接触碰撞的时候进入东亚，当时绝大多数基础科学词汇都是由官方书面语言使用汉语的日本翻译学家译成汉语词汇的，包括"医学、物理学、化学、经济学"等词语，之后被传入中国并广泛使用，但后来日本逐渐不用汉字，而是用表音的"片假名"直接翻译科学词语，其结果是"ブラックホール"（黑洞）等词语的翻译和使用，但"遗传子"（gene、基因）还是用老方法进行意译，是早先译法的传承。

总之，一次诺奖的词语分析让我们既了解了前沿的科学知识，对科学词汇和原理产生了兴趣，同时，从关键词的译法对比中，我们能触摸到语言背后的历史。

语言学也是科学，让我们用科学的语言方法研究自然科学语汇。

第五周：今年的诺贝尔文学奖

2020年10月22日，星期四

每年诺贝尔文学奖都是最热门话题，前几项奖：医学、物理、化学、经济学奖都和我们平常人有一定距离，至少在专业的理解上，文学则不然，什么是文学？是小说，是诗，是每个都能看懂的，因此，全球每个人都有资格议论这个话题。

科学奖是物质性的，是客观的、可计量的；文学奖是精神性的，是主观的、不可计量的。因此，科学奖的获奖似乎没太大争议；文学奖则不然，不管谁得了，这本身就是应该也必须争议的话题。

这样才有趣，有意思，有意义。

因为只要还在议论，就说明精神没死。

文学奖至少被局部公认是代表这一年度人类思考的制高点，即便你不愿承认，目前也还没有别的可以取代。

和上次作业一样，同学们本次作业也充分体现了比较文学的特点，尤其是在露易丝·格丽克获奖在你们国家引起的反应以及她作品的译介上，我们做了一次跨区域、跨语种的同步调查，结果也很有启发。比如，我们知道她的书在很多国家并没有译本，有的只是中文、西班牙文和捷克文的译本，这就进一步实证：她除了在英语国家有影响以外，在全球范围内是个冷门诗人。

这就触及了另外一个问题，即："诺奖"是否有英语霸权？

还有，因为她是个女性诗人，女同学可能更喜欢读她的诗，比如咱们班俄罗斯的安娜同学就读过她许多英文的诗。恭喜你安娜同学！由于格丽克如此"爆冷"地获得诺奖，作为一个非英语国家的读者，之前读过甚至喜爱她的作品的概率是非常低的，这也不亚于获得了一次"读者诺奖"。

良好的阅读，是走向良好写作的不二法门，翻译家也一样。

两位将格丽克两部作品翻译成中文的柳向阳、范静哗也同时登上了中国各大报刊的重要版面，翻译时他们并未预期到被译的诗能得诺奖，品鉴诗作只是生活情趣，却意外中了诺贝尔翻译奖！

在《新京报》对两位译者的采访中，他们的回答让我们领略到他们广博的文学知识和不凡的评判力，而那些正是大翻译家而不是普通翻译应具备的。下笔翻译或许只是个技术活，但决定译谁的和不译谁的作品，是对译者境界的测试。

这就引发了下面一个话题：格丽克的诗究竟好还是不好？为什么她的读者是"小众"而不是大众？

这个问题是不可能有标准答案的。正如有人喜欢毕加索、有人讨厌毕加索一样，我也琢磨出了一套自己的判断标准，在刚出版的文集《我的名字不叫"等"》里进行了小结，我认为可以从以下三方面检验诗人的好与不好：

第一，诗语；

第二，诗情；

第三，诗心。

最伟大的诗人肯定以上三方面都好，其他诗人可能只占一两项，其中"诗心"最关键，是前二者的本源。

用我以上尺度衡量，露易丝·格丽克的"诗语"一般，"诗情"一般，"诗心"合格。

那么，以上三项全能的诗人有吗？有，比如美国的艾米丽·狄金森、俄罗斯的普希金、日本的宫泽贤治，在中国诗人中，我认定是杜甫。

第六周：中国经济话题
——2020年总体态势、贸易金融

2020年10月29日，星期四

读懂中国，就一定要读懂中国经济。

借助读懂中国经济，同学们可以读懂本国经济和世界经济。

用文化的眼光观看世界，是精神层面的；相对来说，经济是物质层面的。

但是，精神和物质之间，也是相互作用的。

我们从中国经济强势复苏开始，研究了以下话题：

中国出口管制法、数字货币竞争、美欧货币之争、深圳数字人民币试点、中国资产"抢手"和人民币全球地位、蚂蚁集团赴港上市、欧版新丝路和中欧合作等。

覆盖经济总体态势、贸易、金融、国际经济关系几个方面。

要想完全读懂以上这些，需要学习很多专业经济学知识，但作为"全面翻译"无需对经济学概念进行深究，在基本概念上粗通和熟悉就可以了。

翻译是"万金油""万事通"，要做到面面俱到，但都不要深究，保持在各专业领域表皮稍稍往下一两层就够用了。

大家时间有限。

对付"经济问题"，除了词语概念之外，要能把纷繁

的经济现象当作一个"大故事"来看,因为所有经济现象都是彼此联系的。

就用我们本周研究的这些话题来说,它们之间的关联是怎样的呢?

在2020年全球经济普遍负增长的情形下,中国经济第三季度转负为正,GDP同比增长4.9%,除了中国有效控制疫情之外,要从拉动经济增长的"三大动力"——消费、投资、贸易(主要是出口)来寻找原因。比如贸易,可以联系到第二篇文章的"出口管制法",而出口管制又属于阻止贸易自由化的一种"非关税壁垒"。

说到国际贸易话题,就必须知道WTO(国际贸易组织)。

因此接下去,就可以从WTO关于贸易的分类:货物贸易(Goods)、服务(Service)进行分析,而其他几个金融话题(欧美货币竞争、人民币国际化、数字货币、公司上市等)都属于服务。

Goods是看得见的。

Service是不可触摸的。比如保险,除了保险公司的销售员和保险机构,你看得到摸得到保险么?

具体到服务中的金融领域,必须知道的是布雷顿森林体系(Bretton Woods System),它是理解美元霸权、国际硬通货、人民币国际化、数字货币,甚至中国资产价值、中国公司在港IPO等一系列问题的总头绪。

所有经济问题都相互关联,你中有我、我中有你,用最直白的例子比喻：你早晨到市场上买菜，卖菜的把他们的劳动成果（蔬菜）给你，就是一种交换行为（贸易）。他们凭什么会把蔬菜给你呢？因为你给了他们钱（货币）。这个过程中，你们使用了货币的三大职能价值尺度（标注菜价）、流通（收钱后把蔬菜给你）、贮藏中的前两种。而菜贩从你手里得到买菜的钱，回家后存进银行，就是货币的第三种职能——贮藏。

以上是个体经营行为，扩展到国外、全世界，就是国与国之间的生产分工（根据各国的比较竞争优势）、进出口（产品交换）、用国际硬通货（美元、欧元、英镑、日元、人民币共五种）收付款，以及把盈余的外汇作为财富储存起来（外汇储备）了。

综上所述，对于经济问题不要惧怕或者感到茫然，也不要局限于自己国家的经济现象（比如厄瓜多尔国内没有股市），要用带着趣味的心在全球范围内跟踪关注这些话题，因为人毕竟早晚都要融入广阔的世界里面。

第七周："十四五"规划观察
2020年11月5日，星期四

在开始第七讲之前，我将第八讲的主题事先告诉大家——2020年美国总统选举。这说明，咱们的课堂与世界的重大事件同步。

想和当今中国同步，有些中国特殊国情必须了解，比如"五年计划"。

"计划"和"规划"不同,前者是详细的,后者是从大局着眼。

比如,同学们可以"计划"写作业和完成学业的每个步骤,但学什么专业、今后选择哪个职业方向,就需要"规划"了。

没有规划的计划,尽管可以很认真仔细,但缺乏灵魂。对了,长远的事情,包括职业、人生,都要用思想、感觉、感情甚至是激情决心——进行规划。

实施计划的时候失误,没事,再做一遍就是了;但规划错了,就会一路错下去,因为每一个规划都需要时间的投入。

中国的"十四五"规划也是一样,是一个国家的计划,中国是世界上为数不多的还实行这种从苏联学习到的五年计划的国家之一。其实,这是一种长期的战略,是一种国家层面的规划,就比如这次的"十四五",它一直延伸到2035年,是由三个五年计划接力的远景展望。

韩国在早期经济起飞的时候,在朴正熙的"威权主义"统治下,也有过多个成功的五年计划,帮助韩国长期保持高速增长——须知,这是"公共管理、发展经济学"研究的领域。

东方国家和"威权主义"有历史的渊源。

环顾世界,各国今天的现状都是历史、文化的传承和结果,因此,我们需要考察其原因,观察与其共处的态度。比如,今日美国的焦点是特朗普PK拜登选战,中国的焦点是五年计划的制定和有效执行，各有其特色和缘由。

中国的五年计划无疑是成功的，它创造了中国奇迹，加速了脱贫。

学习别国的发展经验并将其移植到自己的系统中，假如能够见效，何乐而不为呢？

第八周：2020年美国总统竞选

2020年11月14日，星期六

非常应该地我们选择了这样一个话题——2020年最具戏剧性和挑战性的话题。

戏剧性，是直到今天，竞选投票日已经过去很多天了，究竟谁会是美国下一任总统还是个疑问；

挑战性，是那个结果不仅对美国人是个最艰苦的选择，对全世界的"观众们"来说，也是个烧脑的"事件"。在这个"事件"中，几乎每个国家的每个人，只要他对世界的未来还关心，就会情不自禁地、不由自主地被卷入——至少在思考上。即便他国人不会参与美国人选总统的过程，在特朗普和拜登之间的取舍还是会有感情上、利害上的权衡。美国的确是个最重要的国家，它的一举一动，都直接间接地影响着这个星球。

那么，在共和国、民主党，在特朗普和拜登之间，我们这些局外人会"选择"谁呢？

尺度可能有三个：

其一，是人性的尺度。你喜欢特朗普那样的人，还是拜登那样的人？前者是个大嘴巴的政治素人，是个门外汉；而拜登呢？他是一个传统的职业政客。"政客"和"政治家"都是Politician，但"政客"是轻微贬义的，是四平八稳、城府很深、圆滑等品行的代名词。

其二，是工作是否合格的角度。美国总统也是一份工作、一个岗位，那么究竟他俩谁更合格呢？这是从美国利益说的。当然，美国利益也有短期长期之分。

其三，是从每位参与意念选择的人从自己国家的利益来看。从这方面看，几乎所有人都不喜欢特朗普，因为他说"美国优先"，美国优先了，其他国家的利益就会被损伤，因此，欧洲国家领导人在结果还没确定之前，就分头对"新总统"拜登献媚了。

急不可待。

万一特朗普翻盘了呢？

注意，用以上三个尺度，你的意念可能选择不同的人。比如我，上次我说了，从谁更适合当朋友的角度说，我选择"川建国"；从他做的是否对美国有好处、他是否合适那个岗位，我的观点是肯定否定各半；从中美关系的未来考虑，我不会选择他。

我希望中美关系正常，也希望所有国家的关系都正常。

第九周：进博会、"双十一"、RCEP

2020年11月19日，星期四

我们的中国经济研究仍在继续，因为或许你们其中的一些同学将来会从事经贸领域的工作，对这几个重大事件的关注，会有所帮助。

上海的进博会今年的是第三届，前年我去过第一届，希望大家有机会都去感受体验一下那种庞大规模的展览。无论是进口还是出口都是贸易的组成部分，希望更多国家的物品和服务能够来到中国，因为拥有庞大人口的中国从现在直到将来，都将是世界最大的消费市场。

经济和贸易能促使人与人加强交流，是必须提倡和促进的。

我不记得在课堂介绍过多少次"双十一"了，感觉今年的"双十一"没有往年的热闹，或许是因为疫情改变了人们购买的习性，现在几乎什么都能通过网络采买，"双十一"似乎已经不那么凸显。

若干年前"双十一"采买的物品需要很长时间才能送到家门口，现在已经不用等那么久了，物流在改进，咱们班有一位埃及同学第五年在中国过"双十一"，比我更有体会。

另外，"双十一"也是进出口的平台，如果同学们今后从事与中国的贸易，"双十一"是需要利用的平台。

快递小哥们很辛苦，是他们——这些平凡的劳动者，支撑着这场全球最大的网上购物狂欢。哦，该狂欢的究竟是谁？是商家？还是购物者呢？

中国GDP中消费的比例非常低，2019年才39%，而美国是69%，也就是说中国人每挣100元钱要存下61元。中国是全球储蓄率最高的国家（2019年45%），这就要求使劲增加中国的内需，通过进博会和"双十一"。

中国人为什么爱存钱？有各种原因，或许因为文化传统，或许因为社会保障还不到位，总之，必须用力拉动内部需求，在拉动经济的"三驾马车"——消费、投资、出口中，加大消费的比重。

RCEP（区域全面经济伙伴关系协定），全球最大、最具潜力的区域自贸协定刚刚签订了，它将促进形成一个覆盖全球人口和GDP近30%，由中、日、韩及东盟、澳新等15国组成的自贸区。

"自贸区"就是没有关税，物品和服务自由往来。

这将是世界经济"第三极"（除欧洲、北美之外）的雏形。

厄瓜多尔同学问，这个协议和她的国家有什么关系。我回答说，直接的关系可能没有，但间接的是有的，因为至少我们看到当今世界上不只有肆虐着的瘟疫，还有关于疫情结束后世界未来的考虑；不只有纠纷和埋怨，还有互助和协作。

希望所有阻碍各国经济往来的壁垒，无论是关税形式的还是非关税形式的，都逐一被拆除，让人类的经济交往更加紧密和顺畅。

第十周：中外作家、翻译、语言研究之一

2020年11月27日，星期五

由于临近期末，我们不再关心美国下一个总统是拜登还是特朗普，也不再关心GDP和股市楼市，我们回到"梦"的世界——文学和文字的世界。

本周每个文学话题都很宏大，想详细知道每一个，需要逐一花时间深入进去，我们的课堂只能向大家展示一道道"风景"。

第一篇文章：《叶圣陶先生谈写作的"奥秘"》。先要知道谁是叶圣陶。他算是民国作家之一，民国作家中我们知道鲁迅，但鲁迅之外，还有很多大家应该知道的作家，比如以下我们说到的曹禺和他的《北京人》。

要想真进入另一个民族的文化骨髓，喜爱她的作家是必修课之一。喜爱作家不是仅仅知道那些人名、书名，而是从心里和他们做朋友，和作者做"知心朋友"是阅读作品的钥匙。民国作家中，我相信同学们能找到更多的好人好作品，比如上学期一个美国同学，就"发现"了她喜爱的女作家萧红。

说到写作"奥秘"，叶圣陶先生说：其一，是"想清楚了再写"；其二，是"挑能写的写"；其三，是提高鉴赏力。

对第二、第三我完全同意，至于"想清楚了再写"，

以我自己的体会，在大多数情况下是对的，但有时候、有些事情是怎么想也想不明白的，要想接近明白，要在写作的"途中"进行。许多伟大名著，就是作家压根儿没想清楚也没写清楚、读者读了也不明白而且越读越不明白的作品，比如《尤利西斯》。还有那些意识流作品，就是边写边想，写完了也没想明白的作品。

有些书不是读懂，而是感觉懂的，比如现代诗。

第二篇《包括大量汉字的日语容易学吗？》和第三篇《日韩"妖怪"与中国文化》都是说中日韩三国文化关系的，三国的自由贸易有望在未来实现，或许其基础是文化的相通。

建议同学们仔细阅读一下《包括大量汉字的日语容易学吗？》，逐字逐句地读，因为这是对汉语的"历时研究"，汉语的单词从何而来？又向何处而去？中日文字的跨千年互动。

"山川异域，风月同天"——2020年最令人感动的两句古诗。

同学们学习汉语，从商业角度来说，算是买一送一，送的是半数左右的日本当用汉字。大家去日本旅行时，只要会汉语，就会认路标，就不会迷路。

国井同学考证：古代日本用"也麻"两个汉字给"山"字注音，很有趣。

至于妖怪，韩国的"九尾狐"、日本的"半天狗"、中国《西游记》里的百种狐仙，它们都源自哪些书？受哪些文化的影响？可一一探讨。

我的观点是，随着科学的发展，鬼、神、妖怪、狐仙的面纱和老底逐一被揭破，人类从内心已经不再怕鬼，人只怕人，只相信肉眼看到的世界，但恰恰这也是人类的悲剧和不幸——至少是原因之一。

相信天外有天，不失去对世界的神秘感，不是应该的吗？

《"凡尔赛文学"不是一种健康导向》：凡尔赛文学，这个带有幽默色调的字眼注定是2020年中国的一个网红词语。有趣的不仅仅是它"发现"了先抑后扬这种炫富的表述风格，它还将这个发现普遍化。这其实是一种词语和哲学上的"新发现"——工具意义上的。借用这种工具，我们可以梳理反思所有以前的文学文本，于是，我们惊奇地发现原来某本书也是凡尔赛文学，某个作家也很凡尔赛，我们可以凡尔赛俄罗斯，也可以凡尔赛郭敬明，可以凡尔赛你、我、他……于是，得出的结论是：我们从古至今都潜藏着一种凡尔赛思维和表现方法，就像流感似的，有人得有人不得，有人今天得有人明天得，有的自己发病，有的被别人传染。

喜欢炫耀和告诉别人你的成功，是一种人类必有的心态，也是进取进步的原动力，但如何展示你的成就，怎样把握分寸尺度，是文化品位和素质问题。

雷·布拉德伯里和阿加莎·克里斯蒂诞生100周年和130周年，多么地久远，也像就在我们身边。

一个是幻想世界的大魔术师,一个是推理女王。

坦诚说,他们的书我都没读过,科幻、推理不是我的菜——此处实话实说。

但咱们班的迪拉同学喜欢读科幻大师的作品,我曾肉眼看过推理女王的手稿。

这也足够。

中国科幻作家推荐雨果奖获得者刘慈欣的《三体》——当前最热门的。

《哪版〈北京人〉最经典?》,是北京人艺演的,还是广播剧团演的,我不记得了。同学们只需要知道谁是曹禺(他今年诞生110周年),他的代表作有哪些,他为什么被称为"中国的莎士比亚"。

如果有机会,一定要去首都剧场看一场北京人艺的话剧。

《郭沫若翻译鲁迅诗》,我们要知道谁是郭沫若,他为什么把鲁迅的诗译成日文。那个让他翻译的人是毛泽东,那是诗人中的诗人。

郭沫若的《女神》我推荐大家读,领略一下民国诗的风采!

最后这篇文章《石一枫笔下的北京:"是麦子店,也是整个世界"》。

我们不能厚古薄今,也要时刻关注中国当红热门的当代作家,他们的作品往往是还没被翻译的。

石一枫,北大中文系毕业,被称为"小王朔"。谁是王朔？查查。我上月在北京"十月文学月"活动中见过石一枫，人很厚道温和，他是个写北漂生活的"土著作家"。

"北漂"大家听说过吧，就是彩云一样围绕北京上空飘荡的人。

第十一周：中外作家、翻译、语言研究之二
2020年12月6日；星期日

这篇文章"波伏娃读丁玲"能引发很多兴趣点：波伏娃，全世界关心文学的人几乎都知道，尤其是咱们班级自称"女权主义者"的几位同学；丁玲呢，似乎只有中国人关心，她有些波伏娃的影子，但绝对不是波伏娃。波伏娃曾经访问过丁玲，波伏娃还写过一部关于中国的书《长征》，这恐怕对同学们来说，就是新发现了。

新大陆，新文学惊奇。

丁玲不仅能写出早期的《莎菲女士的日记》——这本书她和波伏娃是重合的，还写出过《太阳照在桑干河上》——这部书中她已经不再是都市小姐，而是关心"土地改革"的革命者了，因此，她比停留在都市生活、停留在笔头和身体革命实践中的波伏娃更进了一步，她参军了，她加入了改变命运的武装斗争之中，她被毛泽东赞扬为"女将军"（"昨日文小姐，今日武将军"），从改变命运的难度来说，丁玲比波伏娃大。

由此说来，波伏娃和丁玲的交往，并不算"世界名人"放下身段访问"中国名人",她们二人各有千秋。

《从弃儿到当代传奇女作家,珍妮特·温特森:故事水晶球里的寓言》,英国当代作家珍妮特·温特森的书我并没读过,但咱们班的安娜同学读过并喜欢她的书,这是一个小小的惊喜。她写女同性恋。写同性恋最著名的作家是英国的王尔德,王尔德以唯美主义成名。接着,我们又讨论了二百五十年前出生的英国作家威廉·华兹华斯和他同期的柯勒律治,他们二人的手稿我都在国家图书馆"瞻仰"过。

怎样评价英国那些以华兹华斯为代表的"湖畔诗人"?

我读过一些他们的诗作,中英文的都读过,从个人的体验来说,我还是觉得中国唐代李白、杜甫的自然诗更贴近大自然得多。可不是因为我是中国人就替中国诗人说话,中国有大山大川,颠沛流离的中国诗人随便在哪条江、哪座山边走走,歌咏歌咏,至少在气势上面,就比英国小岛上、小湖泊边的"华兹华斯们"写的自然诗要磅礴得多。

比如李白说:"黄河之水天上来,奔流到海不复回!"

一方水土养一方人,一个国度的一个时期产生一类作家。

据此,我不欣赏王尔德笔下的那些所谓的英国贵族沙龙里的男女,他们至少不是我心目中的贵人。俄罗斯的普希金莱蒙托夫的小说《英雄时代》是我大学期间的最爱，他们二人敢于死于决斗的枪口之下，以最令人惋惜的方式在生命最鲜活的时段谢世，那才是文学意义上的贵族和英雄。

仿佛"天鹅之死"。

几年前，我曾去过莫斯科的俄罗斯重工业部大楼，那里是莱蒙托夫的出生地，在那里停留的时候我心里还挺不平静的，能和自己年轻时候的偶像跨越一百多年分享同一个空间，有一种莫名的感动。

哦，下一篇，又是英国的：《英国浪漫主义星云 从布莱克到济慈》。咱们没时间一段段欣赏这些由郭沫若、王佐良、查良铮等大家翻译的英国诗。这些人的诗还是蛮浪漫的，看郭沫若翻译的布莱克《老虎》的前几句："老虎，老虎，黑夜的森林中，燃烧着的煌煌的火光，是怎样的神手或天眼，造出了你这样的威武堂堂？"

早期的郭沫若也很疯癫和浪漫，他笔下的译文也是同样。

《不同风格的意识流形式》，《新京报》上这篇文章应该仔细和反复阅读，它讨论了几个意识流的代表写手：普鲁斯特、萨拉马戈、乔伊斯、福克纳、伍尔夫等人。

首先，什么是"意识流"？

个人感觉，做梦就是意识流。模糊的、不停的意识流动，像水一样流淌，难以止住。康韩彬同学作业中那几段用意识流文风写的个人观点，很值得点赞。

中国作家里最早用意识流手法写作的是王蒙。

其实我们每个人每天都在用意识流思考观察记录生活，只不过作家们用语言把那些"思想的液体"给写成了文本。

伍尔夫小说《到灯塔去》（*To the Lighthouse*）我试着读过，Stream of consciousness的体验。

至于《尤利西斯》（乔伊斯）、《喧哗与骚动》（福克纳）里面的那些怪异得连标点都没有的长篇文本和词汇的罗列，有人说是经典，在我看来是经典的垃圾。

垃圾的特点是什么？

最无规则的东西就是垃圾。

那些所谓的现代、后现代作品，比如《尤利西斯》呀！《喧哗与骚动》呀！没有不行，但多了就麻烦，不好处理。

其实，和《追忆逝去的时光》《尤利西斯》这些冗长的西方现代经典相比，《红楼梦》容易读得多了，接下这篇文章是《西方人读懂〈红楼梦〉，难》。《红楼梦》至少是好好讲故事的，咱们班安娜同学读过两遍俄语版《红楼梦》，并且喜爱，我知道后很高兴！

你是作者的跨国知音。

读不读得懂一本书是你和那本书之间的缘分。我是十二三岁时读的《红楼梦》，并陷入其中，相信绝大部分中国人一生都没有那样的体验。同样，多数的俄罗斯人也不见得读得进去那么长的《战争与和平》，并像我二十岁那样痴迷。还有，法国人难道就都喜欢读雨果的《悲惨世界》么？

每人都是一个独特的、个体性十分强的文艺接受平台，世界上那么多种类的艺术作品——有图书、有电影、有绘画和戏剧，每个人能接受的样式是不同的，没有高低之分，就是看你和什么有缘。

用中国俗语说，这是："萝卜青菜，各有所爱。"

第十二周：中外作家、翻译、语言研究之三

2020年12月14日，星期一

本星期的话题也非常繁杂，第一篇《保罗·策兰与〈死亡赋格〉》。"赋格"（Fuge/Fuga）是一种音乐的创作方式，这里是音译，但"赋"又是中国古代文学的一种文体，因此翻译得很雅致。

犹太作家写二战，除了策兰，我推荐大家读本雅明、茨威格的书。

以前我读过一本很震撼的犹太人写集中营的书，作者是一名心理医生，他被关进集中营后竟然将面对迫害、处决危险时所有的细腻感受用心理分析的方法进行剖析并写成了书，那么地逼真和冷静客观，读来有恐怖感。

一个意外收获是墨西哥的桑茉莉同学从前不知道策兰，通过读这篇文章她发现墨西哥也有诗作的译本。这就是文学研究能跨课堂、跨国界的例证。

《细读妙品有新解——刘心武〈红楼梦〉研究的集成

之作出版》：刘心武，中国当代作家，曾任我们北京13中学的语文老师，以小说《班主任》成名，而"班主任"的原型是我的语文老师张金俊，他刚去世，我今天课后将驱车去他墓地祭奠。

如何解读《红楼梦》是个永远不乏新意的话题，这和上次课的西方人能不能读懂《红楼梦》相似，我的观点不变：没有读不懂的书，只有你想不想读和喜欢不喜欢的问题。

《埃迷的盛宴》：这篇文章的作者是"我会在六月六十日回来：埃梅短篇小说全集"的译者李玉民。马塞尔·埃梅的书我以前不知道，说他是和莫泊桑一样的"短篇小说之王"，说他文体特别，于是我就立即买了一本《埃梅短篇小说选》（2004年人民文学版），试读了两篇，是有新意，但比较嘈杂絮叨，可能和法语的特性有关。

短篇小说怎么写才能成"王"？我一直质疑，这种说法太工匠气，故事的长和短要根据故事（事件）自身来定，大故事用长篇，小故事用短篇，专写哪一种都是"写作匠"，而不是我心目中的作家。

作家的笔是镜子，大故事反映上去就是长篇。

最近在网上看了一篇讨论鲁迅为啥没写成长篇小说的文章，说得比较靠谱。鲁迅曾想写长篇的《杨贵妃》，但鲁迅的文风是讽刺挖苦，哪有那么长的故事让他用那种笔法从头到尾写呢？有啊，本人的几部长篇小说就都是呀！（玩笑）钱钟书的《围城》写到结尾处也"换挡"到非讽刺体了，因为故事感觉和叙事要求变了。《红楼梦》后四十回的文风也有改变，因为人物的大结局是悲惨的，想交代清楚，用从前八十回的写法不行了——这是我的猜测。最近听喜马拉雅的《红楼梦》，觉得后四十回"黛玉之死"那部分不出自大师手笔是绝不可能的，因此就倾向于白先勇的后四十回出自同一作者的观点。

不写小说的评论家的论点不具备说服力。

最终结论是：用讽刺笔法写长篇小说的前提是故事的荒谬材料够多、够用，写不出来或写不了那么长是情有可原的。因此本人十分侥幸，让几个大长篇的荒谬故事得以从始至终，比如，最近正在整理再版的"马桶三部曲"、《自由之家逸事》。

《北京童谣》（10月28日《北京晚报》）这篇文章让我想起我在幼儿园唱的《水牛儿》，至今还会唱，只是内容和晚报上的并不完全一样。最初整理北京童谣的是荷兰籍的传教士，而后，当北京大学等现代意义上的大学文学系成立后，中国人自己也开始着手整理童谣了。童谣和儿歌完全一样吗？高桥同学研究了二战期间日本的童谣，说大体格调是悲伤的，比如唱大象的那首。理应如此，战争消灭天真和童心。

《与"世界"的痛苦和解——南派三叔写精神病院题材小说》：南派三叔是畅销书《盗墓笔记》的作者，因书畅销而暴富，又因成名后压力过大而入住精神病院。成名和压力原本是好事，但承受不起就会变疯。变疯的作家很多，还有因精神失常而"失之东隅，收之桑榆"，演绎出非凡文字的。就比如我手头这部93岁女诗人灰娃的自选集《不要玫瑰》（刚出版，书中还有2020年的温度），她也抑郁了，而且不止一次，但由此她的文字登峰造极，成为我认为中国最杰出的女诗人。真奇怪。

《宫本辉的一滴甘露》：日本作家和中国作家邓友梅的有情。邓友梅我见过一次。宫本辉我听说过，但似乎没读过他的书，至少印象不深，就连研究这篇文章的国井惠也非常"害羞地"没读过他的作品。"害羞"是日语表达方式，中文应该说"很难为情"或"十分惭愧"。

两篇和翻译职业有关的文章：《傅雷奖鼓励青年译者翻译要趁早尝试》《楼适夷与鲁迅》。首先，要知道谁是傅雷，为什么要用他的名字冠名翻译奖。

译者是个既古老又年轻的职业。古老不用说，中国今天的语言文体是佛教文本被译介的产物。译者是需从年轻时就要励志从事的事业，比如那位从日文转译过大量俄罗斯文学作品，并得到比他大很多的鲁迅支持的楼适夷，今天那些书已经不需要转译了，但当时很需要。

时代对文学的需求有时是很迫不及待的，尤其是对那些有思想的作品。

最后这篇是聂震宁写的《给编辑的十二条忠告》。同学们和编辑打交道的机会肯定是有的——当你的译文出版的时候。另外，翻译工作和编辑工作很像，都是和文字打交道，一个是转换，一个是核实。

要说，我也已经和编辑们打了二十多年的交道。

第十三周：本学期总结课，有喜悦和慰藉

2020年12月16日，星期三

昨天是本学期和本年度的最后一节课。2020年的总结可不能轻易放弃，这是艰苦的年度、难堪的年度、难过的年度。

先是同学们期末发表视频的评述——本教师不会做视频，因此更应该说是"赏析"。题目都很吊胃口，从"疫苗的各国开发、发放"到"中美冲突的'解药'""商业狂人马斯克的新故事""马拉多纳传奇""欧洲加油站和中资的参与"，再到"离婚冷静期你们国家有没有"以及"网上卖闲置的衣服""孩子们为什么都不会写信"等。

不只是孩子，我这样年纪的人也不太会写信了。用笔一笔一画写信和用手机、电脑输入的确是不一样的，尤其是写长信。

写，用笔，本来就有分寸感和厚重感，以前我们常说"字如其人"，意思是看你的笔迹就能鉴别你的人品，但现代电脑、手机上打的都一样，就看不出来。

写信是即将逝去的古老技能，但也没什么可悲观的，交流可以用PPT和视频，它们各有千秋，尽管不能彼此替代。

"蛋壳公寓资金链断裂"话题是由廉尚柏同学最近的

遭遇引发的，是一个"庞氏骗局"的旧商业操作的再现，让你碰上了，真是倒霉。

天下没有免费的午餐，卡了嗓子，下次一定注意。

庞氏游戏其实并不全会失败，那个从零到有，把特斯拉品牌电动车送入中国高速路，把火箭商业化的马斯克，就是庞氏游戏的高手，他资金链漏洞百出，永远在破产的边际跳舞，却能屡屡逃出破产的险境，真资本运作大玩家也！但这种蛋壳边沿跳踢踏舞的模式能继续多久？假如他破产，还有多少像廉尚柏同学这样的受害者，现在不好预测。

哦，忘说了，昨天是the beginning of the end（承上启下）值得纪念的日子，美国辉瑞（Pfizer）公司的首批疫苗已经抵达纽约等地，马上可以接种。

2020年底最悲观时刻的一线曙光。

接着，进行了本学期1—12周课程话题的总结和梳理。

详细的，看"钉钉"每周课的标题就可以。基本上包罗万象，尽量覆盖中外社会生活的方方面面，都点到为止，不进行深究。万花筒似的世界原本就是这样，天天一幕幕大戏上演，你用眼睛扫描一下就行，无需全知。

翻译专业应该"半全知"的是十、十一、十二周三次课的"作家、翻译、语言"课题，说"半全知"是因为有些常识性的问题。比如，那些中外知名作家和他们的作品，你不得不知，尽管你可能不喜欢，但只有知道的多了，才能进行鉴别。

下学期我们除了增加写作课之外，将继续进行中外作家、作品的视域扩展，了解更多更广泛的作家和作品。在中国作家部分，一定要去莫言、去余华化，他们只是中国百年现当代文学的一个小角落，仿佛去登珠穆朗玛峰，他们在山的最底下，只是两块石头。

要爬到更高，才能看到更多、更远。

只有知道的多了、全了，大家才能进行翻译作品的选择。

中国文学原本像满汉全席，有一百多道色香味俱全的菜，作为译者，不能只知道北京烤鸭和麻婆豆腐。

最后，迎来了有趣的同学用母语介绍2021年的想法和彼此翻译互动的环节。母语是大家讲话和思想的本源，一直被掩盖在中文的"盖头"下面，到年根儿了，不妨揭开一下。

生动，有趣，其乐融融。

大家从"蛋壳"里钻出来，展现生命的新鲜。

2021年将在大家各种语言的祝福中开启，它将会是怎样的呢？

我说至少会比2020年好，并不是盲目乐观，因为我们在年根上好歹已经有疫苗了。

最后，为因健康不适没能参与互动的蓝玫同学，送上我们大家的衷心祝福！

第八部分

六十才终于耳顺（小说）

引子:"六十而耳顺"定义

"百度知道":"六十而耳顺"说的是到了六十岁,人就变得中庸了,什么话都能听得下去,也能辩明其是非曲直。

"耳顺"的道理是说,自十五岁开始做人处世、学问修养,到了六十岁,好话坏话尽管让人家去说,听到也毫不动心、不生气。你骂我,我也听得进去,心里平静。这个心里平静不是心如止水、死气沉沉,而是很活泼,听别人言语,便可以分辨真假是非了。

到这个境界,当是镇定自如、波澜不惊,可以举重若轻了,但是还没有达到从心所欲。

一、必须记录点什么，
免得七十岁的时候把六十岁的事都忘光了

2020年12月31日，星期四，18时28分

再过几个小时就是2021年元旦，那是本人虚岁六十的年度。四十岁我写了《四十而大惑》，五十岁时我写了《五十还不知天命》，因此，六十也甭偷懒，得把这个"年槛"的事情和心态记录记录。

前两天在深圳机场，我明明把大双肩背包托运了，过安检时还是大惊失色，问我的双肩包和手机怎么丢了，整得整个保安团队都过来帮我四下寻找，结果是我压根儿就没让双肩包过安检——已托运了嘛。当我终于认定自己放进安检机的是比双肩包小得多的黑色小挎包后，保安队长用半东北口音说："大哥呀，您不带这么吓我的啊！"

即使过了安检我还是神魂不定的，我知道自己犯了天大的认知障碍问题。这和老父的阿尔斯海默症有关系吧，但为何这么早？话剧演员于是之就是在不到六十岁的时候开始犯的那种病，父亲虽然也是，但到八十二三岁还没糊涂，莫非……

世界上就怕这"莫非"二字，早痴呆或晚痴呆，谁也拿不准，如果遗传了老母九十岁还清清楚楚的基因就好了，但那谁能保证呢？

因此，就必须写，必须记录点什么，免得七十岁的时候把六十岁的事都忘光了。

切切！

评语：

老表："之一"写得不错！很生动。让人很freshly，感受到了六十龄前的恐怖。

二、元旦这一天，有耳顺的，也有耳不顺的

2021年1月2日，星期六，0点31分

这不，元旦一过就过完了。元旦这一天，有耳顺的，也有耳不顺的。

顺耳的是，31日晚23时到国家大剧院看国家芭蕾舞团演奏的"迎钟声新年音乐会"，随着指挥大家倒数5、4、3、2、1，然后一同喊："新年快乐！"乐师还用乐器模拟教堂"叮叮"的敲钟声，那种声音我记得20世纪90年代我们在加拿大蒙特利尔侨居的时候，在市中心著名的"圣母教堂"里跨年的时候也听过几次，特别的顺耳。

不顺耳的是，元旦晚上把新车停到楼下时，听邻居老严夫人讲的那几句话把我耳朵听得疼死。她见俺家新车挺撩人的，就对俺内人用羡慕不嫉妒（听起来）的口气一字一句地大声说："咱们这个年纪的人一定要想开，想买啥就甭犹豫，再说，咱们这个年纪的人还能开几年的车啊！"

问题是我们和他们可不是一个年纪呀！她和老严都六十好几了，俺们两口子，按"百度"说的，属虎的2021年应该是虚岁六十，而按实岁呢，俺们离真正的六十岁还差一年多呢！这可不能混淆。sixty是一条线，他们两口子在线那头儿，俺们两口子在线这头儿，就跟开车时马路

上的白晃晃的实线似的,他们想开过来不行,我们想轧过去也不行。哼!竟说我和他们一个年纪!

评论:

老表:跟你说过车的颜色太招摇,就是不听!这不,让老严看上了吧!等着吧,搞不好明早一大划(痕)。

谢芳老师:哈哈哈——咱这把岁数的人。

三、俺是"虚大爷",或者是"大爷候选人"

2021年1月2日,星期六,18时19分

逼近六十岁时,耳朵逐渐顺了,眼睛却不顺起来,容易瞧啥都不顺眼。

今天国贸滑冰时,最不顺眼的就是那个穿着背心连喊带叫,教一群丫头小子练习倒着走葫芦曲线,然后转圈的国贸冰场二大爷。国贸大爷姓姬,绰号"劳伦斯",75岁了,是当今网红和国贸冰场的头牌。我觉得那个外号是崇洋媚外,外国的"劳伦斯"多了,和姬大爷有什么关联?何不叫"孙悟空"或"白骨精"(他喜欢手持红扇子像女孩儿们那样转圈)等有民族特色的称号呢?

我听过两个年轻人在换冰鞋时背后议论那些大爷们这样那样来着,不敢肯定里面包不包括我。按年龄说,他们几个都六十开外了,是坐实了的大爷。俺,虚岁2021年后是六十,应该是"虚大爷",或者是"大爷候选人"——就跟博士候选人似的。

今天姬大爷没去,那个二大爷和我滑对头冰的时候老用想结识一下的目光与我对视,我故意避开了。人以群分啊,整个冰场平均年岁二十都不到,我一旦和他搭讪,就等于被拉入了六十岁以上群体,我还早着呢!他急我不急。

还有特看不顺眼的,就是男人穿花样鞋转圈圈。尽

管几周前我也破天荒地买了双头里带个"小锯子"(齿)的花样鞋,那是由于疫情后不让玩球刀了。而他们呢?怎么看都像女的。尤其是滑得最显眼的一个又瘦又小的男青年,一看就是南方人的骨架,他滑得再好也像个小萝莉,或者芭比娃娃,虽然穿的是一条短裤,头几眼没看清,还以为穿的是个筒裙。妈呀!

评论:
文良:你太逗了!不管你是否承认,其实人家早就把你列入"大爷"行列了。要不你找个小姑娘去搭讪,看人家如何称呼你!

四、我发现五十大寿的崔旅长岁数其实不大

2021年1月3日,星期日,23时24分

晚上去大剧院看国家京剧院演的《智取威虎山》。

我这两年反思了多次之后,认定京剧是全球最高艺术。唱京剧的既能像帕瓦罗蒂那样高歌,也能像孙悟空那样翻跟头,能文能武,是全才,其他的任何演艺者都难以企及。比如,帕瓦罗蒂就休想像六小龄童那般舞刀弄枪和倒翻跟头,假如他真翻了,恐怕舞台会被砸一个大坑。

这是原汁原味的《智取威虎山》,几乎和我小时候在电影上看的一模一样,演员的唱腔、身姿和英雄气概,都着实让我佩服。还是头一次看真人演的革命样板戏。对于六十岁上下的人来说,《智取威虎山》是我们的童年记忆,尤其是我。我年少时最早练习写字用的钢笔字帖就是《智取威虎山》的唱词,我一笔一画地照着写,不知写了多少遍,越写越觉得汉字好看。那时候还没有见过毛笔字帖哩,毛笔好像还是"封资修"(封建、资本主义、修正主义)的工具,因此,小时候练字最初用的是钢笔。

今晚对着舞台旁边《智取威虎山》字幕,我一字字复习儿时的笔画,似乎才真看懂那些字句的意思——艺术的理解是需要与年龄般配的。甭说,这部剧的歌词即使今天看,也是高水准和恰如其分的。

整台戏有两个地方搞得我挺郁闷。其一，是杨子荣在深山老林中用手枪一梭子把那只东北虎的天灵盖给掀翻了。俺可是属老虎的呀！感觉脑门凉飕飕的。何况，东北虎是该谨慎保留的稀罕物种，咋就那么儿戏草率地打死了呢？

　　其二，是确定那个"坐山雕崔三爷"当晚办的是五十大寿，我原来以为是六十大寿来着。小时候看他那副样子像个很老的老家伙，其实他比自己现在的年纪还小整十岁，三爷"百鸡宴"没吃完整就被英雄杨排长给收拾了。当然，他是罪有应得。我是想说，六十岁的我发现五十大寿的崔旅长岁数其实不大，就有些发蒙。

　　今晚剧场中人不多，看来新疫情的恐慌已经逐渐扩散，观众里玩命激动地鼓掌的也大都是六十岁前后的人——包括我边上的这位。演出一次开始他就违规拿手机拍照，黑灯瞎火中，年轻的女工作人员悄声从他身后探头让他甭照，他听了一机灵，高声训斥道："你咋像个女特务似的，你把我吓死了！"

　　他是北京文化局的，拿的是赠票。他把赠票二十元卖给了黄牛，黄牛没过几十分钟就把他的票给了在网上用两百多元买票的我。我去取票时，黄牛说这张票原本值五百多，黄牛可能想把我那张票卖给别人的，但今晚他们失算了，因为人们都不太敢出来看戏。我于是就有一种不祥的感觉，担心何时又不能再来大剧院了，去年春节我订了票的一场演出就是因新冠肺炎疫情暴发而取消的。

在我右边不远还有一个举止怪异六十岁上下的男子，杨子荣刚一出场，刚唱一个雄健的段子，别人听了都使劲鼓掌，他却大声疯狂地叫喊："声音太大了，你小点声！"那嗓门听起来比经过专业训练的杨子荣还亢奋和高昂，工作人员连忙制止他，然而他喊得更振聋发聩："我花钱买这么贵的票，是来受他们用大嗓门吓唬的吗？"

演出中间我在卫生间听那个劝他别嚷的工作人员对另一个人说，那个老家伙是喝多了在发酒疯，还说对付那种人他们有的是经验。

回来等地铁时，一对六十岁的夫妻聊着聊着刚才的《智取威虎山》，男的就忍不住大笑，还差点掉下站台。他说想起了一段相声，相声里说有一次演出，在威虎厅里杨子荣和崔三爷（坐山雕）比枪法那段，三爷先开的枪，本来是他一枪打灭一盏灯，留两盏给杨子荣一枪同时打灭——英雄么，没想到拉电闸的人操作失误，三爷开枪时一下拉灭了两盏灯，于是，留给英雄杨排长的就仅剩下了一盏，那个拉闸的为了补过就急中生智，在杨子荣开枪时索性把整个舞台的灯全拉灭了，舞台在枪响后一片漆黑。

今天的"六十岁故事"就讲到这里为止，祝大家明日2021年开工顺利。

评论：

老表："耳顺"之四已有80、90、00后喜欢的幽默味

儿了!不错。写东西就是为让人喝彩的嘛。

大刘:典型的齐式幽默!写得越发自然、收敛,达到炉火纯青的境界了!就不批评你了!

Teacher 张:属虎的还不到六十呢!

五、本人才是那个每隔十年就要感慨一番的人

2021年1月6日,星期三,22时27分

室外气温零下18度

今天是21世纪最冷的一天,白天零下11摄氏度,而且有八级大风。

这种极寒气候最适合抄书。

先翻看止庵先生去年时隔十年再版的,原本是他五十岁时出版的《沽酌集》——这说明他已经六十岁了。

止庵先生在"新序"中写道:

"今年我满六十岁,向来不过生日,这回也不例外,只请人刻了一个'行年六十而六十化'的闲章,盖在送给朋友的书上,算是一点纪念。"

关于"行年六十而六十化",《庄子·则阳篇》记载:"蘧伯玉行年六十而六十化,未尝不始于是之而卒诎之以非也,未知今之所谓是之非五十九之非也。""化"就是不恃、不滞,"不囿于故也"(宣颖《南华经解》)。

"以上所说的意思是说他年已六十还能与日俱新,随着时代的变化而变化。这种寡过知非、与时俱进的优良品德为历代学者所称道。"——百度语。

"仿佛这个人每隔十年就要感慨一番似的。"——止

庵语。

再引两段话：

《淮南子·原道训》说："蘧伯玉年五十而知四十九年非。"

《了凡四训》记载："昔蘧伯玉当二十岁时，已觉前日之非而尽改之矣。至二十一岁，乃知前之所改，未尽也；及二十二岁，回视二十一岁，犹在梦中，岁复一岁，递递改之，行年五十，而犹知四十九年之非，古人改过之学如此。"

以上两段引自百度百科："蘧伯玉史事"。

我的感想：

之一，"化"就是"变化"，不过，可不见得非要一岁比一岁变好、一岁比一岁进步呀！何必呢？

年轻时，比如二三十岁，大抵是那么想的；三十进四十，也是；四十进五十，也马马虎虎；但眼看就五十进六十了，那个"化"就不再是"进化"，而是"老化"的"化"了吧！

之二，止庵说蘧伯玉"仿佛每隔十年就要感慨一番似的"。本人也喜欢这样。其实止庵先生也是那样，要不，何必在十年后再版书的序言中第一句话就说："今年我满六十"呢？

看来人还是挺在乎"十年坎"的。

我最近一直琢磨为什么人类要发明"十进位"这种计时方法？人活着为什么要时刻计算年龄？……

之三，人活到每个年尾巴回头看时，就一定要"非"过去么？

"是"怎样？"非"又怎样？

之四，本人"齐天大"才是那个"每隔十年就要感慨一番"的人——用我的著作。三十进四十时，我留下了一部《四十而大惑》；四十进五十时，我留下了一部《五十还不知天命》；马上要五十进六十了，这部正在缀连的《六十才终于耳顺》就是"逢十必感慨"的佐证。

之五，"五十九之非"？本人眼下就是五十九周岁。哦，还差半年呢，因此，这个时辰最适合写"六十之过"？

隔岸观火——隔着一年就要飞度的光阴汩汩溪流，手搭凉棚观瞧那六十岁的彼岸，我著书立说。

六、老伴抱怨:"你怕把她冻着,就不怕把我冻坏了吗?"

2021年1月7日,星期四,12时51分

这两天都是"创纪录"的日子。一是北京创了自1966年之后"最冷早晨"的记录;二是美国创了自1812年英军闯入美国国会放火之后又一次国会大厦被占领的记录,这次是被特朗普的支持者们占领。

由于太冷怕把新车冻坏了,就把她开到地下车库去避寒,但老伴不高兴了,怪我不开车送她去上班,言:"你怕把她冻着,就不怕把我冻坏了吗?"对于这种无理取闹的言论,五十岁的时候还当回事,快六十了,听着,就很耳顺而无阻挡,你让它从左耳朵进来再从右耳朵出去就可以了!

之所以用"她"而不用"它"说新车,是因为那种车的配件近期被检验出核酸阳性,而"她"是阴性的代词,说明俺们的"她"没毒。

近六十岁,隔了二十年又意外有了辆新车,那种感觉和六十岁得子也差不多吧,不惯惯是不可能的。

当然,以上是在调侃,不开车送内人上班,是因为怕开出去了回来没地方停车。你想,多冷呀,人都快冻僵了,还要在如同雷区、四处都是泊车的狭窄地段小心翼翼

地找停车位，万一她的新嫩蓝皮肤被剐蹭了……

冷天还有耳朵不顺的声音，就是坐56路去给老母报销药费单据时，上车以后听见刷卡机一次次说"老人卡、老人卡、老人卡"的声音。上车的都是六十岁以上的，都蜷缩在冬阳之下随车忽忽悠悠无精打采地呆坐，只有我那张卡唰了以后没啥动静保持静默，但是我知道：再过不到一年半，我刷卡时，就该会说"老人卡"那三个字了。

我寻思要不到了六十之后，咱甭去办老人卡吧。

关于孔子说的"耳顺"，郑玄在《论语注》中说："耳顺，闻其言而知其微旨也。"朱熹《庄子集注》："声入心通，无所违逆，知之之至，不思而得也。"

我感觉自己正在接近这个"闻其言而知其微旨"的境界，比如听内人埋怨我心疼车，就知道其实她比我更心疼"她"，我也能逐渐做到"声入心通、不思而得"，比如只要听见"老人卡"三个字，不用转头，就知道上车的人肯定比我岁数大，就自然会起身让座。

然而，美国国会大厦前那声枪响之后，一个女示威者（特朗普的"铁粉"）中枪身亡，感觉那声音就极其刺耳。

七、人命只在呼吸间

2021年1月8日，星期五，20时许

《四十二章经》第三十八章，记佛问沙门："人命在几间？"

曰："数日间""饭食间"，皆摇头，对最后一人所答"呼吸间"则称善哉，极言生命之短促。

《桃花扇》中"眼看他起高楼，眼看他宴宾客，眼看他楼塌了"，过程似乎长一些，意思却是一样的。

上面这两段话都抄自2021年1月的《读书》。

人快到六十岁，连写书都懒得了，就喜欢抄抄！

中午，站在被冰封的公园小湖旁，湖被冻得像一块冰川，和我在加拿大班夫看过的那种一样，雪白雪白的。我在湖边思考着上面两个"案例"，都是说生命无常和短暂的，一个说生死就在你能否呼吸，你得了新冠肺炎，不能呼吸了，就没了，被呼吸机救活了呢，你就能继续苟延残喘。

还有，人生如高楼，刚盖起来就摇摇欲坠，就想塌——除了比萨斜塔。比萨斜塔是卖关子，明明要塌了，却在那里硬撑着。

忽然想到六十岁以后的日子就仿佛比萨那个斜塔。2003年我亲眼见过它，只见它摇摇欲坠，它故作姿态，它头重脚轻，它基础已不稳固，总之，它有点头晕。

八、莫非是老父显灵？

2021年1月10日，星期日，11时04分

近日老父原先住的那个屋子的地板渗水，我找来找去就是找不到水的源头——一直不用水呀，就想到楼下去兴师问罪，又一想也不对：我家地板渗水，应该不可能是因为楼下的顶棚有条向上飞流的瀑布，水通常是由上往下漏的，就没去。

不知和地板的"无源之水"有何关联，近来晚上总做老父的梦，该出场的不该出场的他都出来，惊醒后去看开着房门的老父的卧室，并用墩布把新渗出来的水揩干净。后来，我在夜半三更终于想到了一个对于"从楼下往楼上渗水"的合理解释，就是两年前这个时段正是老父病危前的那个时候，他的灵魂肯定不甘心在地府待着，这是来显灵了。这么一想，就把那些蹊跷的事情一下子都想明白了，也就能再踏实睡去，然后再在新的梦里面和老爸频繁见面。

老伴昨天问那间屋子的地板究竟因何原因从底下往上冒水，我答是我爸显灵了，作为医生的她听后半信半疑。

本来我用"显灵说"把隔壁那间屋子的"渗水神秘事件"的缘由都琢磨清楚，并且不再追寻水从楼下冒上来的究竟原因，而且每天几次用墩布把新渗出来的水拖干净的

习惯也已经初步养成,没想到今天上午物业的小张咚咚敲门,说:"你家哪儿漏水了?"我边开门边说:"是不是楼下打电话找你,我还想到楼下找他们去问个究竟呢!"

小张进门后四处找水的源头,不一会儿就在厨房水池子下面找到了那截生锈后漏水的铁管,他关上阀门后果然地板不再渗水了。

小张说要想彻底解决问题,必须整体更换那个水池子。

老父去世两年了,我一直不主张装修这个已经二十年没动的旧屋子,本来是想留个老爸依然在场的念想,但现在看来,等开春、等河北石家庄的疫情消停点后,我真要彻底改动改动老爸"显灵"的那间故居了。

九、真想立马和这些冰场的"花大爷们"分道扬镳！

2021年1月10日，星期日，19时35分

下午冒着风险照例（每周末）去国贸冰场滑冰。所谓"风险"，是一上地铁就发现原来乌泱乌泱的人没了，顿感疫情的高峰正逐渐临近。石家庄人都居家隔离了，如果效果不佳，那么，北京去年"躲猫猫"的日子即将开始？

带着？生活，可能是未来的常态。

本来今天什刹海冰场已经开始营业，但紫竹院的还没开，不得已，最后一次滑室内花样冰。

由于球刀鞋去年起被禁止——因速度太快，据说也因去年出过一次事故，我不得不买了双花样鞋转型。

从球刀转花样的确不容易：球刀滑起来像螃蟹，重心在下面，腰要弓着；而花样滑着像虾米，腰要笔直挺着，否则，花样鞋前面那个小锯齿，据说是转圈时用作找"轴"的，就会像汽车上没放下的手闸，一个绊子，就把你放倒，因为你重心太低太靠前呀！

第一二次穿花样时，我就被放倒过两次。

即便转型基本成功了，我还是看不起那几个滑花样冰的大老爷们——他们太"娘化"了。你看，那个国贸冰场的招牌"劳伦斯姬大爷"正手抓着个红绸扇子颓丧地旋转。那个"二大爷"也穿着个烂背心不停转着圈圈，好似

被蜘蛛网网住、正玩命挣扎着的母蜻蜓。好容易见着一个滑得痞一点不老转圈的男后生，他滑得蛮熟练，动作也蛮刚劲，但就是穿着一件爬满了花蝴蝶的米黄绸子衫，滑起来一飘一飘的，一副"梁祝"中化蝶的情形。

总之，和他们这些"娘大爷们"为伍感觉极其不好，我特别怀念疫情开始前那些虎里虎气的滑球刀的"同路"们，但恐怕从此以后国贸冰场再也见不到他们那男爷们气十足的矫健影子，于是我期盼明天立即到来，因为或许明天一到，紫竹院的冰场就开业了。

十、第二次看田汉的《名优之死》

2021年1月12日，星期二，23时32分

疫情渐渐严重，王府井大街人流稀疏。

去赴约话剧《名优之死》。

首都剧场的戏，人艺的戏，田汉的戏。

记性不好了，等大幕拉开，才确认这部戏是第二次看。

话剧的表现手法掺杂京剧的功夫——这是剧中的极品，对演员的要求也最高。

田汉的《关汉卿》和这部《名优之死》无论看几遍都不为过，因为越看越耐看。回味下，竟然没有一个角儿、没有一句话是多余的。说的是一百年前的故事，但今天还那么时兴，我于是想：民国那些文人真把人性吃得透透的，也写得干干净净彻彻底底，几乎没给后人留下继续描写人性的缝隙。

这是否等于说当代人编的剧都是废话和可有可无呢？

那有些过分。

《名优之死》中的师父刘振声（闫锐饰演）和女徒弟刘凤仙（李小萌饰演）的艺术观不同：徒弟认为"唱戏是为了活着"，师父却认为"活着是为了唱戏"。乍看像是颠三倒四的文字游戏，实质却是"两条艺术路线的斗争"。

写作不也是同样吗？我知道的"作家"中似乎也有两种，一种是"写作是为了活着"的，另外一种是"活着是为了写作"的。前者是把写作当饭碗，写着写着就有可能不再写的人；后者是把写作当生命，或生命中不可或缺的一部分的人，这样的人会一直写、一直写……

比如，北京作协的张勇兄就必须每天写两千字，说那是一种"生理上的需求"，连颈椎都写出毛病了。

上面说的写作是指自己写，而不包括那些搞抄袭的人。最近因"抄袭门"搞得纷纷扬扬的郭敬明，不知这类人每天抄袭上几千字是否也出于生理上的需求？

死在舞台上的艺术家除了田汉笔下的"一代名优刘振声"，还有法国写剧本的莫里哀——他死得很惨很悲凉，另外还有一个为艺术而亡的，就是我的小说《柴六开五星WC》里那个经营厕所的大提琴手柴六，他抱着大提琴面不改色地朝湖里走去了。

《名优之死》里有几段梨园祖训，上次听了想记下来没能得逞，这次拍下来了，其中的一段是这样的：

此刻不务正业，将来老大无成，

若听外人煽惑，终究荒废一生。

文学是"正业"么？

也许是，但似乎有不太是。

假若不是，那真正的"正业"又是什么？

十一、邻桌那位大爷，你咋就那么猥琐？

2021年1月14日，星期四，20时01分

中午照例去广源大厦咖啡厅吃便餐时，我发现身旁坐着的那个自己同龄人模样的老兄——他咋那么猥琐呢？

他用餐时把桌子弄得乱七八糟的，把刀叉和脏纸巾混着放在一起，还一会儿一擤鼻涕；他面目特别丑陋，衣衫不但不整还净是褶皱；这还不算，关键是他吃饭时手中也抱着一本纸质书在看——那是个"读书咖啡店"，但他是我见过除我之外第一个真读着书的人。我用眼瞥，发现他那本书的书页脏兮兮的，上面用黄色彩笔和圆珠笔画得左一道右一行……

总之，有他在身边我就是食欲不佳，就想急着把饭吃完，然后急着想走。

忽然间我有些疑惑，我自己在别人眼里是不是也是这个样子呢？

他身上有几个明显的五六十岁男人的特征：首先，他相对地没经济问题。想吃啥就点啥吃，除了卡布奇诺咖啡之外还点了一大碗老北京炸酱面，外加果盘，还有一块炭烤金枪鱼蘸西红柿酱。其次，他特邋遢，浑身上下都是。再次，他极其闷骚。一个人吃着独食，最明显最令人不堪忍受，也是最让我起鸡皮疙瘩的，就是他正在看着一本纸质的书！

你瞧书上那些粗粗的黄道子——感情这位老兄看的还是一本"黄色"书籍!

这边的我正好手里捧着一本王小波的《黑铁时代》,其实这本书也挺不健康。

俺俩咋这么像!

他和我是"真假美猴王双簧"和"半斤对八两",我想说的是:其实自己看别人和别人看自己都差不太多。

人老了之后无论是谁都必然会显得猥琐,这谁都逃不过。

实事求是才是真,自欺欺人要不得。

由于最近苦心钻研"逼近六十岁现象",我这方面的新发现一拨儿接一拨儿地接踵而来。比如,我发现你只要细琢磨下究竟是什么年龄的人管你叫"大爷",就能知道自己真实的岁数。我是大约二十年前第一次听到别人管我叫"爷爷"的——因为辈分的原因,那孩子当时三四岁吧,我听他喊我"爷爷"半天没清醒过来:啊?你已经是爷爷了吗?但一想到是因辈分高而被叫,就没太伤感。但前两年我再次在合肥见到那个孙子的时候就开始真伤心了,因为我的那个孙子已经长到了一米八五——他长大了,我老了。

叫你的人是你年龄的"参照物",例如,前几年一般二十岁上下的人管我叫"大爷",但自从庚子年后不知是因为新冠肺炎疫情闹的失了常态还是咋的,就连看上去四十来岁的人也开始管我叫"大爷"!我真恨不得把他们的嘴巴像眼下英国封城似的往死了封!

时代在马不停蹄地前进,地球甭管"新冠""旧冠"就是死活不停地转,这是大自然的规律,想让它停转,想把你的岁数封冻住,既不可能,也不是我这类唯物主义者应有的态度。

还有,须知装嫩之类的把戏,既没啥用,也没啥劲!

镜头拉回到广源大厦里那顿"黄色的午餐"。我发现那个和我同龄的"猥琐大爷"把"黄书"摊在桌上,转眼人却没了。

我无心再逗留,把冷饭热汤吸吸溜溜地吃光喝光,然后把其中有"绿毛水怪"故事的《黑铁时代》放回到书架上,也姗姗地走了。

我再次发现王小波的文字是那么美,美得如同最好的诗,即便里面的内容有些个猥琐。

十二、必须重新评估一切

2021年1月16日,星期六,19时42分

在广源大厦那家"读书咖啡馆"里再找到王小波的《黑铁时代》读,发现一篇小说《这辈子》,开头是这样的:

这辈子——人有时会感到无聊,六神无主,就是平时最爱看的书也无心去看,对着平时最亲密的人也无话可说,只想去喝一点。因为什么呢?就是因为一切都看腻了,一切都说腻了,世界好像到了尽头。

这时你就感到以往的生命,以往的欢乐都渺小而不值一提,新的生命也不会到来。罗曼·罗兰教训我们说:可以等到复活。可是现在复活好像还没有来。

要是人离死不远了,复活就没有指望了。可是人都是越活离死越近。

人只有一次生命,怎么能不珍惜它。这是一件严肃的事情。

就是真正的世界还会觉得太小,何况这又是一个本身就是无聊的世界呢。

发出这番感叹的是一个叫"小马"的农村青年,后来他才知道他姓"陈"——梦里改的名。

王小波的确是王小波,小说写得很梦幻和悬疑,但不是一般那种"梦"和"悬",反正他的书得好好重读,顺便也重新评估一下。

我觉得,人到了六十岁前后,自己的评估标准就应该形成了——雷打不动的这种:别人愿意咋想咋想,反正我就这么想。这时候再不这么想,就有些来不及了。

《这辈子》里那个小马(陈)其实是在二十九岁晋级到三十岁的时候发出那一通人生感慨的,而眼下本人呢,比他的年岁都翻倍了,什么无聊呀、渺小呀都已经感叹过了,应该感叹点别的什么才符合这个年龄呢?

想说说"重新评估"。人即将到上公交车和进公园时不再需要买门票的阶段,有必要用自己独有的,已经极其扎实、顽固的,不是双重的而就是单一的,俺的尺度,将从前被自己和别人高估过的人和事情,比如书呀、人品呀、理念呀,给低估下来,同时呢,顺带把那些被低估的,给高估起来,剩下的,就是平估和平视。

几十年活过来,你或者进步了,或者退步了,或者原地没动,别的人和事情也是今天上、明天下的,总之,你要重新审视一切和考虑一切。

再不,就真来不及了。

其实,发出农村青年小马(陈)那番二十九进三十的无聊感慨的不是别人,正是王小波自己,因为推粪车的小马绝不可能读什么罗曼·罗兰的书。就连王小波自己再过十几年也要离开这个"无聊世界"了,他离开时,离六十还远着呢。

十三、从耳顺年的创新说到文章的抄袭

2021年1月17日,星期日,9时45分

看完我上一段的文章,一个老同学在朋友圈中留言:"这一段不都是王小波写的吗?"

意思是你咋大段大段抄别人的文章。

我看后想澄清一下:这可不是抄的,是我从电脑上裁剪而来的。

谁说六旬不能再创新了?我以前从不抄书,现在学会抄书了,就算是创新,就算是在个人的百尺竿头,更进步了半寸。

夜里再次翻看止庵的那本《沽酌集》——须知,我这部"六十感慨书"是受他那本"六十感慨再版书"的启示而写。我发现前辈可是真能抄呀,一篇《女作家盛九莉本事》里面三分之二都是抄录张爱玲的《小团圆》,人家曹雪芹写书"满纸荒唐言",止庵兄写书满纸都是引号!逼得你要带上老花镜在昏暗的夜色中四下找尾巴上那另半个引号的位置。当然,他写的是部书话,本身就是抄来抄去,也情有可原。

说到抄录,研究周作人的止庵先生是有榜样的,这榜样就是他为之作传的周作人。周家老二的全集我家有,是钟叔河编的,总共有七百万字吧,但作为著名的"文抄公",或者以"抄录体"为特征的那本文集中,转述的究

竟占多大比例，技巧是咋样的，我看都能做一篇博士论文仔细研究了。

知堂先生那时代抄书是要用毛笔一笔一画抄的，现在不同了，电脑上轻轻一扫描覆盖就挪过来一大段，要是他活到今日，依旧按那种风格写作，全集就远不是700万字能打得住了吧。

不过他的译文可是上品，我手头有一本他译式亭三马的《浮世澡堂》，文字可是一等，而且不可能是抄录别人的译文。

刚才谈论止庵、周作人两位先生抄书，我用的是半调侃的语气。正经地说，说到写作的素材，按我自己的归类，写作可分为两种：一种是"一手经验写作"。笔下所有内容都来自亲自经历，比如曹雪芹的《红楼梦》，我那本《自由之家逸事》也是。咋判断"一手货"？就是如果你不亲身经历、不自己在场，你压根儿想不到会出现那种事情，那些故事按常理都有点出乎意外，对别人来说是几乎不可能发生的。比如《红楼梦》，它的作者甭管是不是曹雪芹吧，没经历过那些大家族悲欢离合分崩离析的事情是写不出那些文字的，续写别人的故事更是难于上青天。这一点，只有写过小说的人才能推算和揣摩出来，因而我认同白先勇对《红楼梦》后四十回出自前八十回作者亲笔的说法。我还想说，如果你不写出一百万字以上的小说就没有最终的发言权，因为你算是外行。

另一种是"二手"的。止庵和周作人写的那些书话就是,都是成品书籍的归类和照搬,外加自己的评论判断。学者们写的论文也算是这类。我虽然也算半个"伪学者"——有博士论文为证,但习惯了用一手生活经历为素材写书的我,面对那么多抽象二手概念的学术论文,有一种莫名恐惧的不适感,就像在深圳机场瞧那种能让"密集恐怖症患者"却步的满是蜂窝眼似的雕塑时候那样,因为那些文章中的任何一个概念都是用无数"活经验""活生命",经过不知多少人、多少时间提炼而成的,比如什么"存在主义""现象学方法"之类的,假如你把无数个那种抽象字眼搅和在一篇几千字的文章之中,那会产生什么样的大杂烩效果呢?

再把话拉回我本人为什么在年逼六十岁才学止庵、知堂先生"打小抄"的话题上来。其实无非是想突破自己以前不太会抄书、只用生活体验写书的老套路,还有就是想弥补"别人抄、你不抄"的缺憾。当然,这还是在调侃,是想调侃一下近日的"郭敬明抄袭庄羽事件"。我大约十几年前就知道那本《梦里花落知多少》不是郭敬明自己写的,那时候郭敬明和韩寒横空出世,我也学别人找来那本书读,可刚翻两页就知道它不是出于一个二十岁出头男孩子之手,写书的肯定是个四十岁左右的妇人,它一定是假货。凭啥?就是凭写过一百多万字小说的经历和手感,因此过后我就再不翻看郭敬明的书了。

甭管世界是"小时代"还是"大时代",男人不会用女人的方式思考和下笔,这是不会改变的。当然,现当代，当电脑代替人写作，人连心脏大脑肝呀肺呀都能像零部件似的想换就换的时候，郭敬明之流用四十岁中年妇女的口吻写书，也不是不可能的，反正没心没肺没性别区分嘛。哦对不住，我当年误判了原作者庄羽的年龄，但那说明她笔法比年龄纯熟。

  书话和学术文章可以合法引用，而文学作品则不能，除了性质功能不同之外，可能还是出于商业利益的考虑。学术文章是不盈利的，出版要搭钱；后者出版后却有天文数字的收入，但那是福祸兼有的，一旦被判定是抄袭别人获利了，而且自己也承认，那么好了，别人肯定会想：你这个是抄的，别的难道不是抄的吗？这本书你该退我钱，别的你难道不该退吗？就好比说谎的人，你说了一句谎话，别人就自然会将你所有的话都推断成谎话。因此郭敬明的问题可不是什么道个歉，就能轻易蒙混过去的了。

十四、从赵忠祥的驴画一落千丈论人生评估

2021年1月17日,星期日,20时55分

刚说到人生的高估、平估、低估的话题,就在网上看到赵忠祥画作价格一落千丈的事。原本几万、几十万的画,据说如今最低的才100元。当然这只是网上的谣言,赵老师生前就曾痛批过有人说他搭皮鞋卖书,说那纯粹是造谣,是破坏安定团结——我现场亲眼看到的,并将其写到了即将出版的《小民神聊录》里。

正如赵老师生前就总喜欢搭着卖点什么那样,名人卖任何东西其实都有搭着卖的嫌疑——搭着自己的名声呀!比如写书的搭字(贾平凹)、练体操的搭运动鞋(李宁)。搞影视的呢?就什么都能搭了。你打开电视已经分不清凯丽究竟演的是电视剧中的慧芳,还是足力健老人鞋的市场部总经理。

但搭毕竟是搭,一旦不搭了或搭不上了,比如尸骨寒冷之后人们把你忘却,那么鞋就是鞋、画就是画,驴呢?最后还是驴。关驴啥事情?君不知,赵老师平生最爱画驴。

前年年末赵老师刚去世的时候,为表达哀思,我还照着赵老师的驴画了两头呢。

这样说来,人一生的价值评估,总共有这样几种方

式：别人的评估（普通人）、社会的评估（名人们）、历史的评估（历史人物），而对他们产生的那些副产品——说过的话、写（画）过的字（画）、做成的事业，也是几种评估法子一起上，有时这个起作用，有时那个被采纳，于是，你的一生就可能永远像股票似的，一会儿随大盘玩命蹦跳着朝上走，一会儿又随各种动荡因素疯狂地下泻。

对付这些不确定性我想出这么两种破解的招数，能使你不再在乎"身后驴"价码的起伏跌宕。第一是你啥都甭在乎，到时眼一闭你就忘掉一切；另外一种呢，就是除了驴你再多画点别的，比如马呀骡子呀（学徐悲鸿），蔬菜瓜果昆虫呀（学齐白石），实在不行，你就画画圣玛丽亚（学意大利的拉斐尔），总之，倘若只将画的目标锁定到一种类别，比如驴子或者猫狗，你的遗作早晚像赵忠祥老师画的驴那样，身价从几十万元猛地一下"宕"到100块人民币。

惨痛教训啊！

吾辈均已奔六，职业生涯将贴边际，人生总结报告已经有人催交，生命价值评估小组也马上准备就绪……于是，只见俺们小鞭子一摇，不慌不忙，嘚！驾！狠抽一下胯下毛驴，走你！

十五、写这部书的复杂心情

2021年1月18日，星期一，18时41分

这部《六十才终于耳顺》在焦虑中写着，每个字符都在不确定性中跳动，因为它不同以往，这是本人第30本文集，也是600万字的最后一个10万字，它就如同是花样滑冰自由滑的那最后一跳，如果能不跌跤将它跳完，就能够得到一个为数不多的高分。

打分的人，正是写书者自己。

心态十分复杂：越接近目的地的就越不寒而栗，就越战战兢兢前怕狼后怕虎，怕压不过前面29部"主题交响曲"，怕写着写着文思会枯竭在半程。行百里者半九十，这是第九十七八里，因此，一定要咬紧牙关，将自1994年开始的"文字跨国马拉松"（从加拿大起跑，跑过日本列岛，跑过中国的各地）再跑回它的起点，但起点是在冰冷的蒙特利尔，那算了，就以此时夜幕下的故乡北京为终点吧。

写文章者，假如你的目标是珠穆朗玛的峰顶，那么一路爬上去，你永难预料风云如何变幻，也难断是死是生。对于行文者来说，有时候生就是死，比如你活得万般顺利的时候，你的文章文字肯定就假大空；有时候死就是生，你心的酸痛或别人生命的罹难，比如去年新冠肺炎全球大暴发，于文章和文字，倒变成嗜血的巨大源头，你（们）的笔，就好比逢甘霖的久旱地，或是饥渴想吸血的蚊子，是呀，"文字"不正和"蚊子"同音吗？于是，在别人哭送亲人的时候，你（你们）诗兴大发，你们的笔端无比流畅，流出来的是感叹、是反省、是赞扬，再或是用诗文相互慰问的肺腑之言，但是，谁又能咂摸出行文者骨髓中的不厚道和残忍？

你们蘸着别人的鲜血，养肥了自己的文章。

十六、我画一张"也应歇歇"为特朗普大爷送行

2021年1月19日,星期二,18时41分

2021年的第一场雪将紫竹院的湖面染成了银白色。

看来今年的冰球是打不了了。不是不想坐地铁去什刹海打,以前也不是没那么干过,但手拎球杆上地铁,特容易被当成有恐怖嫌疑的人。从前年轻时还行,地铁车厢里的个别观众知道我那是要去打球,现在老迈年高,就有些不太合适了。

人贵在自知。

紫竹院冰场不开或许是担心疫情,其实冰场上人与人的距离是最远的,尤其是你一个趔趄、我一个马趴摔跤的时候,只那么一下子,就将原本朝一起凑的两人之间的距离给撕开了。

做决策的人普遍是外行。

看样子,今年可能歇工。

也不是没想过不穿球刀,而是穿着新买的那双花样鞋去什刹海溜溜,但我总觉得花样鞋毕竟不是大老爷们该穿的。试想象下,我以钟鼓楼为背景,在很多围观群众的"监视"和手机镜头下,老汉我,一个马上六旬的老爷爷踩着两块西瓜皮似的花样鞋转圈子,那画面似乎不那么雅观,也不太成体统。

说到老人的话题，这不，美国总统特朗普明天（20日）就要卸任退休了，我画了一幅画为他送行。在读九十岁画家、杂文家韩羽写的《我读齐白石》时，书里有篇介绍齐白石画的文章《也应歇歇》，我发现这幅画真有情趣，正好可以配上我这个说人生命蜕变的集子，于是就照着画了一幅，本来想送给自己，但画上面的部分空白太大，觉得单写给自己有些浪费，这时候忽然一个奇怪念头产生了：明天就是特朗普大爷即将变成"前总统""老总统"，另一个比他更老的拜登就要登基变为"新总统"的日子，为何不把这画送给此时正在深度郁闷中的老川普呢？好歹他老人家让这个地球热闹好玩了四年。于是，我就在空白处用齐白石体写上："也该歇歇——送别川普大爷！"

明天过后，特朗普和美国将何去何从？"川普（四川普通话）大爷"是否回归"用普通话交流的老者"？天晓得。全球人都在迷惑。但对"老人政治"我总是不放心的。老人是能做事，但做得甬太离谱，大自然淘汰你我，咱该下台下台。君不见，特朗普（74岁）和拜登（78岁）先生、佩洛西（80岁）女士，他们哪个不是走路摇摇欲坠忽忽悠悠，在家抱重孙子没大问题，但老要决策一个大国和与地球人相关的重大事件，难免就有些我行我素稀里糊涂。

俗话说"老小孩、老小孩"，人老了就必然会孩子气，不信你打开电视看美国政坛上他们几个超龄老头老太

太每天打打闹闹，多么像几个任性的老小孩在享受着谁都不想放弃的老年游戏？

也罢，别人家的事情老齐你瞎操心啥？咱观湖吧！你看那湖面上的薄雪就如同稀罕的"白粉"，轻薄覆盖在湖水上面，可惜不是能被本人冰刀划过的厚厚冰层。

十七、昨日湖畔烟云：我学雷锋搞"熊抱"

2021年1月21日，星期四，9时52分
美国第46任总统拜登宣誓就职约9小时后

越想越后怕。其实该后怕的不是我，是昨天湖边打架的那几个六十来岁的老太太。其中一个的脑门上被另一个用手机砸了个大包，紫茄子色的，光鲜亮丽，于是她一个猛子冲回去报复，但被我紧紧抱住，我朝旁边围观的男人们大喊："你们咋眼瞅着这几个老太太大打出手却不阻拦？"我说这话时，那个被我紧抱着、脑门上有个新包的牛一样壮实的老太太使劲挣脱了。见制止不住，我赶紧给紫竹院公园管理处打电话，说："快来人吧，晚了就出人命啦！对，就在冰场旁边！"

老太太中有一个"党代表"（男的），他说那个被打头的穿深色貂皮大衣的老太太属牛。我寻思按今年马上就牛年核算，其实她正好六十呀！那男的还说，她退休前是二十家"大公司"的老总。我好奇地问，那些公司真的很大么？那男的回答说是的。"那她们咋还在众目睽睽下老拳纷飞？""党代表"说他们几个都是同一个湖边歌唱团的，前阵子因小事闹了别扭，今天已经一同吃饭和解了，但刚才还是因谁的一句话，就开始了非洲野母牛间的拳脚械斗——用硬核的手机狠砸对方头部。

她们互殴的时候，劝架的一个老太太说："我完了我完了，我血压现在130。"要是低压130的话那真危险！那个头上长紫泡的"牛姐"对我说："小兄弟，你甭死死抱我，你少管闲事，我跟她拼啦！"我心说我再不管，你们怕要出人命！

听说公园的人就被我招来，她们才呼啦一下散了。反正都知道根底，还要等以后再约架吗？

事后我们几个人边走边议论刚才老娘们互殴的事件，一个四十来岁的"男观众"边走边对我说："您甭管她们，让她们使劲打，后果自负。他们那代人的素质整体就是差，尤其是六十岁以上的北京人。这些北京人天不怕地不怕，就怕上级管理部门，您刚才一打电话，她们知道公园管事的要来了，瞧，'噌'一下就没人影啦！"

哦，是吗？

我听话茬不对，就溜走了。

故事还没说完。正好湖边有个中年女子在手风琴伴奏下声嘶力竭高歌《英雄儿女》里的《英雄赞歌》，当唱到"为什么战旗美如画，英雄的鲜血染红了它"时，一个厚重的中年男声附加了上去，我纳闷谁的嗓子如此"文工团"，一看不是别人，正是刚才互殴的几个老太太中的那个"党代表"。他似乎已将刚刚结束的在我看险些出人命的那场手机互砸脑壳的激烈战斗瞬时忘得没影子了，正陶醉于和别的业余湖边女歌手的激情互动之中。

回家后我琢磨了很久，直到现在也没太想清楚：难道，59岁的人（我）和60岁的人（他们）的差别真比朝鲜"三八线"还清晰么？难道一步跨过去，那一头，就那般凶险么？

十八、从河南济源"打人书记"下台联想到我也曾被女领导暴打过一拳

2021年1月22日，星期五，9时37分

从湖边黑貂皮衣女老板动手打人说到现实中的领导动武。

早晨手机上传来一条消息：河南济源那个当众打市秘书长耳光的市委书记被免职了。这条消息是这些天的热搜话题。前天《北京晚报》有一条社论，标题大大的，说《一把手的手，不是用来打人的》，我瞧了觉得挺有意思，就取出来单放着，想着回头再仔细琢磨琢磨：一把手的手，不是用来打人的，那是用来做什么的呢？

想着想着就又联想到自己头上了。这是老伴对我意见最大的事之一，老说我有那种本事，能将世界上发生的事情只拐几个弯子就绕到自己头上。似乎是的，能联想是本人的特殊本事，而且本人有一种别人可能绝对不会有的特殊联想功能，就是我打开电脑放个任何语种的视频电影，英语、法语、日语不用说，哪怕是波兰语的，我睡下后，不一会儿就能不由自主地做一个"华沙一条街"之类的梦，梦中出现的人在叽里呱啦地说着电影中的语种，也就是说，我能在现实中播放着电影的时候，躺在床上，在脑海中编织另外一个和桌上电脑放的电影内容截然不同，但国情、语种相似的"自制电影"。比如电脑上说的是法语，我梦中出现的人就都说法语，连中国人都是，背景可能是法国或是魁北克的一条街，如此类推。这不是编造而是千真万确的真实，因此我经常怀疑：或许是因为自己头脑里各种文字符号太多了的缘故。但有一点是可能的：人在熟睡之后脑子和外界的交流还没有停止甚至还很活跃，而且睡过去后人脑和外界的声音依然能够时刻互动，人脑甚至可以进行创造性编剧——跟着脑外传来的声音，编织自己的故事情节。

不知别人是否也有这个本事，反正本人经常这样，这极大地丰富了我睡梦中的文化生活。

我在《妈妈的舌头——我学习语言的心得》写过一句别人的话："多学一门语言就等于多活一辈子。"现在想多加一句自己的话："多会一门语言就能在梦中多看一国语言的自拍、自导的电影。"

说到别的话题上，竟把"领导打人"的话题忘了。人接近六十岁和职业生涯理论上的边际时，就是喜欢也需要对从二十岁出头就开始的职业生涯进行总结梳理，就如同前两天特朗普离职前哪儿都不去，就去他主导修建的那个"美墨边境墙"去转悠一下；他告别时各媒体纷纷做节目，对他任期四年留下啥样的"遗产"进行回顾和总结。

梳理一下我从业近四十年（自1984年）的过程。好的先放到一边，不好的，和同事发生口角和肢体冲突的也

不是没发生过。比如20世纪90年代在蒙特利尔的国际出口部,一次严重的口角之后,我和经理克里斯先生抢着狠命拉门把手,那有些接近肢体冲突的边缘。还有自己年轻时脾气不好,四十岁前后当建材公司老板的时候有一次对着下属大发雷霆狠摔门,现在再回想起来是有些仗势欺人的意思。当然,后来去学校工作了近二十年,步入为人师表的文明环境之后,急脾气和坏的就基本没有了。

我被女领导暴打一拳的事件发生在20世纪80年代中期的东京,是在中技东京代表处。当时我们的副代表姓"慈",那年她四十多岁,人特别厉害,别人不太敢招惹。当年的我二十岁出头,有一次我忍不住了,大骂她一句:"你简直就是个泼妇!"尽管我说出的是同事们都一致想说的话,还是挨了慈阿姨(那时候很奇怪,管比自己大二十岁以上的同事们叫"叔叔阿姨")一记狠狠的"左勾拳"(从我这边看是右边)。那劲头和动静真够大的,惊动了楼里常驻的所有各单位的同事们(包括新华社)前来劝阻,不久,"小齐在日本挨××打啦!"的消息就随风传遍了东京相关单位和北京中技总部。

不过后来那件事情还是让老赵(我们的办事处的正代表)给妥善处理了。具体过程我忘了,无非是我向慈代表道了歉,说不该说她是泼妇;慈阿姨呢,也做后悔状,说作为领导,尽管不是一把手,是二把手,但二把手的手,也不是用来打人的之类。

再后来,老赵节节高升,最终当上中国进出口银行的副行长。我从日本回国后,和李叔叔(慈阿姨的老公)成了一个办公室的同事,大家都你好我好的,像是一家子一样。

十九、我们战"新冠"

——靠聆听威尔第的歌剧

2021年1月23日，星期六，22时21分

刚几天，北京和中国许多城市就生活在被"小新冠"偷袭的惶惶之中发抖。20日大剧院的舞剧《白毛女》被取消了，因为上海芭蕾舞团不敢来京。因此，刚做完第二次核酸检测，我就赶紧补上一场今晚的威尔第经典歌剧作品音乐会：大剧院合唱团，熟悉的面孔，熟悉的指挥——吕嘉。

威尔第的作品永远是那么豪华，豪华的旋律被豪华阵容演绎。今晚即使没有现场歌剧的人数众多，但熟悉《弄臣》《茶花女》《阿依达》这几个剧目的人仅凭想象，就足够润耳了。

听，《阿依达》中的《凯旋进行曲》在仅有半数多观众的大剧院的空气中回荡着。上次还可以用口罩有一搭无一搭地遮着半张脸，把鼻子腾出来喘气，但今晚不可以了，因此眼镜上云山雾罩的，要不是真喜欢听这些曲子，谁受这份子罪呢？

六十岁想耳顺，但眼睛迷糊。

人类什么时候才能从这一轮新冠肺炎疫情的灾难里，像《阿依达》里那样凯旋呢？

我十分悲观：地球六七十亿人，只要有几个人还携带新冠肺炎病毒，那么短期内就甭想像《茶花女》中那样高唱《祝酒歌》。如此推想，难道未来几年，甚至十几年、几十年，地球人都要回归到意大利歌剧和中国的昆曲在地球上"分居两地"繁荣发展的十八九世纪——当时东西方人各过各的，用两类迥然不同的理念和方法把歌唱舞蹈艺术推到了各自的巅峰。

我在看台上消极地想：有可能，地球上的人类从此进入偶尔彼此稀稀拉拉来往一下子半下子的地步，比如零星地派一两个使者互访，从此艺术上也各干各的。

但今晚还不是。今晚，中国歌唱家们用不如亚平宁半岛人宽阔的肩膀、用不比他们的音域宽大的嗓音以及他们的语言——意大利文，在高唱着威尔第的靓丽旋律。

即便他们的意大利语我听着似乎元音有些干瘪，也远没有意大利本地人的饱满。

我同时将其和京剧进行着对比，并发现了一个再明显不过的常识：京剧艺术家们个个文武双全，这一点意剧歌唱者远不能及，而且大多数的他们嗓子没有个性、都是彼此的复制品，但他们的长处在于合唱、在于共鸣，而共鸣带给人的心房震撼和情感震荡，是咱们各唱各的京剧所不能比拟的。

因此，意大利歌剧的演唱，如国家大剧院歌唱团这般高水准的，是宗教性极强的音乐，你欣赏时压根不用像我似的、还不时对比一下中意互译是否正确，就能够体验到

如同在教堂中、在旷野里聆听上苍旨意、耳闻造物主教诲的感觉，因此你必须洗耳恭听，别遗漏半个音符。

有这么好的声音，再堵塞的耳朵听两小时后，也必然会通畅了吧。

二十、从《读书》沈公仙逝到
《新京报·书评周刊》寿终没能正寝

2021年1月24日，星期日，13时03分

一跨过六十虚岁的"大线"，我就采取只听好消息、不看坏消息的态度，但还差半个月没到，眼下就连着传来坏消息，都是和读书有关的，也说一些吧。

其一，是《读书》元老沈公（沈昌文）去世的消息。说他90岁其实是虚的，沈公是1931年9月生人，人们把他说成九十岁高寿，是一种期盼。谁不希望自己喜爱的人，更高寿一点呢？

《读书》是"书的书"，记得自从有那个小本本的时候——还是我上大学时吧，我就每期都买、都读，几十年下来，眼瞅着我家都快成为《读书》收藏馆了，而它的生父之一的沈老先生，却离书而去。

上海人北方化，我记忆中所有我认识的上海人都是"中国人中的极品"，打小在十里洋场中耳濡目染，即使没进过什么学校，但生活环境本身就是一种素质教育。沈先生携带着那种情趣和眼光，搞出一本"母鸡书"样的杂志，虽然体态小，但范儿大、格局大、体量大（包含其中的知识的体量），因此可以说《读书》其实是每月压制出的一小块的"知识压缩饼干"，它有些固态，内容很"硬

核",因此咀嚼费力,但经吃、解饿、解渴。

我想说的第二个书界坏消息就是,莫名其妙的,连招呼都不打一下,《新京报》周六的《书评周刊》就停止了,就从书林中蒸发而死,那也是我十几年(可能更久)每周六必吃的一道精神套餐。谁做的这个决定?不是说2020年一过就把晦气全都带走了吗?咋2021年第一周俺的"阅读头餐"就断供了呢?

十几年的《书评周刊》我家都有,也能放满一个书架,它是我这些年教留学生文学的最佳教材。同时我敢肯定,它不仅是《新京报》的最亮点,同时也是文学评论中的极品。它学术却不呆板、应景却不随波逐流。就比如每年的诺贝尔文学奖吧,周一某人刚得奖,周六你打开《书评周刊》,肯定就会有那个得奖作家的全方位报道:有细节介绍,有历史梳理,有专家评论,有中外比较。总之,它几乎是最全方位和最权威的文学评论周刊。无论别人咋想咋看,在我心目中,那八个版面的《书评周刊》是全世界书评中水平最高的。但哪知刚到2021年,招呼没打一声,它就忽然在世间消失,这寿本不该终,当然就没法在棺椁中正寝了。

你走得好可怜啊,就连两声叹息和小型追悼会都没有。

写于再次确认《书评周刊》已经不存在之后

二十一、原来花滑也能滑出雄风

2021年1月28日，星期四，19时27分

北京又降温了，庚子年的冬天还在垂死挣扎着，不情愿让丑牛接班。各种诅咒2020庚子年的话听得太多之后，也没那么不顺耳了。

我活到这么大岁数，头一次听到全地球的人异口同声地驱赶、咒骂一个年度。

当然，美媒抱团挤兑封杀还没卸任的总统特朗普那也是头一回见识。

刚才从4号楼门洞前经过时，"寄居"在那个门洞里的老牛（他平时靠洗车、卖冷饮谋生），老远就对我招手喊："刚下班呀！"

"是——啊！"我迟疑了一下答应，纳闷他咋说我是"下班"呢？哦，原来我手中提的内有花样冰鞋的那个大提包，让他误认作上班用的公文包了。

花滑也能滑出"雄风"，这是我下午才领悟到的。因为是周四，国贸冰场人不太多，我就能兜大圈子滑。照着一个男青年的样板，我一步步有板有眼地前脚压后脚，滑几圈后有一个意外的发现，就是和球刀不同的是，花样刀宽而稳，因此滑大圈你右脚往里面跨时，左脚能够非常平稳地作为轴和支点，这样，你只管大胆地前腿往前迈出

去、跨进来，保证你兜的圈子大而有弧线。

我学习着前面那个"榜样"，就那么有板有眼地叠着步子滑行，但他个子矮，滑的圈不会太大，而老齐我呢，一米八的我一个步子甩出去再跨进来，似乎就把半个冰场都覆盖了，像去年年末"国贸嘉年华之夜"花样滑冰冠军张昊那样。

我终于尝到了花滑的甜头！唯一的遗憾就是人老了身体柔韧性差，腿脚筋骨不像小孩子们那样说弯就弯，说踢就能踢起来，但老人家我步子大也有力量，这是打冰球的"童子功"，大长腿放到这个小圈圈中，几个步子迈出去，横行霸道得足以吸引眼球。当然，那不是俺的最终目的，老年人滑冰是为了迈开腿、甩开手，防止血糖升高呀。

昨晚去大剧院看舞剧《李白》。回想下，其实整场那个代替"一号舞者"（他膝盖受伤不能演出）扮演李白的"白衣诗人"，整晚上不就像在冰场上那样秀一个基本动作——转圈圈么？那个"诗仙"不停地转着，手里还拿着本诗集，而我在三楼"高悬着"用望远镜看他劲舞。

因为昨天获悉"马桶三部曲"CIP已经获批，时隔整二十年又能再版的激动日子，我竟然冒充"大尾巴狼"——心里以李白自居起来。他不就写了"天生我材必有用"吗？李白也就是作家啊，但他是作协会员吗？他会滑球刀和花滑吗？你干嘛老转圈圈不停？你就不能用更丰富一点的肢体语言表现李大诗人吗？比如倒着转之类的，那些俺可全会呀!

　　谢幕时那个"二号诗仙"似乎对我从三楼上喷下来的"吐槽语言"(隔着口罩)颇为不满,为了证明自己的真正实力,人家竟然从一团花簇般的"唐仙女"伴舞群中连续两个鹞子翻身跳了出来,然后冲着三楼的本人得意地挑战地笑。

　　这我可没脾气,谁叫人家才二三十岁,而老夫我虚岁已六十了呢!

二十二、2月8日中小学生作文课教案

2021年2月3日，星期三，21时25分

新思维开放型作文——道理和实践

一、什么是好的、有趣的、区别于俗套的作文？

说真正想说的话；

写得有新意；

读后有启发。

写作过程过瘾。

二、为什么写不出来有趣、有新意的作文？

因为思路被"套路化"了；

因为没独立思考。

写作文，其实首先是思想作文，而思想作文的过程就是作文本身；想明白想清楚之后，手听脑子指挥，将思考内容记录、呈现。

三、"套路作文"成灾的原因

（一）题目基本上都有预想的答案，是寻找和抄袭答案，而不是思考过程自身——我思故我在，我写我所思。

（二）世界是无比丰富的，是在万端变化中的，任何事物不可能一成不变，在变化中思考，思考变化的问题的那些没有固定答案的答案。

这个过程就是用脑子构思、用思绪写作，然后用笔记录到纸上。

习惯思考之后,答案自然会是无限和多元的,因此,用灵活的脑力去对付套路文章——它们相对静止,你就会有很多种解决方案,就能写出无数种文章,其中那篇最好的,就是所谓的"范文"和"满分作文"。

那么,什么是锻炼思维的好题目和"俗题目"呢?

后者是有预想、大家都能猜个八九不离十的答案的,比如:今天不刮风,那么,明天PM指数是高还是低?这种问题不管问谁解答得都差不多,连人工智能的"小度"都会,那是凭常识,不用思考。

换一种烧脑的法子问同类问题:

今天的PM值是200,而且今年的平均值比去年的高10%,假如你是环保局局长,你将采取哪些措施和步骤将这高出的10%降下来,降回到年平均50?

"小度"给不出这种题目的答案,因此问题合格。这就是我们期待的"好作文问题"。它没有固定答案,答案在于思考、在于展示你的思路——当你写作文的时候。因此,这种"作文"应该是"做文",用自己的头脑构建、构思,然后生成文章。

锻炼独立设问、思索、选择最佳答案的能力。

能力出自习惯,习惯思考之后,写作文时路数自然会变化多端,能随机应变、自圆其说。

十几年前我在北京语言大学教政治课时,期末出的是

一道开卷题，就是让学生想出一套两岸统一的最佳方案。哪个可行性高，就得高分。

出几道作文题诠释以上理论。

1.我在手机（最喜爱的电子玩具）丢失之后的三天里。

比如：怎么丢的？

当时的你怎样了？过半小时之后的你又怎样了？一个小时、八个小时之后呢？人与科技工具之间应该是什么关系？你的情绪，你的方略，手机里究竟什么最重要？你会遇到麻烦吗？第二天、第三天之后……

总之，使劲放开想，就像构思《三体》或《流浪地球》那样。比如：你自己的反应，家人朋友的反应，没了手机你还会有朋友吗？……

2.特朗普和拜登谁更适合当美国总统？

千万甭学套路作文那样老是要去火星，美国的商业火箭刚刚在沙滩上爆炸了。咱想点实际问题。

这个问题可以有无数种答案。设想一下，如果你是美国人，你选谁？你会参加哪个党？那假如你是中国人、法国人、英国人、德国人呢？先搜索一下这些国家和美国的关系如何？

你要是外交部发言人，拜登当选后你会怎么评估？

这个问题本身没有答案，问它是想让你们关心国际重大新闻。不是要共建人类共同体吗？除了关心自己的国家、民族,还要每时每刻放眼世界。

3.你认为这次新冠肺炎疫情会延续多久?1、3、5、10年?任选一个数字,思考生活问题。

这道题目可分成四个假设——1年、3年、5年、10年。

那么,在以上任意一种假设下,你该怎样生活?你的家庭会怎样?你的城市会怎样?你的生活态度和人生目标会有哪些改变?……

这个问题其实不是捏造的,它是眼下地球上每一个人都在考虑,也应该考虑的。

4.辛丑年春节期间的奇闻奇事札记。

具体是什么都行:你亲身经历的,你电视上看的,你耳朵听到的,你书上看的,用你所有的潜能(你的五官,你的心智、你的敏感、你的热情),写一些不记录下来这个年就等于没过的消息、新闻,是喜是悲、是好是坏、是庸俗是高雅都不重要,重要的是,2021年开春你用自己的头脑思考了,用你的眼睛环视了,用你的心灵感悟了……最后呢,用你的文章向我们所有人证明:这么光鲜的"牛之春"你没白白度过!

以上四个题目任选一个,如有不喜欢的,还可自拟题目,不过,要用没有固定答案、答案在思考过程那样的题目。

能自拟这种题目的你,一定比齐老师我还要高明!

最后,祝春节快乐,祝(做)作文快乐!

二十三、复兴商业城停车场那三个湖北同龄老弟

2021年2月4日，星期四，16时50分，小年

俗话说"兔子不吃窝边草"，但"老虎"不在乎是不是窝边草，俺通吃——当然，我是指写作的食（素）材。

在《四个不朽》的第一部分，我写了《我家周边五百米》，将复兴门外大街周边的这些故事一扫而光。之后呢？我就闭上了"老虎"眼睛。然而自从买了车之后，他们三个（复兴商业城停车场负责看车的三个湖北老弟）那一身黄蓝色相间的制服，就始终晃悠在我车头前，没他们的指挥，我们倒不进车位，一进我家这片如同越南丛林四处有猛然窜出来剐蹭你的爱车的"猛兽"的"死亡地带"，我的眼睛就必须搜寻他们仨的踪影，向他们求助。而他们呢？那时候就俨然是指挥若定的大将军，用"倒、倒、倒，听话，倒，放心，你只管倒"的不容置疑的口令，指挥司机们精准无误地把似乎压根儿就不可能停进去的车，给死活塞进那些昙花一现般偶尔出现的空位里去。

从去年11月份我有车的时候开始，我就一直想写他们哥仨。三个湖北佬，其中一个和我最要好的，总笑眯眯的；第二个面相迟钝忠厚；第三个长相有点邪性，湖北口音也重。

虽然看样子他们与我是同龄人，但他们没一个细皮嫩肉，不，应该说都是饱经沧桑——夏天雨淋日晒的，冬天刺骨寒风吹的。俗话也说"人以群分",年近六旬的人,最喜欢和那些一样也有六个十年年轮的"大树"们套近乎,因为彼此有"同龄感觉"。比如,坐出租车时,一打听对方是五十八九岁,我就会变成话痨,而他们——我那些同龄兄弟们,也会,比比谁有孙子了呀,比比谁头几十年都干过什么呀,但当该下车的那一刻到来时,你们的话匣子就会戛然终止,二人就会立马务实——你得用手机付钱了呀!

之后你下车了,他开他的车,你进你的校门,各奔东西——在我打车去学校的时候。

自然,甭管挣多挣少,再健谈的出租车司机或许也会寻思:那家伙打车,而我开车,咱俩都大半辈子过来了,我却是底层的。去年12月份在深圳认识的那个王司机,就直接对我那么说。

逼近六十岁的人每个都已经在自己的事业尽头做着盘点的工作,等"大限"一到,就都将下岗、离开职场、退休,有孙子的抱孙子,没孙子的呢?就抱一棵大树吧。

对打车人来说,所有出租车司机们都一样,你打车时,他们会出现;你不打车呢,他们是路人。有车前那三个停车场看车的老弟在我眼中压根就没存在过,但一旦开上了车,指挥停车的他们就一下走入我的生活。

有时候我总爱想:我们隔着的不只是一层轿车玻璃。

其实这层玻璃挺不厚道甚至是残忍的,尤其是在零下10摄氏度北京最冷的时候。那时候,他们的笑容僵硬了,

他们的彩色制服失色了,他们就如同《冰山上的来客》中抱着枪在冰雪中站岗被冻僵的、即将被怀念的"战友":由于都是同龄的半老人,我才有那种切肤感觉。

　　同龄者,相怜也!

　　今天是小年,蜡梅已开,阳光也特充足,他们哥仨在刺眼的阳光下守候他们那个"岗楼"——停车场专门为"指挥们"搭建的地方。

　　那个笑眯眯的老弟对我说他已经59了,也是属虎的,1962年末生人,比我小几个月,因此他管我一声声叫着"大哥",而那个面相憨直的生于1963年。笑眯眯老弟说他的孙子都五六岁了,已经无后顾之忧,说他们哥仨将"生命不息,冲锋不止",一定要把"停车场指挥将军"的工作干到底,为自己攒足养老钱。

　　今天没开车,我朝地铁站步行。他们的笑脸如小年一样光鲜,在手提"公文包"的我的背后闪烁。

二十四、方梦颖的白天鹅已经达到了化境

2021年2月4日，星期四，23时03分，小年之夜

"化境"是艺术的最高级别，是登峰造极。无疑，今晚中芭达到了，跳"白天鹅"的方梦颖也达到了。有时候，你恍惚间觉得舞台上的白天鹅已经不是人类，是鸟类，就像我在紫竹院看的那些不知从何而来又不知要到何处去的不知名的鸟，人神之间已经没有了距离，人的胳臂（天鹅臂）已经不是人体的肢体，而是鸟类的翅膀。

天鹅的忧郁，天鹅的哀叹，天鹅的饱满情绪，天鹅翅膀的呼扇呼扇。

俄罗斯原汁原味的《天鹅湖》眼下已经不大可能在大剧院再现，但中芭的还有，也是这般的完美无缺。

柴可夫斯基的曲子，从音乐响起的那一刻开始至结束都没有一丝一缕的瑕疵，他一生谱了那么多曲子，就是没有一点点的缺陷，因此，他本身就是人神。我边看边瞎寻思：究竟是他先谱的曲呢，还是先有人编的舞？假如没有事先编好的舞蹈，那么，他怎能把这些旋律和后来的舞台那么严丝合缝地对接呢？

这是一个先有鸡，还是先有蛋的问题。

或许只有在国家大剧院最高的三层楼上危坐着"高瞻远瞩"才能领略到这台舞蹈编排的匠心独具。经过千万遍不同种族剧团的打磨之后，舞台上的视觉形状和空气中回

旋着的"老柴"编写的那些音符已经把人类美学理想的所有死角都填充得没有缝隙。它(《天鹅湖》)实在是太完美了!它逼迫得这台舞剧之后所有的世间艺术,都变为顶峰之下的低端。

二十五、我看贾平凹父女的"文二代门"

2021年2月5日，星期五，8时43分

最近贾平凹的女儿贾浅浅因几首"不雅诗"而爆红网络。

我喜欢搜"今日头条"，但这个网站有个本事，一旦你看了一个消息，和那条有关的所有消息就会源源不断地呈现在你面前，整得你真分不清究竟这个新闻是由于你第一次点击被裹挟而至的，还是真的就是火爆新闻，真真假假，乱乱纷纷。就说这个贾浅浅的诗吧，几天之内所有种类的骂，他们父女似乎全闷头挨了个遍。出于各种心态的都有，有的嫉妒老贾用《暂坐》包揽中外十二钗的情感，继续他在《废都》中那个庄之蝶式意淫。这么想的普遍是男看客。女人们呢？贾浅浅的"文二代搭便车"让女人们嫉妒心大起。于是，一男一女两个全覆盖的"愤愤集团"，就毫无悬念地将他们父女的"恶名"，像以前获得美名那般，噌地推到了头条的顶点。

我甚至私下怀疑，这一轮"屎尿黑"贾氏父女是被一个造星高手暗中操作的。因为在此之前贾浅浅压根就没在人们视线中出现过，而这么一来，几天内全天下皆知道她是个女诗人，"勾引"得老夫我也从网上火速买来她的诗集《椰子里的内陆湖》（人民文学2020年版），目的很明确，就是想窥探里面还有哪些更恶心的东西供我批判，以

满足文人相轻的可以告人的怪癖。

但是,书到后刚翻了两三页就大大令我失望,里面不但没有更多余的"不堪入目之作",而且这些诗,还写得真好嘞!

头一次没有得逞,不甘心,昨夜里醒来后又细读了其中多首诗,不由得由衷赞叹:年近七旬的老贾真幸运,女儿的诗人地位仅凭这一本书,就算坐实了!这部诗集甭管是谁写的,粗通诗、正在努力搜罗学习探索中的我认定:她和她笔下的这些作品绝对符合我自己制定的诗语、诗情、诗心"三标准"的要求,而且大多是上品,尤其是她语言上的创新和悟性,以及瞬时飘然于世界之外的那种大气的洒脱,是一般诗人(包括余秀华)写不出来的。

诗究竟是什么?其实就是用有情趣、情感和情怀的态度审视思考人生和万物,然后用有创意的语言将那种感觉记录下来。

这一点贾浅浅做得可真深深的,比他老爸的境界还高。这或许就是因为她是名人之后的原因吧!有些境界你我做不到,是由于我们从没爬到过那么高的地方。第一代人(老贾)凭几十年努力爬到万人瞩目的地点了,他的后代的眼界也随着被带了上去,也能领悟到别人不得而知的东西。这一点你我真的没啥脾气,羡慕嫉妒就行了,但是千万甭堕落到仇恨的地步而借机宣泄怒骂,或者学着亿万人那样在人家倒霉时候再踏上一只你的小脚。我们能做到的就是努力努力再努力,让自己成为"第一代",那样,你的子女不也就顺理成章地成为"二代"了吗？

我看"文二代"没什么不好，好歹还是做"文"的事业。

网上晒的贾浅浅的那几首"屎尿诗"的确应该口诛笔伐，但不应该因为人家面颊上有三颗黑痣，就把人家说成是"黑脸包公"。

有的人都不看作者的作品，而且连那个意愿都没有，就像那个道貌岸然的司马南先生那样，正没啥新话题显示自己的一身正气，这下可终于找到一个可以尽情恶心的沉默目标。人家写的书连看都不看，就口若悬河地涂抹星子乱喷地大批特批，这是一种不健康的社会心理。没错，我们都痛恨那些个"二代"和不公平，但要就事论事，不要把借来的题目发挥得太远，在其中裹挟太多自己的负面情绪。

全民都不读诗，或以读不懂诗为荣，这也是一种浮躁。世界上没什么学不会的和搞不懂的，就看你想不想了。

贾浅浅写得不好，好在她写了，你呢？

写不出唐诗宋词不难理解，不想写和不想认真写，更不想静下心来读诗，在我看，这才是一个民族走向枯燥和偏激的值得忧患的事情。

老同学玄庐君留言：
壮士怒把单刀拎，狂风暴雨混不怕。

平凹悔得打嘴巴,当把浅浅嫁天大。
忍把长歌对酒哭,世人谁晓子心孤。
真如秘境仙人在,不叫齐郎再著书。

二十六、国贸冰场又来了个1962年生的老头儿

2021年2月6日,星期六,8时09分

昨天在国贸滑冰时遇到一个1962年底出生的老弟,滑得比我潇洒得多。我和花样鞋磨合后,体会到了更多花样鞋的优点:稳当,步骤清晰,动作考究。

那位老弟是什刹海室外野冰的路数,但滑得极其有劲刚阳,能像螃蟹那样飞速横着走。由于他身材短粗重心低,因此相当于京戏"唱念做打"的冰上全武行几乎全会。我们两个老头一个大个子一个小个子,一个一步能跨半个冰场一个恨不得能在冰上翻跟头打滚儿。两只"大老虎"几乎把国贸冰场垄断了,用老话说,叫"霸盘",只觉你身体在冰面上扫路机般地飞驰,两旁的障碍物(那些碍道的小孩子们)踉跄着四散躲闪,有的还不时摔几个马趴。

爽!

同龄老弟一见我滑冰,就断言到:"您一定是滑球刀出身的!"

他呢,跑刀、球刀、花样都玩。

在场外,我听两个年轻人看着他议论:"那个老头儿……"

哼!羡慕嫉妒,可你们就是学不会。

那个七十五岁的姬大爷(冰上劳伦斯)反而没玩一会

儿就撤退了，满脸倦容地说："岁数大了玩不动了。"他说手上的红扇子是为了帮助他保持平衡，但扇子兜风，滑起来也费劲。

我原以为那单纯是为了"化蝶"。

滑冰和芭蕾舞是有一拼的，滑好了就是冰上芭蕾。滑冰多了，你观看大剧院芭蕾舞时，就有那种身体的加入感，因为好的滑冰是一种身体语言的赏心悦目，尤其是同时参与的时候，你能看得出门道和细节。那些训练有素的小孩儿们在上冰前做的都是体操运动员的动作——倒踢腿、下叉等，他们把冰下的功夫带到冰上去，就是世间最健康和美丽的冰上芭蕾舞了。

二十七、属虎之人梦虎

2021年2月7日，星期日，8时43分

写这个集子实际上是在写一本"六十自述"。为什么必须写？一是因为以前写过《四十而大惑》《五十还不知天命》，二是谁都不能保证还能否写一部"七十而古来不稀奇"之类的书。有"事不过三"之说，对于本书的作者来说，这话有些不吉利。七十岁的集子你写不成也没必要写了嘛，因而，键盘下心潮不免起伏一点。七十岁时或是半身不遂，或是已经痴呆，总之，那种概率是很大的。

刚从朋友圈得到一个不好的消息，说按现在接种疫苗的速度，这一轮新冠肺炎疫情需要7.4年才可能让地球痊愈，我算了下，那时候我们这拨儿"老虎"就快要七十岁了，多半已经是老弱病残虎。

有"只争朝夕"一说，写书也要趁大脑好使的时候。

前日做梦梦见很多只老虎。好像是社区鼓励家家把老虎当宠物养，于是每家都养了。虎崽子繁殖和成长得过快，一窝一窝的不断，于是人们害怕了，就把那些像小猪崽子、小鸡崽子的老虎仔儿扔到了垃圾回收站，那里就变成了小老虎的集散地。妈呀，有的老虎已经成大虎了！轻飘飘的，须毛一绺一绺，半个人那么大，瘦骨嶙峋的一步三晃悠，从虎崽子们哇哇叫的窝旁边飘然踱步而过……

醒了，才知道是个梦。

细想，这一定是老天知道我正在为全中国1962年出生的属虎的同龄人写一部"虚岁六十自序"，而用"梦中会"的方式为我提供素材。

最早读胡适《四十自序》的时候觉得那是老头儿写的，人不老的话写人生总结报告干嘛？后来自己四十、五十岁连着写了两本书之后还仍然觉得自己年轻——其实这都是假象和自欺欺人。"老吾老以及人之老"，那个"老吾老"，就是说你甭虚伪，要把自己当老人看待的意思。

报岁数时我一贯喜欢往上面靠，比如我一般从三十八岁起就说自己四十了，依次类推。那种心态自己也不完全解释得通，或许是想给自己设个"局"吧，在还没到"十年大关"时，提前一两年给自己留个适应期。当你周岁五十八时说自己六十，城里人听了说你是耍酷；乡下人可不这么算，人家按虚岁算。这不，只要几天后春节一过，牛年一到，老家人就都会说："您老已经满六十啦！"

我们这批老虎（1962年出生的）十分不幸。我们生在父母吃不饱饭的"三年困难时期"，正如我在《妈妈的舌头》的勒口上写的："齐天大，属虎，'三年困难时期'的第三年出生于北京，外表冷峻，性格内向。"

"外表冷峻、性格内向"，以出书时的1999年来说基本正确，但经过后来二十年的打磨就不太冷峻也不太内向了——当教师了嘛，太内向咋讲课呀？

别人我不知道，"三年困难时期"的后遗症在我身上表现得非常明显：打小我就是两腿不直、X型内卷，走路一瘸一拐的。医院为我量腿定制，用铁皮打了两个大铁箍子套在腿上，把弯腿一点点强行拉直，记得每次穿那种刑具般的铁裤子都很痛苦，双腿直到去幼儿园之前才勉强变直。据说那是因为营养不良、缺钙、缺维生素D造成的。可以说我自小就是一只"病残虎"，中小学前各种病都得过一遍，记得那时屁股打针打得针眼如纳鞋底般密集。现在看电视上那些打针接种疫苗的依然会感觉疼痛。所有那些可能也因为随父母在"河北合作总社五七干校"生活的那三年营养不良造成的吧！要说现在练就一身在冰上"体轻如燕"、长年不得大病的体格，还是因为大学期间和室友们风雨无阻地踢（打）了各种球（足、篮、排球），而练就了一身钢筋铁骨，因此要感谢20世纪80年代大学集体生活的塑形，将我们这些1962年出生、早年多少有些营养不良病的"寅虎"们锻炼成了钢铁侠。

二十八、听中芭交响乐团演奏《红色娘子军》

2021年2月7日，星期日，22时05分

人因出的价钱不同而被分成三六九等，今晚我用100元的票听中芭演奏，因此是二楼极偏的座位，甚至必须斜着身子看。旁边还有个极其淘气的男孩儿，整晚他的身子和情绪都随着舞台动静激烈波动十分频繁。

中芭从黢黑的乐池走上了明亮的舞台，由于平常是"幕后英雄"，因此在台上他们显得有点朴素和低调。演出结束后在地铁站遇见几个身背乐器的演奏团员，其中一个说："我都出汗了！"听清楚后很释怀，他们也是人，而不只是舞台上那些似乎有神明附身的乐圣。

指挥张艺，小提琴独奏黄滨。

记得第一次现场听协奏曲《梁祝》是盛中国演奏的，那是在20世纪80年代的东京。

如今，"中国"人已离去。

黄滨绝对是个"冷面小提琴手"，长长的《梁祝》演奏过程中她竟然始终面无表情，这和丰富动情的"（盛）中国表情"完全相反，因此我起初疑惑她在演奏如此情感暗流涌动的乐曲时内心是否在随着音符而动？

但她的手指的确很"激动"，激动而精准地按捏着那把不知是不是帕格尼尼亲自用过的音色美妙的小提琴（她曾用帕格尼尼使用过的"大炮"小提琴演奏）。

之后是西班牙钢琴家、作曲家阿尔贝尼兹的《伊比利亚四大景观》，这是这个曲目的中国首演。以前没听说过阿尔贝尼兹，还以为他是西亚的作曲家——乐曲中西亚的音乐元素极多。

听交响乐，尤其是听你从没听过的，反倒很轻松：你不要追究其中的伟大寓意——像《命运》之类的，你只任凭自己的耳朵不停被"合理的声音"灌注，同时你发动自己的大脑，分析哪个部分编织得精彩漂亮。

交响乐是人类智慧之集大成，作曲家从天空中把全然没出处的那些标新立异的音符给组织起来，给编排成那般复杂而有根有据、有层有次的声响的大厦，每个局部都布置得那么地周全。没错，这部由四个部分组成的《伊比利亚四大景观》就是神品级佳作，其中没有什么多余，也没有什么缺失。

交响乐的主旋律是它的灵魂，文学作品也一样。

我至今编写的三十部书其实都是交响乐般的作品。每一部，我都用一个或两三个主题将那些细碎的故事贯穿。比如笔下的这一部，它的主旋律就是"六十岁的切身感悟"。

最后，在观众如潮掌声的逼催下，指挥张艺带领他的乐队演奏起了他们最拿手、也是全中国最正宗的芭蕾舞曲《红色娘子军》。由于是加演，大家都很嗨，我就放肆地用手机录开了，但只是录了开始的一小段，而最该录、最动听的那段大提琴领奏的段落没录下来——后来有些不好意思了。真遗憾呀！不过，能听中芭乐团现场演奏《红色娘子军》，我已算耳福不浅了！

二十九、六十岁老师给十岁小学生们上课

2021年2月9日，星期二，7时02分

寒假当"热心老爷爷"在网上给中小学生们讲了几次课。前三堂是"语言与文化"，效果不太理想，三次课学生递减，可能是由于所言和他们的实际要求相距太远——都想学习点能短平快掌握外语的绝招，谁会有耐心听我絮叨的越南话和汉语、西班牙语和意大利语的关联呢？

但最后一次课没过多久看到了一条令"老教师"备受鼓舞的短信，一个家长异常兴奋地留言，说按照齐老师所授天天听央视英语台CGTN节目的方法，在坚持数十个小时之后终于有了能克服"哑口无言"老毛病的征兆——想开口说英语了！

哇，说明齐老师给开的方子奏效了。

孔夫子弟子三千，最后修炼成真儒生的不过区区几人。我苦口婆心教这几十个学生学外语，最后仅一个能得老师私传真谛，说明那个法子有效，也该知足。哦，忘了，那个"数年铁树开花"的好像不是听课的中小学生，而是在一边旁听的一个家长——于是齐老师又陷入了郁闷。

昨天的课是"新思维开放型作文"，用的是Classin平台。没过半年，钉钉、腾讯会议、Classin三大教学软件我就都用过了——真与时俱进。

这个作文课更具挑战性，我已经半个世纪没写过中小学作文了——尽管我曾是北京13中被派到西城区代表学校进行作文比赛的两名选手之一。

上课前功课做了不少。到金源购物中心的"纸老虎"买了全套的"黄冈系列"作文指导书——代沟深如万丈呀，不得不抓紧填。我还收集了不少周六《北京晚报》中小学生作文范例——得好好备战。

晚七时终于惴惴不安地等来了上课时间，"走"进Classin的教室一瞧，吓了一大跳，来的都是"小小人物"——小学生。一个中学的都不见。一问，最大是小学六年级。才十岁出头呀！齐爷爷一下子慌了神，心神开始不定，嗓子也哑了。要用什么法子使劲将身子从半个世纪的代沟上迈过去，才能顺利而不太尴尬地结束这90分钟的课程？面对小同学们天真稚嫩可爱的小脸庞，久经课堂考验的齐老师我迅速调整着讲课节奏和方法。

大学老师不怕教岁数大的学生，多大年岁的学生我都教过，就怕见岁数小的，更何况是"小小的"。

但我的焦虑随着课程的进展一点点化解开了：我发觉这些小天使们远比我预想的更聪明睿智，更不要说开放和灵动。我说的话他们都有反应呼应，而且还积极互动——用"摇小手"的方式。有时他们甚至能用积极的反馈激活我原本木讷的思维死角，讲出事先没打腹稿的警句箴言。

就这样，近90分钟的课全无冷场，在都有些意犹未尽的最佳结课点上完美收官，我们都期待着下次课更精彩更有趣的时光早点来临。下次将点评他们写的"新思维作文"作业。

下课后我大大吐了口气：孔子弟子三千，尽管当时出道的没几人，但你看今天的孔门多么繁荣？还有最想说：这种课与其说是我给孩童们上的，不如说是他们给我这个老爷爷上的。

三十、纪念"女苏东坡"韩良露

2021年2月12日,星期五,辛丑大年初一

2时43分补记

这几天夜里看台湾韩良露讲苏东坡的讲座,时长三个小时,听了一会儿睡着了,起来后再听,惊叹她是个"女苏东坡",是那个最懂苏东坡的人,而且能用苏东坡的风格介绍他,其间有少许的真幽默,这是以前从没发现的。就在我打这几行文字的时候,她的声音还是背景。

她说自己是个"美食家",这是一个让我感到诧异的称号,不就是"专业吃货"么?但苏东坡却活生生被一个"吃的专家",给吃透了。

讲座开始时她说:在苏东坡短短的六十六年人生中……李敖说苏轼实际只活了六十三岁,我自己计算了一下应该是六十四岁。这些不太重要,重要的是我又细查了一下,黯然发现这个我连听了两三天讲座的、最懂得苏东坡并能模仿苏东坡风格讲话的韩良露女士,竟然前几年就去世了,而且才六十二岁。(2021年2月10日,星期三,7时27分,明日除夕。未完待续。)

在最后一次接受采访的时候,韩良露说她已经到了不知该说是"秋收"还是"冬藏"的岁数,可惜那次采访后不久她就带着那个疑问匆忙地离开了这个她挚爱的已经被她"完全吃透了"的世界。

联想到我自己多年持续不停地飞快写作和这些年马不停蹄的出版作品——平均一年五六本的节奏。我让作品一部部地付梓或者再版，应该是对写作成果的"一茬茬秋收"，而它们一本本分期分批地被遍布各地的图书馆馆藏，按韩良露说的，就应该算是"冬藏"吧。

三十一、深切悼念老同学祖起顺

2021年2月10日，星期三，晚19时53分

明天大年三十，今天却传来噩耗——我海淀老年绘画班的同学、老班长祖起顺兄昨天去世了，享年72岁。

一起上学那一年我们交往不多。祖兄颇具东北人性格——直率，看了我的字后说："你字写得不咋样！"起初耿耿于怀，后来我一看祖兄的字就服了——真有板有眼，中规中矩，功夫深厚。

后来祖兄提前出徒（毕业）了，没再来听课。

这两年我俩在班群中的互动颇多起来，他每见我的字和画以及文章后就大加赞扬，也贴出自己的字和我交流。我发觉他真是用激情和苦心写字，竟能将赵孟頫的《洛神赋贴》写得如同原贴。我呢则是杂牌子什么都写，但正是我的杂和乱已经随心所欲，才得到了老班长的青睐和赏识，不，都有些相见恨晚和惺惺相惜了。两年来我不时把那些和花鸟完全不搭嘎的字和画（多半是人物的、讽刺性的）往班级群里发，因为发的时候我知道肯定会有一个人伸出拇指点赞——那就是祖兄，因为他已经被我发展成了"铁粉"。

我今天方知祖兄是20世纪60年代末期黑龙江戍边的老知青，后来又献身于卫星发射事业，正是那些奇险的经历，将他的性格锤炼成心直口快、古道热肠、是非分明。

今天他女儿用他的微信名"空空道人"在群中发父亲离世的消息，我起初还以为那是祖兄在天之灵的回归，问其他老同学后才知道，已经不是他本人而是他的女儿。唏嘘，人生如此之短，短得好容易逢个知己就立马驾鹤西去。呜呼祖兄，从此我再写再画，恐无人懂我画意字音，此后孤掌难鸣也！

三十二、写在牛年来临前

2021年2月11日,星期四,大年三十,14时24分

前天自编了一个对子,写好后今天发到朋友圈中:

"庚子鼠辈抱头去,辛丑牛群扬蹄来。"

观后树春师弟赞曰:"好字好联!"不过细想,这个对子还真是工整,"鼠辈"对"牛群","抱头去"对"扬蹄来"。

说到属牛的,上午去看老街坊金姨,一打听金姨就是属牛的,她生于1925年。这算是我熟知的年纪最长的"牛"了。金姨是抗美援朝战士家属,一辈子勤勤恳恳、任劳任怨,具备所有中华乃至世界妇女的一切美德,如今子孙满堂、健康矍铄,这都是她老人家最平凡也最伟大一生的硕果。

中国人的属相非常有趣:首先你别无选择,生来是什么就是什么,比如是老鼠、牛、狗或者别的动物。其次,一旦属相定了,你一辈子都对那种动物有着天然的好感。假如我同一只东北虎在原始森林中路遇,我肯定高兴激动得原地走不动路。属蛇的呢?他们见到草丛中溜走的蛇也肯定会得相思病吧?我猜想,我只能猜而不能确定,因为属老虎的人这辈子永远不能跨属相感觉到别的属相的人的感觉,除非像佛教说的那样,你下辈子变成别的什么。

我们这些属虎的值得庆幸的是,除了属龙的之外,在其他那么多属相的人中我们至少从幻觉上有能"通吃（它）他们"的优越感，比如你见着属兔子、老鼠什么的人时只需目空一切就行，"王者归来"嘛！哦，我想到最厉害的莫过于那群"王"姓属虎的人——人家可是名副其实的"王中王"呀！

网上查了一下，等明天辛丑年大年初一到来之后（再过不到十二个小时），我们这些出生于1962年、即将虚岁六十岁的人的运势大抵是这样的：

"1962年的属虎人在2021年的事业发展可以说是如日中天，这个年纪虽然已经临近退休，但是在职场上的作用却是不可小觑的，丝毫不比那些年轻人差。属虎人拥有强大的人脉和工作能力，在工作当中的表现也很积极努力，只要是交代给自己的任务都会努力完成，从来不会仗着自己阅历深而目中无人，在工作当中深受同事和下属的尊重。不过属虎人有时候表现得太过于强势，会给人一种咄咄逼人的感觉，在这方面要尽量改善一下，这样才能让事业发展得更好。"

网上说的这些基本和我自己的感觉相符，尤其是下面这两条：

1. "这个年纪虽然已经临近退休，但是在职场上的作用却是不可小觑的，丝毫不比那些年轻人差。"

2. "不过属虎人有时候表现得太过于强势，会给人一种咄咄逼人的感觉，在这方面要尽量改善一下，这样才能让事业发展得更好。"

第一条优点到了六十以后（越来越逼近了！）一定要好好发挥，第二条缺点呢，也要多多注意才是。

另外，"虚岁"科学吗？算数吗？当然了！

你我实际来到这个世界之前我们的生活轨迹就在母体中开始，打那时候开始我们就会悸动了，也能拳打脚踢，甚至能独立思考（我猜想）。也就是说，我们这群发育于20世纪60年代初的营养不良的"老虎"们哪怕不怎么情愿，特想装嫩，特不想加入六十岁老年人的行列，再过十个小时之后，我们就是货真价实的"老年人"了。

让俺们静下心、屏住气，咱们一同随着地球飞速转动和午后夕阳的分寸下沉，按分钟和秒钟计算着，一点点地进入下一个生命时段和领域吧！

三十三、沿着陈乐民《哲学絮语》的道路前行

2021年2月14日,星期日,辛丑大年初三

昨天,也就是辛丑牛年的正月初二,我在王府井书店的"哲学"书架上偶然看到陈乐民先生的书,他是一个从前没听说的作者。从"陈乐民作品新编"(东方出版社2020年10月版)中抽出一部最薄的《启蒙札记》带回旅店夜读,发现自己"发现了新大陆":首先,他的文章都很短,好读、轻松。其次,他是个"用生命写书"的前辈。在生命的最后10年,每周三天透析,生是用那股子"牛劲"写成了这个"亲民系列"里的绝大多数书。再次,他是北大老前辈,是我喜读的资中筠先生的先生,而且他也喜欢绘画。以上这些,都令我对这块"漂泊而来的大陆"依恋不舍,于是次日——也就是今天这个"情人节",我赶紧又赶回到王府井新华书店,把那个系列的其他四本书,包括这部我最想作为榜样模仿写作的《哲学絮语》"一网打尽",用兜子给兜回了家。

我的这个新集子的名字也是和陈先生的《哲学絮语》配套的,他的是"絮语",我的是"杂音"。

我和哲学的渊源起始于上大学的20世纪80年代。起初是为了考当时热度极高的美学研究生,想去当因《美的历程》名声大噪的李泽厚先生的弟子。我几乎把大一到大三的所有时间都花到了研读欧洲古典哲学原著上,将当时能

获得的哲学书籍全通读了，最终完成了从崇拜黑格尔的体系到膜拜马克思的辩证哲学的蜕变和升华，再到那之后的发现叔本华和尼采。

遗憾的是，我那期间做的那么多读书笔记——撂起来有几尺高吧，都在我出国的十年间不翼而飞，我无法证实四十年前那阵子读哲学书的疯劲，但脑子中的印痕仍然是存着的。

我和哲学的第二次亲密接触是千禧年之后的头两年，我在北大哲学系伦理学研究生班的时候。那时候的我，已经从一个哲学梦想家摇身一变成了个市侩气息浓郁的"奸商和买办"。因为想洗心革面，所以到曾经觊觎的哲学殿堂猛蹭热度，并往腥臭的鱼鳞上抹油，即便稀稀拉拉两年的业余听课并没能够还原少年时对哲学的热爱，倒是复原了一些被"格式化"（哲学读书笔记丢失）而空旷的大脑磁盘中的遗痕。当然，海德格尔的现象学也让我少许兴奋了一下，但也不了了之。中哲倒是恶补了少许，但我和当时最好的同学，也是哲学发烧友的张卫平在反复进行了多轮的探讨和切磋之后，一致认为：中哲，尤其是儒家那些学说真没什么好学和值得学的，都该被丢进历史的垃圾箱子里面（暗笑）。

我最后一轮和哲学的近距离接触应该是北大读博的前一两年上比较文学（诗学）理论课的时候。终于可以"正式"研究王夫之、尼采了，但是"功利读书"（为获得学位）的苦痛是众所周知的，大家都匆忙阅读，匆忙从书山边蹚踏一两个步子之后就奔向下一个目标,根本无暇享受和咀嚼学问。

如今本人已经虚岁六十,随着前两天牛年的到来,我步入了老年。在完成《六十才终于耳顺》杂文集子之后我已经基本上用三十部书建起了一个属于我自己的黑格尔式的"文学体系"。就像盖大楼那样,我的"体系大楼"还挺漂亮的呢,不仅符合黑格尔在巨著《美学》里提到的"对称美原则",同时还多少有现代性的突破。换句话说我用六百万字构建起来的"形而下世界",以及伏尔泰式的对"各国风俗"(《论各民族的风俗和精神》)的"案例式陈述和描写"(用我的那么多部小说)可以说已经接近了尾声,就要封顶,我该在晚年的不多时间里适当摆弄一下年少时喜欢的"形而上"的抽象哲学。对,就使用陈乐民先生的这种"札记体"吧!虽然显得外行却不完全无知;尽管只触及话题的外表而不使劲深入,点到为止、细细碎碎,但撒豆成兵、自成一派。专业的哲学问题就让那些"哲学工作者"(汤一介语)去做吧,我们只走马观花、懂啥说啥,但我们集腋成裘、乐极生趣,"豆子"(领悟点)少了没什么,多了就是突破。

后辈学人能做的不就是将已经存在的话题往前面推进那么一点而已吗?

陈著《启蒙札记》中关于伏尔泰的描述最有启发:他是个杂家,对什么都涉及但什么都不专一,但他那些妙趣横生激情四射的法式哲理文章的集合,本身就是最深邃的

哲学。

陈乐民和我的名字中都有一个"民"字，莫非这是我可和他唯一能攀附的缘分？他和我一样也是上半生绝大部分时间都在做"杂事"，不同的是，我在他刚开始写这些札记体的睿智文章之前就已经有了那么多的"文字斩获"，因此我没啥心理负担，完全可以步前辈的后尘，甚至可以像《天鹅湖》里的白天鹅那样将前辈的著作当成"舞架子"在空中转圈圈，当成文字梯子往上再爬升几个格子。

业余爱好做抽象的学问或许还有"后发优势"，因为"形而上"离不开我等前半生"形而下"的丰富经验和人生阅历啊！正如休谟所言，好的哲学需要"经验"的哺喂。

陈先生写那些神采独具的文章一直写到他生命终止前的最后一刻，我将以他为榜样将"札记哲学"的道路再往前走一小段，

一小段足矣。

三十四、"唯心论、唯物论"的译法

2021年2月16日，星期二

我这个哲学杂音第一篇文章没能上传，应该说是出师不利，但还不至于因为被网络当头给了一记闷棍，就放弃自己的这个哲学处女作的尝试吧。

辛丑过大年，我偶然在王府井新华书店拜了一位师父——陈乐民先生，他的人品和文风将被我"半路劫持"，或者说是衣钵复制。

他肾脏透析了十年，却在这十年中写了近十本书，我还算身强体壮，就不能躺在以往堆积起的"文字垃圾大山"上歇息不动。

夜读了两本和哲学相关的书和文章。第一本书是陈先生的《哲学絮语》（东方出版社2020年版），其中一篇文章《我读冯著》（冯友兰的著作）里关于"唯物主义、唯心主义"译法的冯氏观点引起了我的好奇和警觉：冯友兰"不赞成译成中文这个'唯'字，因为一个'唯'字便一条道走到底，没有选择的余地了：英文里的materialism、idealism等都没有'唯'的意思"（第79页）。

说真话，读到这个段落的时候，我差点从高楼上跳下去——当然，想跳下去的是我的精神，而不是肉身。

妈呀！我们从高中开始上哲学课的时候就"唯物""唯心"一路牢记认知了下来，到了花甲的年龄，忽然被陈先生提醒——那个"唯"字其实是个错误的翻译。可不是吗？materialism、idealism完全可以译成"物质主义"和"理想主义"！那么，缺了那个"唯独""唯一"的字头"唯"，我们将这样搭建辞藻和表述，例如：

曰："我是个彻底的物质（唯物）主义者，因此我不相信人死后还有魂灵。"

曰："你是个理想（唯心）主义者！"

两种说法两种概念，味道多么的不同，差之毫厘谬以千里也！

如果按原来的意思翻译，那么一部哲学现当代中国哲学思想史，就将是另外一副模样。

多少误解和争议，都因一个"唯"字而起。

"物质主义"和我们认知的"唯物主义"完全不是一个意思，"理想主义"和"唯心主义"更好像是风马牛不相及呀！

接着夜读，我读到了2021年2月10日《北京晚报》的一篇文章《夏承焘与钱锺书〈宋诗选注〉援手之谊》，说的是我另外一个"师父"钱锺书和词学大家夏承焘之间的文字友谊。

1958年9月《宋诗选读》出版之后钱锺书被一顿狂批，说那部书是"钱先生的资产阶级唯心主义所弄出来的结果"。倘若，那个"唯心主义"被置换成"钱先生的资产阶级的理想主义所弄出来的结果"，感觉如何？

这只是最近看到的一个例子。

回忆我等少年时代中国那么广泛的"唯物、唯心"之争，就更感觉这个西文（英、德等）中本无的"唯"被作为词头放到两个哲学概念之中，是个多么大的哲学概念翻译问题。

刚又搜索了一下，日文中那两个词汇（materialism、idealism）就是"唯物论"和"唯心论"，如此说来，如同其他众多哲学词语出自日本译者，始作俑者应该是日本人，这个误译是个舶来品。

人类已进入21世纪，围绕"唯物、唯心"全国范围内无休止的残酷争议已经变成过往云烟，"唯物"概念早已被真的、货真价实的物质主义内涵所置换和填充，因此现在再计较它们已然是真的理想主义，但我还是用这两个词语译法自从冯友兰时期开始的质疑，作为我独家"杂音哲学"的开篇——

哲学哲学，基本概念主导、统领一切，正本清源，很是必须。

这才是真格的唯物主义者的姿态吧！

三十五、再批"唯"字头

2021年2月17日,星期三,大年初六

细想,其实"唯物"也好,"唯心"也罢,都是和中国人传统思维模式"中庸"反其道而行的,因此引发的困惑和争议也必然成患。

什么是"中庸"?各家说法不同。我千禧年前后在北大哲学系稀稀拉拉听了近两年的课也没得到一个固定的说法。对之,你只能领悟。

现在热播的电视剧《觉醒年代》绝佳,好到能诱发出"中国大有希望!"的慨叹的程度——那才是北大应有的氛围。而千禧年我们一群社会人士(最大的官是我们的班长,一个解放军大校),就真的那么同北大老师们在课堂上争论,外人看了还以为是在师生对骂呢。(一笑)

什么是"中庸"?《觉醒年代》中那些北大学生先向老师们深鞠一躬,抬起头后立马就指着先生(比如想废除汉字的钱玄同)的鼻子大肆批评甚至扔东西,就是一种折中以及"中庸"——我的理解,那是在礼数和观点之间平衡。

把话再扯回到"唯"这个误人的字眼。

冯友兰还说"民主政治"中最重要的必备条件之一,是"对一切的事物都有多元论的看法","我们觉得唯甚么论,唯甚么论,都是不对的"。有些思想本身可能没什么错,"但加上一个唯字,一唯就'唯一'坏了"。"民主政治就是政治要合乎中和的原则,容万有不同而合的发展。"(《哲学絮语》第84页)

我又想,在原本不含"only you"(唯你莫属)意思的西哲 materialism、idealism两个字眼前面安上一个"唯独"的鸡冠子,然后让它们斗鸡似的撕扯对方的头掐架,多像是那个译者在翻译时蓄谋导演的一出活报剧呀!就仿佛昨晚《觉醒年代》北大学生用活报剧编排复古派领军人物辜鸿铭老先生那样。任何一种理论,无论你怎样的正确无比,只要说自己是"唯什么",你肯定就已经有了破绽,因为本质上任何人都是不可能绝对"唯"什么的——哪怕从技术上看。比如,你我无论多么思想高大上,想过百分百理想主义者的绝对精神生活(idealism),但一大早起来,你我也要像林间喜鹊那样去找食吃,只要叨上一口米粒,你就已经materialized(物质)化了呀!

因此,世界上的一切都本然的是物质中间含精神、精神里面有物质。你无论说"唯什么",当话出口时就已经不再中庸,已经给对方留下攻击你的口实和把柄。

反思20世纪下半场开局时报纸上两个"唯"阵营那么多年无休止的争论,耗用那么多人次的精力和物力(纸张),其实那些原本就是毫无用途劳民伤财之举。不,甚至可以说是绵延数载的闹剧!

三十六、《林少华看村上——从〈挪威的森林〉到〈刺杀骑士团长〉》读后感

林少华著，青岛出版社2020年版

2021年2月19日，星期五，正月初八

辛丑年春节，政府号召在家（京）过年，因此哪儿都没去。其实，即使政府不号召，春节我也哪儿都不去。

大年初二去了朝阳区一个叫"向东方"的温泉酒店。

我们的车子一路顺着南四环往"太阳升起"的方向开。作为传统的西城人，我还是第一次朝那么远的东边走。

因为从小只靠自行车出行——用人力蹬车，因此形成了一个恐怕下辈子也改不掉的极端固执的概念，就是凡是我能用自行车蹬着去的，就算是北京城；蹬不动的，就不是了。

位于东南四环边上的这个"向东方"温泉酒店果然令我失望，四处脏兮兮的，连地面都不干净，更甭说把门的那两头石头狮子了；而且那么多男男女女穿着沐浴服装猥琐地出没，在你周边林林总总地围绕，给人一种杨贵妃还没死，或者是唐明皇还想在华清池里多泡几千年的感觉。总之，十分的诡异。因而我就不去那些能"泡汤"的地方，只在屋里"私汤"一下子，然后像从"汤"里出锅馄饨饺子似的赶紧把自己身上的水擦干。

20世纪80年代在日本生活的那几年我挺喜欢去泡温泉的,印象最深的是富山的温泉,那个温泉还能游泳,一直游到能看见雪山峰顶的室外。

日本人特喜欢洗澡,而且因为日本是岛国,整个国土就相当于一个沸腾茶壶的嘴儿,沸水汩汩地从地底下冒出来,连富士山山顶都有硫黄味极浓的温泉,里面泡澡的并不是人类而是灵长类的猴子,我亲眼见过还打过招呼的。

后来我就不再爱"泡汤"了,一来年岁大了血压也偏高,不愿意泡着泡着把血压给泡得节节升高;另外就是不再愿意那么多人不分男女老少像元宵那样团团圆圆地、惨白兮兮地在一锅滚烫的水中打转转。

人老了后就更在意隐私、更喜欢独处,不愿意在热汤里与不明身份的男人女人热乎乎近距离地"苟且"。

因此即使日本的温泉应该相对干净些(因为水质吧),我第二次在日本小住(2010年那年),也一次没去泡过温泉。

既然不去洗浴又大老远来这个"向东方"了,不好当晚折返,索性掏出带着的书读(就是这本翻译家林少华的《林少华看村上》),碰巧也是和日本有关联的,也多少算是碗"汤"——用文字熬制的。

有一种执着的人叫村上春树一样的作家,有一种更执着的人叫林少华式的翻译家。前者一路大马拉松似的奔跑地写;后者一路小马拉松似的紧跟追赶,将前者所有的书都翻译成妥帖的中文,几十年下来成就了一个日中文字转

换的传奇。

其实林先生本来就是个文笔出众的作家，他的随笔我也读过一两部，有时想：为啥他自己不写自己的故事却偏偏"附会"地翻译村上的书呢？

村上的书我读得不是太多，可能是因他写得太多了吧。而且我一贯认为文学不该是工匠的活儿。用那么大的体力精力几十年每天都写书，绝对是苦哈哈地做工而不是基于灵感和内心激动的纯艺术创作以及享受。他能写出《奇鸟行状录》那样四五十万字的大部头书（昨日在长安商场二楼书屋翻了一下），你我阅读起来可是真需要大毅力的。

世界上最好的文学作品肯定不会是用工匠的蛮力写成的。比如莱蒙托夫的《英雄时代》，他仅写了一本小说，压根无需长跑的毅力和体力，就可轻易在文学史上立碑。

还有，林少华说村上能不断找到"新文体"。这个说法我不苟同，村上其实就那么一种文体。

忍不住自吹自擂下，非著名作家的老齐我，才是每写一部书就换一种文体的"多文体作家"嘞！不信你翻翻我那三十部六百万字玩闹着写成而不是"跑成"的作品，哪一部不是每写一个主题就更换一个和那个主题适应的语气和风格？哦，俺或许是靠每星期滑一次冰吧。

嘿嘿，说着温泉泡热汤的事情，一不留神又掉进文字的滚热沼泽里了。

真没劲！

三十七、看电影《你好，李焕英》，
回忆我家第一台电视机

2021年2月19日，星期五，正月初八

看贾玲导演的电影《你好，李焕英》时，我想起了自己最初看电视的历史，这种历史似乎只有从小没看着电视长大、半道才看上电视的我们这代人才拥有。

我们长大的时候，中国还基本没有电视机。

印象中第一次看电视是在二楼胡伯伯家。胡伯伯去年年末正好一百周岁，还十分健康。那是1969年的4月份，邻居们聚集到胡伯伯家看中共九大直播。整整一屋子的人，电视机不大，当然是黑白的，大家等啊等，终于天安门城楼响起了《东方红》的激昂曲调，然后神采奕奕的伟大领袖毛主席一身戎装、手臂上佩戴"红卫兵"袖标走出来了，他身旁是"亲密战友"林彪，人很瘦，却也精神矍铄的。

再后来不久，1969年的7月我就上了小学，但两三个月后，在1969年那个特别寒冷的严冬，我们一家人就被"林副主席"的一道指令送到了河北"五七"干校。

在干校我们只看露天电影，电视机嘛，当然压根没有。

第二次看电视已是在自己家里。

那大约是在1973—1974年，父亲在瑞典当商务参赞回国休假时，给我们家带回来一台19寸的黑白电视机，乳白边的。以前在胡伯伯家看到的那台电视机应该是十三四寸的，19寸电视机和那个相比就好像是电影（大）和电视（小）屏幕之别——我是说带给人的新鲜和震撼感。我家那台电视机肯定是那个年代的"巨无霸"，甚至是三里河周边独一份。因此你可以放开想象《你好，李焕英》里贾玲她母亲李焕英购买胜利化工厂第一台电视机时（1981年）在邻里引发的同样轰动效应。每晚打开电视机的时候，我家就出现群体聚集观影景观，我家和对门邻居家所有的凳子都能派上用场，室内要分几排就座，开始放映后，就连窗外的树干上都挂着几个小孩儿——说明下，我家是二楼。

不过，那种因家里有台北欧大电视机所获得的优越感没持续太久（大概也就一年多吧）就被我的一次重大失误给终止掉了——我有一天忘了关电源，使得电视机开了几十个小时没停机，把里面的什么管子给烧毁了。我家那台瑞典产大电视罢了工，送出去修也没能恢复原状，修理工从没见过那么大的家伙呀！于是，我家每晚六七点开演的"小影院"只能半途歇业。

又过了没几年，也就是1976年吧，中国用引进设备生产的9寸小电视机，甚至20寸的彩色电视机都陆续出厂。记得我是到家兄当老师的中古友谊小学第一次看到彩色电视机——颜色只有红黄绿几样的那款，可惜本人是红绿色弱。总之，我家几年前无限风光过的那台北欧大黑白电视机，就随着它的寿终正寝而被遗忘了。

一部怀旧的电影能勾起人们的回忆，尤其是上了点年岁快到花甲之人。

三十八、民主政治原则之一:"要有幽默感"

2021年2月20日,星期六,大年初九

这是冯友兰说的,见《哲学絮语》第84页。

冯友兰说幽默感在实行民主政治上也是很必需的。凡事总有比较多的失败的时候,遇到这种情况,便一笑了之就是幽默感,"不然的话,不成功就要烦恼发闷,也许会得神经病"。这意思是说应该有宽容的大度。

以上这段话引自陈乐民先生的《哲学絮语》,带引号的是冯友兰原话,不带引号的是陈先生的话,我算是个彻头彻尾的抄袭者。

冯先生的这段话之所以值得两个哲学业余发烧友一转再转,是由于冯先生说得新鲜,而且到目前为止是头一份。

本人自认为是研究幽默现象的行家,不但关注,也用文字实践,但文学圈"幽默大师"频现,政治讨论上从没见过主张幽默的人。政治一般是正襟危坐的感觉,讨论的都是关乎民生之大事,哪有幽默的缝隙呢?幽默不好就会滑稽。滑稽么,在文学影视中尚可,政治上可绝对不能。

其实冯先生一生起伏,你回想一下也挺幽默的,可绝不是能一笑了之那么轻松。

美国政治正逐渐陷入滑稽的沼泽,拜天上掉下来的特朗普大总统所赐。特朗普把脱口秀和国民大事弄混了,因此前四年的美国你远看是高山、近看是泥河，祸水涛涛的。

前不久（2月17日）有人把美国大西洋城的特朗普赌场给炸毁了，不知是因为年久失修不得不拆，还是因为对特朗普的怨恨。如果是后者就不幽默而且太无趣无情了，拆就拆吧，何必动用炸药呢？竟然还有人买高价票观看炸楼的现场，是因为幸灾乐祸？这显然和幽默态度背道而驰。

我之所以对那幢楼有点感怀，是因为1991年我到里面去玩过两把，而且还赢了几百美元——那几乎相当于我们穷学生当时所有的家当。

其实特朗普并不是这几年才频上热搜的，他三十年前就是个名人，是个成功的房地产商。只要你到纽约，就能看到随处可见的Trump大名，他像潘石屹似的是人们口里的谈资。但对那时候的他我没有丝毫好感，不喜欢看他那副得志轻浮的样子。

对川普大叔终于有了点好感，是因听了他得新冠之后的几次巡游演说，发现那个年轻时轻浮傲慢的他，竟然也有很多好人可爱的内涵，但那之后没多久他就退出了"滑稽舞台"。

再来复习一下冯友兰一个世纪前所说的"民主政治必备条件之四"——要有幽默感。细想下，冯先生还真有先见之明。

三十九、用哲学写艺伎

2021年2月21日，星期日

日本人的细致钻研精神是中国文化界的吾等很难比拟的。2010年我在金泽大学访学期间，文学课上老师带着研究生们研究一个近代作家的短文，文章也就两三千字吧，但学生做的小论文呢，则是原文的一两倍之长，更具体点说，是研究那个作家在文中写的，他从一个房间中出去散步时，那条道路的位置、周边的地形、路灯的明暗度等等。

论文写写画画的，和军事作战地图相似。

于是，旁听的我坐不住了，心说：你们这么研究一个不太知名作家的不太知名的短文，用了这般的大的气力，为何不自己出去溜达一圈，然后自己写篇作文呢？

见他们做起那种研究来乐趣无穷的，旁观的真我怪不落忍。

手头的这部《色气》（九鬼周造、阿部次郎著，王向远译，北京联合出版公司2019年版）则不光有日式的工匠气，更含有哲学上的创新。创新在哪儿？用哲学的方法分析日本艺伎之美，真一部怪异美艳之书。

据说此书是日本第一、唯一，我看也是全球第一和唯一。

九鬼周造（1888—1941，53岁）真是鬼才，可惜去世得早否则定成大器。哲学家最好活得长些，这一点长寿的冯友兰是幸运的，能够在晚年雄风再起、弥补中途的迷失。

九鬼周造竟然是胡塞尔、海德格尔等德国哲学家的门徒，而且精通数种语言。母亲本是艺伎的他归国教书之后立志发奋，写成了这部字数不多却造诣不浅的为艺妓在哲学上"讨个说法和定位"的书，既有传统德意志人哲学的结构完美，又有胡氏、海氏现象学大师著作惯有的文字表现美的魅艳，外加从日本、从特殊行业妇女灵魂深处取材而来的野花芳香……所有这些因素累加起来，成就了这部高品位的哲学奇书。

读哲理书之乐在于阅读本身，有时写什么不打紧，打紧的是如何写，但这部书不仅写得好，写的内容也怪艳离奇，堪称经典，也只能是经典。

四十、刘绪源著《今文渊源》和中国幽默冠军幽默

2021年2月22日，星期一，正月十一

我最珍贵的书都放置在床头的藏书格子中，它们大部分都是有作者签字的书，有几本特别珍贵的，比如杨绛先生的签名书，上面有她书写得十分工整的送给一个朋友的诗——这本书来自"孔夫子网"，还有就是著名作家刘恒、苏童签名的书，都是他们送给我的。

这类著名文人签名的书极其珍贵，珍贵在于它们几乎不可复得。比如那天刘恒大哥来我家时，原想为我的名字编一个对子，腹稿都打好了，正当他想用墨笔写的时候，催促他去开重要会议的时钟响了，刘恒大哥就匆忙走了，没写成。

至于和我一起去澳门开了几天文学会的苏童，书签完名后他也给我留了个手机号，但人家是著名作家呀，我怎能说打就打呢？即便打了，或许苏童老师也想不起谁是"齐天大"，会误认为自己的记性出问题而陷入恐慌吧。

说说今天想说的正题。

前两天，我不经意发现床头藏书格中有这本《今文渊源——近百年中国文章之变》（青岛出版社2016年版），上面没有签名，而我又记不起这位刘绪源是哪位了，但他的书只要能从那么多书中脱颖而出地上了本人的枕边书阁，必定是有理由的。

再次翻看，果然发现它有投我之所好之处，尤其是在讨论幽默文学如何产生这个话题时：刘绪源认为幽默文学绝不可能因林语堂当年一办《论语》《人世间》等杂志，一大力号召中国文人们都幽默起来吧，文人们就响应号召一夜之间忽地都变得特别幽默，就一下子写出成批的幽默文字。即使他们写出来了，也必定是二流和三流的幽默作品，因为刘绪源认为，幽默是自然而成，而不是催生的。他还把中国文人幽默座次的前三名给排列出来：幽默冠军是鲁迅，亚军是钱锺书，第三名是梁实秋。至于大力号召幽默的林语堂可能只能排到第四，而上不了幽默领奖台。（《今文渊源·京派散文："即兴"与"赋得"》）

正因为这两个发现说到了我心坎上，这部没作者签名的书才在我能抬头观瞧的宝贝书格子中"潜藏"了这么许久。

无疑刘绪源说的是对的：幽默是天然而不是后天催生的。"大力号召幽默"本来就滑稽，是"被讽刺幽默"的对象。我早就在文章中讽刺过林语堂，认为他并不是真的懂得幽默。仅从他"大力号召幽默"的行为本身来看，那就好比是大力提倡只刮西风或者东风，做的也是无用之功。

就连钱锺书（我师父），我佩服他的学贯中西，但是我也不认为他就是真的幽默大师。最近在"喜马拉雅"上听《围城》，想再次体会钱氏幽默。我发现我师父的幽默最多是机械的，比喻比喻再比喻，他使用了大量的"好像""仿佛",充其量就是将A和B做滑稽性对比,当然有的比喻很是绝妙,但听着太累太辛苦——由于是作者使劲编排出来的,你能感觉到他创作时候的费力和煞费苦心,因此你的注意力就会被转移,会分心去揣摩作者的技巧和意图,而不是在纯自然状态中潜移默化地享用幽默。

好的幽默一定要暗中领悟。

好的幽默一定能使人会心一笑。

好的幽默一定会让你欲笑不能大声,同时还欲哭无泪。

词语的类比涉及的毕竟是事物的表层,而真幽默必须是对深处、对结构性荒谬的发现和陈列。

因此说,我和刘绪源的观点一致:中国到目前为止,"幽默大师"就只有鲁迅,就只有冠军一人。

鲁迅有悲悯,他是带着悲剧的眼神看世界的,因此他的幽默不是停留在词语的肤浅游戏,而是审视人性内部的结构性错位。

两天前,我从"孔夫子网"上花重金买的已故儿童文学作家、评论家刘绪源先生的亲笔签名书《"阿憨"出海》(少年儿童出版社1982年版)终于来和《今文渊源》汇合了。

上面写着"××同志教正,绪源,一九八二年八月"。

"××"是两个大黑疙瘩,因为出卖这本书的人不想让人知道他是谁——蛮自爱的嘛!

于是，67岁去世，作品情绪饱满意气风发的刘绪源先生的书，也就名正言顺地上了这个只有"签名本"才有资格上的我能举头而望的珍品书架。

四十一、齐爷爷寒假"新思维作文课":点评

2021年2月23日,星期二

昨天是"齐爷爷寒假作文课"的第二节,也是最后一节。小同学们已经开学了。

我们一起欣赏了同学们的大作。出乎我的预想,小同学们写得极好,各有各的好。正如我开头说的,作文好比做菜。我出的四道题:1.手机丢了的三天里;2.特朗普拜登谁该当选;3.疫情还会延续多久;4.春节新发现。就好比是给大家出了做四道菜的指定菜名,至于大家怎么做(怎么开头结尾)、做什么口味的(风格)、用什么材料(句式、词语)则会千差万别。"文无第一",我们不给大家的作文排名次,我们要学会欣赏每篇作文的亮点,揣测作者的写作意图。会阅读欣赏作品就好比会品尝菜肴,是当好厨子(作者)的前提。

小同学们的作品百花齐放、思路奔放、写法高超、异想天开。比如,有把丢失手机和司马光砸缸、曹冲称象等典故联想到一起;有的蔫坏,想让专砸美国锅的特朗普继续当总统从而对中国有利的;有为疫情下经营困难即将倒闭的迪士尼乐园出"猛药救助方案"的;有认定疫情会延续到十年的;有从杭州给冰雪中的新疆爷爷奶奶写温暖问候信的;有赞扬当木匠外公粗糙的手的(如能当"老爷乐");有讨论汉字为何不能被字母代替的。

总之,新思维、新角度,作品证明:他们即将是新时代的接班人。

例文:

我在手机丢失之后的三天里
平沐耘

那是一个清晨,我正在兴致勃勃地玩着游戏,这时,手机"嘟——"地一震,"完了!没电了!"我大喊。随后,便气鼓鼓地将它随手一扔。

过了好久,我想给手机充电,却找不到,我便慌了。它哪儿去了呢?我还要用哩,要是没有手机,就无法与外界联络,就像进入了一个无形的牢笼。时间在缓缓流去,我的焦虑也在不断地增加。我心想,我该怎样打电话呢?如果有人找我,他该多着急呀!我总不能用那公共电话吧?

此时,身旁的座机响了,我很疑惑:这老古董怎么还会响?我悄悄地走了过去,提起棕色的话筒,问:"谁?"但是谁也没来。

我又掉入了没有手机的"囚牢"里。

又过了好久,我打算去街上走走。

天气格外晴朗,也许是没有手机的缘故,蓝天更蓝,白云更白,绿树成排,小草如茵……这些,是我第一次发现。这或许是个平常的场景,但此刻,分外清新。

大街上人来人往，有的人戴着耳机，听着潮流的音乐；有的人低着头，沉迷于各种花花绿绿的视频……却没有多少人注意到美丽的四周。我不禁感叹："这也许便是手机之外的快乐吧！"

这是我丢失手机的第二天。

我很想知道时间，但我没有表；我很想娱乐，但我没有手机……现在我们的一切都靠着手机，我只好一个人找着手机。

此时门铃响了，我急忙去开门，只见是一位朋友。

他喘着气问："嘿，你的手机呢？打你电话一直没接，还想和你玩游戏呢！"

"哎呀，手机找不着哩！"我板着脸，叹息起来。

"啊，那算了。"他转身便走，只留下我一个人独自惆怅。

我这才察觉，在这个科技交织的时代，没有了平日里触手可及的科技，人际关系会变得冷漠。虽然手机能给我们无尽的便捷，但也会增大人与人之间的隔阂。

这是我丢失手机的第三天。

在没有手机的日子里，我与世界的联系断了，但我却品到了别一番风味。我高兴地想。

我就怀着这样一种心情继续寻找手机，竟然找到了，它就在桌肚里，好好地睡着。我十分地快乐，不禁笑起来。整个屋子，洋溢着一股甜蜜的气氛，它们就如一个个天使，在里面跳跃着、旋转着，令我惊喜。

我们需要手机，也需要各式科技，但也不能忘记人与人之间需要亲近，人与世界之间也需要消除隔阂。

齐爷爷点评：

手机是"牢笼"这个比喻虽然有些用词过猛，但很值得深思：手机等新科技工具带给人类的是触角的疆界的延伸，我们用手机可以和世界任何角落联系，这大大延伸了我们的生活空间，应该算是一种解放；但是对手机的过度依赖，时刻离不开手机，被手机所锁定和俘虏，又似乎把人类变成是陷入手机陷阱不能逃脱的囚徒，因此平沐耘同学的这个"牢笼"的比喻又无比正确。

尾声：

有趣的是，仿佛是和我们寒假期间的这篇作文主题呼应，小同学们开学的第一天手机就被老师"收缴"了，没有手机的体验成为现实。听了后我笑着说："咱们的作文课有用吧？你们在寒假假期已经注射了治疗'没手机用恐慌症疫苗'——你们已经写过作文了呀！"

文良的留言：

齐爷爷的题目出得好，看似简单，其实都是大的问题。小同学作文写得好，既有写实，又有感受和思考。点赞！

四十二、昨天我被卖水果的女店员着实幽默了一把

2021年2月24日，星期三

昨天在楼下果蔬店买东西的时候，我不幸地被女店员幽默了一把：

在我结账的时候，那个中年女收银员边收钱边吆喝着卖一口袋十元四个的大苹果——它们可能是快过保质期了。我本来不吃甜的，就没理睬。这时中年女店员大声说：

"叔叔，我为您错过了这么一个买物美价廉好苹果的机会，而从内心感到非常难过！"

不忍心看她过于伤心，又当众人被人家大喊了声"叔叔"，难为情地我就买了那十块钱四个的、我本来就不能吃（怕血糖升高）的过期大苹果。

交完钱后感到有点后悔——被妇人忽悠了呀！我就不冷不热地幽默起她来："你给我这么一个买便宜大苹果的机会，不抓住真对不起你。那好吧，反正也等于是白得的，我回家就吃三个丢一个吧！"

我正在得意时，那个轻微东北口音的中年女店员立马回怼道："大叔呀，您老也太稀罕我这些好苹果啦。您老这样的，怎么着也得吃一丢三呀！"

听后知道遇到高人了，于是齐爷我甘拜下风，赶紧拎着苹果袋子从店里跑了出去。

四十三、接着点评小学生作文

2021年2月25日，星期四

都言"文无第一"，而且我认为，好文也无辈分之分。更直截了当地说：少年文章有少年文章的风采，不会因你是成人，就能写得出来。我给小同学上课时说，你们不要因为自己年少，就不敢把作文亮相，须知，你们能写的，爸爸妈妈不见得——不，他们肯定写不出来。

作文是语言艺术。一旦上升到艺术的高度，那么，你的就是你的，别人无法仿造；你在此年龄段能写的，长大之后的你可能也望尘莫及，因为人在每一个年龄段，都有那个年龄人独特、唯一的世界观、视角和审美。就好比是爬山，你爬到十几米高（十几岁）时，看到的是十米之下的东西，想出来写出来的，也同那个高度符合；四十五岁、五十岁，直到一百岁，比如杨绛先生近百岁写的《走到人生边上》，也只有活到那个年龄，体会到那个岁数上的东西，才能笔下成文，也才能让人信服。

按照我这个理论，真正的童话也只有童年、少年才能写出。我这般年快花甲的人，就只能研究研究哲学（我目前正随着新师傅陈乐民先生阅读"哲学皇帝"伏尔泰的启蒙著作），而不能够写童话，写了也是仿冒产品，也是假模假式，也是大跨年龄段的使劲装嫩。真正的美丽童话，只能出自你们小同学的无瑕之心和不腐臭之笔，所以你们尽管放心开心地写，大胆而无需任何假设前提地写，一定要抱着不写就时不我待、不写就丧失天真良机，不把这个豆蔻年华的欢欢乐乐烦烦恼恼是是非非苦辣酸甜写出来记录下，过期就再也写不出来的坚定决心，写好属于你们这个年龄段专属的灿烂文章来！

成年后如果你们要想"不悔少作"，非得先写出好的"少作"才行。

果然不辜负我的期待，小同学们的笔下流出滚滚春风，不信你看看以下这三篇作文，它们一个字不多，也一个字不少，如杨贵妃，胖一丁点瘦一丁点都不行，写得恰如其分恰到好处，都是标题下文章的"封笔级极品"。

例文：

手机丢失之后的三天里
唐苏旸（合肥）

我在楼下走了一圈，玩了一小会儿，当收拾背包时，竟发现我的手机没了。刚开始，我认为是自己太马虎了，说不定再检查几次背包和衣物口袋就能找到了。当我仔仔细细找了一遍又一遍，越发肯定手机真给弄丢了。我头上渐渐开始流出豆大的汗珠，心头划开的缺口也越来越大。（好描写！）一个小时过去了，我像个无头苍蝇，东找西找就是找不见我心爱的手机。我的心更加慌乱，我见人就问，到处寻找。可是不管我怎么费尽心思，我的手机消失得无影无踪。

又过了两个小时,我一无所获,额头上的汗珠源源不断冒出来,汇聚成汪洋大海(大胆贴切的比喻,李白水平!)。我急得跳来跳去。我担心手机里那么多的应用账户、QQ和微信的信息和密码、资源会不会都没了。一想到这里,我的眼泪汨汨地流了下来。

我垂头丧气地回到家,和爸妈说手机丢了,他们生气地数落了我一顿。又过了五个多小时,我得睡了。睡前,我双手合十,默默祈祷手机在第二天就自动"跑"(好一个"跑"!)回来。

第二天一早,我发现我的枕头湿了、被子乱了,手机也没有"跑"回来。手机不在,我打不了卡,做不了电子作业,写不了诗,无法和身处异地的亲友远程交流,我这一整天都深深陷入焦虑和绝望之中。

第二天就在这样的灰色心情中结束了,手机还没找到。我感叹道:"没了手机,生活差别真大!"我很憋屈地睡着了。我做了一个大噩梦,我梦见一个大魔王把我的手机砸烂了,扔到外星球(哇,火星?!)。

又一天降临我身边,我依旧在寻找,仍然没有结果,我彻底绝望了。

这就是我手机丢失之后的三天里的糟糕心情。

例文：

我的iPad丢了！
乐得

2月6日，星期六，天气：晴转多云

站在杂乱无章的书桌旁，书本已被我翻得乱七八糟。发生了什么？我的iPad又不见了。

该找的地方几乎都找过了，书桌上，抽屉里，柜子旁，书架上……此时，我已毫无头绪、筋疲力尽，甚至可以说是失魂落魄。

我并不是一个电脑控，无缘手机，与电玩隔离，可就是一个平板电脑的失踪，也足以让我手足无措。从什么时候开始，我就像需要呼吸空气一样的需要一个平板电脑了？

抬起头，突然看到对面镜子里的自己，忍俊不禁。（少年幽默！）

自我出生时，就有了互联网这个玩意，对于一个看着智能手机和iPad长大的人，当然会觉得这一切都理所当然。而我的爷爷奶奶，至今看到爸爸、妈妈在网上购物，还会担心他们遇到骗子，也常常感叹这里的神奇。

路上，我也时常看到不会用网络叫车的老人，站在路边不停地招手，却不得不眼巴巴地看着一辆辆空驶的出租车从身边疾驰而过。尤其是遇到刮风下雨天，总是让我也不禁担心自己的爷爷奶奶出门，会不会遇到相同的情形。（贾宝玉级别的同情悲悯之心！）

电子产品配合着互联网时代的到来，改变了我们的生活方式。它就像一列疾驰的列车，一些人紧紧追赶上了车，但终究还有一些人，被这辆快速列车远远地抛在了身后。他们依然生活在这个星球，却仿佛在两个世界里。

（哇，富有历史感的感叹！小心，再过几十年，你们也会被后辈的快车追得屁滚尿流！笑。）

失去iPad的日子，我仿佛与世界隔绝了，这真是一件不可思议的事！

例文：

外公的手

吾才杰

外公有一双粗糙的手，五根手指又粗又长，关节还特别硬，手上布满老茧，但我最喜欢外公的手，因为就是这双温暖的手让我从小就沐浴在爱的阳光中。（开门见山，直奔主题！）

外公的手好像装满了大道理。小时候爸爸妈妈工作很忙，经常把我放在外公家，我时常埋怨他们不能陪伴我。可没过多久，外公的手就把我心中的怨恨化解了。当我对爸爸妈妈口出怨言时，外公总会跟我说："爸爸妈妈并不是不想陪你，而是工作很忙，因为这样他们才能给优优买玩具啊。"外公的手轻轻地抚摸着我的头，那手中尽是满满的疼爱。

外公的手很能干。外公是远近闻名的木匠师傅，一块普通的木头，在外公的手里一会儿就变成了一只精致的小木碗、一把木头小枪或是一只木头鸟儿。我至今还记得，外公为了给我做一匹玩具马，去山上砍柴摔倒的事（旁听同学不停地问小吾："后来那个木马放在哪里了？"）。回来时，他身上的衣服都被割破了，手里却依然抱着一块大木头。我感动得哭了，于是格外珍惜这匹木马，因为它包含着外公对我的爱。

外公的手很粗糙。由于常年劳作，外公的手长满了硬茧。夏天，一根根青筋暴起，清晰可见；冬天，红肿开裂，惨不忍睹。当外公的手摸我的小脸儿时，我会大叫："疼！疼！"不过外公粗糙的手也有好处，当我觉得背上痒时，外公的手就像一把"老爷乐"，只要在我的背上摸几下，就不痒了。（粗糙的手原来还有这个特殊功能！）那时，我常问外公："外公，你的手怎么这么粗糙呢？"外公总是笑眯眯地说："外公要去做工，赚钱给你买好吃的呀。"这时外公总会用他那有力的双手抱起我，让我觉得特别的温暖。

看着外公越发苍老的双手，我总会默默地想：等我长大工作了，赚了钱，要做的第一件事就是给外公买一盒最好的护手霜，好好保护他的手。（好外孙，有大志！）

齐爷爷评语：

小吾同学的这篇文章是"满分+"级别的，真情纯洁流露，读着为之动容，同时，它也是只有你这个年岁才能产出的"特产",因为渐渐地你会长高,就不再是外公能用的自带"老头乐"够得着的小外孙了!

四十四、终于凑齐了陈乐民、资中筠夫妻的签名书

2021年2月26日，星期五，辛丑正月十五

早晨打开第二本资中筠签名的《有琴一张》。本来只想买一本，一时手误多买了一本，和另外一本先到的对比一下就正好能证明签字是真的，因为不是签在同一页上，不是出版时印上去的。

这样，和前日到家的陈乐民签字本《文心文事》放到一起，我就算将他们夫妇的签名书凑齐了。

这部《有琴一张》本来我家应该有，我也匆匆翻过。那是在前几年资中筠一下子以"领袖翻译"的名分大火的时候买的，当时并没怎么看好它，但今天早晨，这部签名本就着兴致读完后心中大呼："好书！"写弹钢琴的，但字符中迸发的，却绝不只是琴键下的声音。

这是一部私家的艺术跨时代史，里面不仅藏匿着超过半个多世纪之后终于可以告诉人们的"钢琴缘"，更多的是旧新知识精英们精神的颠沛流离和大起大伏。

他们夫妇是我新近发现的读书和做人的师父，而且是伉俪组合的。能有资格被我在心里头认作师父的夫妻档，第一对是钱锺书、杨绛夫妇；第二对就是我老师的老师汤一介、乐黛云夫妇；而第三对，就是新晋的陈乐民、资中筠夫妇了。

从《哲学絮语》《启蒙札记》切入，我接着发现作者陈乐民的夫人就是早已经知道的资中筠,接着再往下"挖",挖掘出陈乐民不俗的画作和字。我认为他那些生前并没想公之于众的画作是现当代国画画作中的极品,其意境之深远超过了齐白石、张大千等专业大师,他的字也是上品,字画都如其人品之清高。

接着,再挖出资中筠父亲资耀华是著名的金融家,不仅和毛泽东有过对谈,还留下过不少金融著作。

那么好了,这一个小家族人数不多,也不算显赫,却在这么多数不清的领域(金融、欧美研究、中西仿哲学、哲学中的启蒙,外加书画和音乐等)都有独到建树,两代人几十册著作覆盖了那么多领域,蔚为大观,无边无际。

我还羡慕的是,即便陈乐民生前那么低调地不发表自己抱病潜心钻研而书就的文史哲文稿和字画,任其停留在自娱自乐,只当"抽屉作品",但当他抱着"怀大才不遇"的遗恨离世后不久,妻子资中筠发现夫君的字画文字有不俗价值,就找来"三联"老友们抓紧整理,然后一本本接力付梓。

那是多么难得的一对思想上都有铮铮反骨的"一丘之貉"(此处没有贬义)啊!

如今年逾九旬的资中筠逆势仍然敢于仗义执言、针砭时弊,口中不停吐出如同琴键下蹦出的激昂睿智铿锵音符,她说的每一句话都好似是他们夫妻二人异口同声发出的,尽管"不太合时宜"却句句都体现跨两个时代和多种文化的"中国最后贵族"精神的肺腑箴言。

听得进去听不进去，且由它（时代）吧，但说了，就不等于没说。

四十五、元宵节之夜，我拒绝了别人的让座

2021年2月27日，星期六，正月十六

昨晚是正月十五，坐1路车去长安大戏院看京剧联欢晚会，名角儿们都出来了，包括中国最后男花旦胡文阁，却在开场戏中后生们老是打着打着就"例行地"把锤子打掉了。"台上一分钟，台下十年功。"我看还是请我这种快到花甲的老头儿演戏最合适，因为俺们都有六十年的功夫了，怎么着也能坚持六分钟不掉锤子（链子）呀！

更撮火的是在去剧院的路上，我一上车，在京腔与嗓门上和"戏子们"（无贬义）差不多的女售票员的"快给老人们让座啊！"号召下，一个座位上的女子"腾"地起身后死活拉我坐到她的位子上去。我大吃一惊，这可是第一次有人这么死乞白赖不依不饶地给我让座，我哪里肯坐？心说："糟糕，你真成老头子了！可俺上车时明明还没用老年卡白上呀？！"

一旁站着、没被让座的老伴得意地笑道："那是人家看你老了！"

于是，我下决心以后尽量少坐这辆全北京标杆的"大1路"公交，再多坐几趟的话，售票员的过度热情真能把老齐给活活气老了！

戏散后回来时我们坐的是52路，如同车牌号，售票员果然五迷三道的，有点像B52轰炸机上卖票的，那时候，

我倒是真想倚老卖老让人给让个座,但一路下来始终也没人睬我。

下车后我发毒誓:老子今后再也不坐52路啦!

祝大家年后收收心,辛丑年牛上加牛!

谢芳老师的留言:

我有一位大学同学说:我戴着口罩帽子穿着大衣,捂得很严实,(为啥)别人怎么都叫我"老大爷"?

我跟他说,年纪是看"体态":身形是挺拔还是佝偻,身材是薄还是厚,眼神是清澈还是混浊……

四十六、尾声：关于生命的分段，我将孔子和叔本华的说法对照着看

2021年2月28日，星期日，辛丑年第一场春雨中

关于虚岁六十，孔夫子说过："六十而耳顺。"

六十也称作"花甲之年"。

关于"花甲"，百度百科有两种解释：

之一：花甲，指六十岁。花甲一词出自中国古代历法，以六十年为一循环，一循环称为一甲子，又因干支名号繁多且相互交错，又称花甲。又一种说法是，人的指甲根部有一道白色的痕迹，到了六十岁，随着身体的愈加衰老，这道白痕就会消失不见，故而称作"花甲"。

之二：软体动物蛤蜊。花甲即花蛤，因粤语花蛤与花甲同音，花蛤被人写作花甲。花蛤在海南地区称芒果螺，是一种软体动物，长约3厘米，壳卵圆形，淡褐色，边缘紫色。生活在浅海底。贝壳较瘦长，是长卵圆形。

另外，有一道菜名，是"花蛤鸡汤"。

与中方的解释对照，西哲中说过类似孔子"六十而耳顺"的名言，也就是将人的一生用"隔断"分割开来的，是德国人叔本华。

百度百科是这样介绍叔本华的：

叔本华家产万贯，但不得志，一直过着隐居的生

活。二十五岁发表了认识论的名篇《论充足理性原则的四重根》。三十岁完成了主要著作《作为意欲和表象的世界》，首版发行500本，绝大部分放在仓库里。五十三岁出版《伦理学的两个根本问题》。六十二岁完成《附录和补遗》，印数750本，没有稿费。六十五岁时《附录和补遗》使沉寂多年的叔本华成名，他在一首诗中写道："此刻的我站在路的尽头，老迈的头颅无力承受月桂花环。"1860年9月21日在法兰克福病逝，享年七十二岁。

叔本华是如此"切割"人生的两个阶段的（这两种说法都来自网络。自然，没看原书就不知道哪条更加正确）：

（1）人在一生当中的前四十年，写的是文本，在往后的三十年，则不断地在文本中加添注释。

（2）人生最初的四十年得益于教科书，以后的三十年是注释教科书的内容。

须知没到虚年六十岁之前本人是极少相信这些所谓的"人生格言"的，更不要说从网上大块地扒了，之所以开始这样做，可能就是因为自己已经进入了花甲之年，人变懒了。

我原来以为"花甲"是头发花白的意思。前天晚上坐大1路公交车去长安大戏院时，那个中年妇女死活非要把座位让给我，根据内人分析，就是因为我已经有了不少白发。

开学前一定要将其染黑，将"甲"去"花"化。

看得出，我原来也以为那个"甲"是指额头——人脸上最突出的、排第一的（甲）的不就是大脑门子么？哦，原来那是在说"花蛤"。

"花蛤鸡汤"是指俺写的这些心灵怪味鸡汤文章吗？

我的写作和出版路程之遥远和崎岖程度倒是真能和叔本华有一拼：他著作里印数最低的是500本。我的呢？2008年出版的一套四本"万花露"，才印了200套。

但200套中只要有一套进了能永久存封的国家图书馆就算是存在于宇宙之间——当然，在宇宙最终爆炸之前。

叔本华关于前四十年、后三十年的第一种网络解释是四十岁之前是"写文本"（text），然后再用后三十年往已经有了框架的"文本"上不断增加新的注释。我想这应该是指那些四十岁之前就把人生中主要的"角色"像唱京戏那样扮上并演得差不多了，比如你扮上周瑜或者扮上杨贵妃（像前天晚上胡文阁那样），你的人生大戏也唱完了大多部分，在后三十年（分钟）里呢，你就接着演那个角色，也就行了。

你总不可能将周瑜演到半截再赶紧换上杨贵妃的行头，再演后三十分钟的戏吧？

世上绝大部分的人都是那样——恐怕至少要占九成吧，但是老齐（天大）俺可不是那样，谁叫俺的别号（笔名），是"齐天大"呢！

老齐我四十岁之前在如火如荼的中外商场上驰骋过近二十载，四十二岁后我才投身高等教育，五十一岁那年我才跨两个专业得到文学博士学位……因此，叔本华关于前四十年、后三十年的这第一种说法只适合他本人——他写书没啥人看之后在后半截人生中就隐居起来，就没再唱啥新戏了。

花甲之后的老齐我一定会同他的生命历程迥异：我前六十年不停地书写新的人生故事、不断地增加新的生命故事情节，而写完这第三十部专著后，会七十二变的"老孙（齐）"我才即将开始在人生的后二十年（三十年？）轰轰烈烈地"大闹天宫一场"——用我五花八门之著作，把玉帝老儿的沉闷宫廷搅和得乱七八糟热热闹闹。快来呀，吃老孙（齐）一棒！

至于那第二条真假难辨的叔本华生命格言："人生最初的四十年得益于教科书，以后的三十年是注释教科书的内容。"倒是真适合于老齐我，但它不完全正确：首先我的确是喜欢读教科书之人，我不但四十岁之前读，之后读得更多。其次呢，人的一生只此一次，到了谁都会把自己的身躯"一次性"地使用和"消费"干净，在读完别人写的教科书之后，难道我们就不能够自己也写些"教科书"，遗留给后人读吗？

我能独自完成三十部专著，就是可行的确凿证明。

寒假已经结束，下周正式开学！

（全文完）

齐一民（齐天大）作品目录

○《妈妈的舌头——我学习语言的心得》（随笔集）

○《总统牌马桶》（长篇小说）

○《马桶经理退休记》（长篇小说）

○《柴六开五星WC》（中篇小说集）

○《永别了，外企》（小说）

○《我与母老虎的对话——天大对话录》（对话集）

○《我在好莱坞演过一次电影——天大杂说录》（随笔集）

○《可怜天下CEO——一个非典型公司的管理手记》（小说）

○《我爱北京公交车——公交车里趣事多》（小说）

○《四十而大惑——是关于生命的》（随笔集）

○《谁出卖的西湖》（小说）

○《自由之家逸事：新乔海外职场"蒙难"记》（长篇小说）

○《走进围城：新乔"内外交困"记》（中短篇小说集）

○《日本语言文字脱亚入欧之路——日本近代言文一致问题初探》（文论）

○《爸爸的舌头——天大谈艺录》（随笔集）

○《商场临别反思录》（小说）

○《四个不朽——生活、隽文、音乐和书法》（随笔集）

○《梅花三"录"》（随笔集）

○《小民杂艺秀》（随笔集）

○《雕刻不朽时光：我用博文写春秋》（长篇系列小说）

○《我的名字不叫"等"——戌狗亥猪集》（诗歌随笔集）

○《2020，我们的文学伊甸园》（合著）（文学评论）

○《小民神聊录——庚子文存》（诗歌随笔集）

○**《六十才终于耳顺》（小说随笔集）**